岳陽樓記正義

何宇明 著

四川文艺出版社

图书在版编目（CIP）数据

岳阳楼记正义 / 何宇明编著. — 2版. — 成都：
四川文艺出版社, 2019.3
ISBN 978-7-5411-5255-9

Ⅰ.①岳… Ⅱ.①何… Ⅲ.①古典散文—古典文学研
究—中国—北宋 Ⅳ.①I207.62

中国版本图书馆CIP数据核字（2019）第026600号

YUEYANGLOUJIZHENGYI

岳阳楼记正义

何宇明　编著

责任编辑　李国亮　奉学勤
封面设计　李　梅
内文设计　史小燕
责任校对　蓝　海
责任印制　唐　茵

出版发行　四川文艺出版社（成都市槐树街2号）
网　　址　www.scwys.com
电　　话　028-86259287（发行部）　028-86259303（编辑部）
传　　真　028-86259306

邮购地址　成都市槐树街2号四川文艺出版社邮购部　610031
排　　版　四川最近文化传播有限公司
印　　刷　三河市华东印刷有限公司
成品尺寸　168mm×240mm　　　开　本　16开
印　　张　16.5　　　　　　　　　字　数　190千
版　　次　2019年3月第二版　　　印　次　2021年4月第三次印刷
书　　号　ISBN 978-7-5411-5255-9
定　　价　48.00元

岳 阳 楼 记 正 义

前　言

　　暮春三月，岁在丙辰，《岳阳楼记》九百七十龄华诞迫临，"我读《岳阳楼记》征文"活动，风生水起于巴陵郡……

　　《岳阳楼记》，三百六十八言，优雅而隽永，可谓古典美文之璀璨明珠，思想语言之富矿。然而，遗憾至极：赏鉴的疏虞，已让珠光失色；采掘的粗放，确令资源蒙损。寂寞的心灵，备尝苦痛，痛犹不止，人何以堪？《岳阳楼记》之于我，是慈祥的恩师，滋养了倔强的灵魂，又是贞淑的情侣，温暖着艰难的人生。

　　喜欢上《岳阳楼记》，也就四五岁吧，有点儿记性了，那时啥子都不懂嘞，反正妈妈喜欢。妈妈喜欢坐着，眯缝着眼，身子微微俯仰中，眠歌似的哼唱——"……而或长烟一空，皓月千里……"父亲无语，伴在旁侧，应和俯仰的节律，悠悠旋晃着脑袋，近视镜片里，偶或闪烁晶莹的泪光，怪兮兮的，甜蜜蜜的。大凡过旧节的晚上，弟兄仨能吃上水果糖，就几颗，很稀罕。渐渐知道了，外公家住岳阳楼左近，距祖父的老宅不远……慢慢读懂了，那哼唱、那哼唱催生的泪光闪烁哟，是烙上了双亲印记的乡愁——幽婉，苍凉。

十五岁上，读高中的念头断了，好在招工单位不少。几经落选后，工作找到了我，已是孟冬时节。待命奔赴白龙江漂送木材的几天里，家父"开讲"了，破天荒的。他畅言"不以己悲"——从生命价值，谈到往死求生、摆脱愚昧必须读书；从"贫贱不移"，谈到悲当不改其志、悲当有其度——玄乎乎的。生怕孩儿不懂，不当一回事儿，便在频寄的家书里，老人家唠唠叨叨。次年隆冬，雪紧风吼，正与工友赤脚破冰激战险滩的时候，竟不知父亲已被飓风卷去了。于是乎，一摞家书化作了力量的源泉，活水正是那"不以己悲"的精魂。

"不以己悲"，鞭催我送走了十三度秋冬。在春光明媚的1978年，我被拽上初三讲台。不曾想，奉命讲上了公开课，"钦点"的课文偏巧是《岳阳楼记》；不曾想，多处违逆"教师用书"，却被数十同仁叫好；更不曾想，同年9月，两股战战，走上了高中讲台。哪知道这上去了，就下不来，凡三十四年。

"不以己悲"，训导我知耻后勇，羞于怨天尤人。于是乎本科（五年制中文函授）毕业前夕，学籍因故被销。遭怨艾躬省蹉跎，等闲看浮云白眼——只身育孤、恭谨教学之余，自考汉语言文学专业，补上"身份证"得了。

痴爱《岳阳楼记》，给生活平添纷扰。十多年前，二三好事的小年轻，几番撺掇县局掌门，开设讲座，迫人"上轿"。其间，"'越明年'之'越'被讲为'到了'的错误根源暨以'到了'入《记》，必乱要素、必害文意的逻辑证明""'感（gǎn）极而悲'只当作'感（hàn）极而悲'读解之辨正""'或异二者之为'之主流解读实存严重逻辑错误，致立论基础动摇"等分题宣讲，居然深蒙错爱。感动于几位青年"老师还是写出来吧"的热切企望，在群复的短信中，我曾郑重有言：要把教材对于"得无异乎""不以物喜，不以己悲""其必曰"之系统性误读坐实，并说它个清楚明白，不是稀松的事儿。退休后写写吧。

劳碌四十七年，终于赋闲了，好不逍遥。沉醉在"春有百花秋有月，夏有凉风冬有雪。若无闲事挂心头，便是人间好时节"的禅歌声里，品蒙顶，弈黑白……于是乎，《岳阳楼记》滋养的深恩，悄然淡忘了；"还是写出来吧"的同仁热望，悄然亵渎了；"纠错"主流解读的承诺，悄然违弃了，只剩下梦的碎片，在流光中降解。

去秋，月下。与爱孙偶做阅读交流，讨来一通连珠炮——"哼，就是！就是到了第二年！书上有的，老师说的！爷爷乱说……"——轰得心梗突发，差点儿没成古人。唉呀呀，花朵没错，园丁也没有错啊……可那"没错""没有错"的、错被干预而已变形走神的"经典"，就任其接力传承一代又一代，要到何年何月才是个头啊？是夜不寐，思绪恍若脱缰烈马。晨光破窗，心曲舒缓，懊悔牵引自赎，让人气定神闲了。于是乎作别悠闲禅养，于是乎"老夫聊发少年狂"，铆足劲儿，拼了命，几至晨昏错倒。终于"写出来"了——按照原著逐句列上、"今译"附下，尔后是"正义"的主体内容的次第排列。

方块万千亲密融合，仿佛律动的新生命——也给取个名儿吧？于是乎什么"心解"啦，"发微"啦，"辨正"啦，纷纷跑来候选，却徒增烦恼：名实不相符，无可无不可。山重水复之际，"正义"灵光忽闪，倏尔令人惶惶然。"正义"就是正确的含义也，先贤注疏经史，才有以之名篇的。草民不知斤两，自竖"正义"的靶标，能不忌惮穿心乱箭？虽说是"文无定体"

吧，但拙稿确乎离经叛道，不过是把译注疏考辨赞，杂相串联组合，以尽其所能，说明某字某句某段，乃至全文要义之"然"与"其所以为然"罢了。搜尽枯肠，权衡无计，总不能给这份"杂烩"，寻得正经八百的名头。这可真真无可奈何也，倒也柳暗花明了：既然拳拳之忠当报"恩师"，耿耿于怀系恋"情侣"，哪能妄求"八面（见）光"？索性"大行不顾细谨，大礼不辞小让"，何况欣逢"创新"高倡的时代。于是乎管他三七二十一，掳来"正义"给顶上。于是乎释然，还津津自慰曰：沾点边儿嘞。恍若当年阿Q之"似乎是姓赵"与"大约未必姓赵"。呜呼！

　　小书或将面世，伴着亟盼翔舞的梦，了却罢感恩、偿债、践约——系于《岳阳楼记》的夙愿。悬揣会有读者，便觉欣慰。虽知所谓读者，必定"少众"云尔。倘能收获您所惠赐的药石，权且先此由衷致谢。

　　亚里士多德曰："吾爱吾师，吾尤爱真理。"美哉，西圣斯言！然而，知之不易，行之尤难。若夫直面悖逆的文字，正锋指权威之定见时，那眼光自不必说，单勇气与定力，就不是说有便会有，说来就会来的。

　　谨以此敬献给我亲爱的妈妈。九十三岁高龄，拄杖都挪步艰难了，川化的湘音，也愈其苍哑了，仍不时哼唧："……予尝求——古仁——人之心……"

二〇一六年四月廿六日何宇明记于四川遂宁市船山区

目 录

岳阳楼记

范仲淹

　　庆历四年春，滕子京谪守巴陵郡。越明年，政通人和，百废俱兴。乃重修岳阳楼，增其旧制，刻唐贤今人诗赋于其上。属予作文以记之。

　　予观夫巴陵胜状，在洞庭一湖。衔远山，吞长江，浩浩汤汤，横无际涯；朝晖夕阴，气象万千。此则岳阳楼之大观也，前人之述备矣。然则北通巫峡，南极潇湘，迁客骚人，多会于此，览物之情，得无异乎？

　　若夫淫雨霏霏，连月不开；阴风怒号，浊浪排空；日星隐曜，山岳潜形；商旅不行，樯倾楫摧；薄暮冥冥，虎啸猿啼。登斯楼也，则有去国怀乡，忧谗畏讥，满目萧然，感极而悲者矣。

　　至若春和景明，波澜不惊；上下天光，一碧万顷；沙鸥翔集，锦鳞游泳；岸芷汀兰，郁郁青青。而或长烟一空，皓月千里；浮光跃金，静影沉璧；渔歌互答，此乐何极！登斯楼也，则有心旷神怡，宠辱偕忘，把酒临风，其喜洋洋者矣！

　　嗟乎！予尝求古仁人之心，或异二者之为。何哉？不以物喜，不以己悲。居庙堂之高，则忧其民；处江湖之远，则忧其君。是进亦忧，退亦忧。然则何时而乐耶？其必曰："先天下之忧而忧，后天下之乐而乐"欤？噫！微斯人，吾谁与归？

时六年九月十五日。

【说明】

一、如上《岳阳楼记》，除末段外，系采用中华书局1959年出版的清康熙年间吴楚材、吴调侯编选之《古文观止》（系印雪堂版本）。

二、末段出自《范文正公集》之《岳阳楼记》（现行中学教材的选文即是）。

三、标点主从岳麓书社《古文观止·言文对照》（阙勋吾等译注，1988年3月第3版）。由于"吾谁与归"系疑问代词宾语前置的句式，蕴含着轻叩读者心扉的意韵，因而笔者将原感叹号改作了问号。

《岳阳楼记》正义

"正义"含注、疏、考、辨、（评）赞等内容，为"今译"提供必要的根据，备细说明那样解读的由来，坦陈因何否定某"定解"的理据或逻辑思辨。行文中所称"课本"，代指2015年四川使用的人民教育出版社之《课程标准试验教科书·语文》八年级下册；所称"教辅"，代指与该课本配套的、学生人手一册之《中学教材全解·八年级语文（下）》（陕西新华出版传媒集团、陕西人民教育出版社出版发行，2014年12月第9次修订第10次印刷）。

（一）

[原文] 庆历四年春，滕子京谪守巴陵郡。越明年，政通人和，百废俱兴。乃重修岳阳楼，增其旧制，刻唐贤今人诗赋于其上。属予作文以记之。

[今译] 庆历四年春天，降职的滕子京，来到边远岳州担任

知州。过了第二年，（岳州便呈现出了一派）政治清明，人心和睦（的局面），许多荒废了的事情都兴办起来了。于是重新修建岳阳楼，扩大它过去的规模。（准备）在楼上镌刻唐代贤士和当今名家的（一些）诗赋。（他）托付我写一篇文章来记录这一盛事。

　　"庆历"，是宋代第四位皇帝赵祯（1010—1063）所用年号（在位42年共使用过9个年号）之一。嘉祐八年（1056），赵祯驾崩，为在太庙立室奉祀，朝廷根据其生前事迹评定褒贬，由礼官认定，经继位皇帝赵曙认可而追加的庙号为"仁宗"。《岳阳楼记》写作于庆历六年（1046），六年后（皇祐四年即1052年）作者去世，又过了十一年，赵祯庙号才得以"诞生"并诏告天下。范仲淹诚不知赵祯庙号为何，不少译文却在《记》文之"庆历四年春"前，冠以"宋仁宗"或"仁宗"以表领属，显然不合史实，又悖逆礼制，更严重违反了"信"的翻译原则（如果并非翻译该《岳阳楼记》文，而是在讲述或解说历史的其他语境中，力避尊者名讳而为之，当不在此列）。

　　滕子京（990—1047），名宗谅，河南洛阳人，范仲淹同科进士。曾两度出任京官，均因任所发生火灾事故，而被贬离京城开封。后因被告"枉费公用钱"，由庆州贬知凤翔府，继而再贬虢州，庆历四年谪知岳州。庆历七年，调任江南重镇苏州（据称因其治理岳州有功）。上任不久，卒于任所，终年57岁。其人品、政声，史上褒贬纷纭，莫衷一是。

　　"谪"，形声字，"谪，罚也。"（《说文解字①·言

---

① 《说文解字》，成书于汉和帝永元十二年（100）到汉安帝建光元年（121）间，是中国语言学史上第一部汉语大字典。著者以小篆为据，依照汉字的形体，创立了540个部首，把9353字分别归入其中，开创了汉语工具书部首检字的先河。著者系

部》），其本义是谴责、责备，引申指罚罪、处罚，特指封建时代官吏因罪被降职到或流放到边远地方。"边远"，具政治经济文化属性的历史地理概念，相对于交通发达、经济文化繁荣的政治中心所在地而言。"贬"，会意兼形声字，"贬，损也。从贝，从乏。"（《说文解字》），本义为减少、减损，引申指降级、降职。谪与贬，义相近，差异存，易混淆。谪字必包含贬的意义，但贬字却未必包含"调到或流放到边远地方"的意思。从逻辑上讲，"谪"与"贬"是种属关系，具"真包含于"关系：所有的"谪"都是"贬"，但有的"贬"是"谪"，有的"贬"不是"谪"（虽被降职，却并未流放，即"下放"到边远的地方）。

　　"守"，名词活用为动词，"担任……太守"的意思。太守，官职名，始用于战国时代，宋王朝并无这一名称的官职。由于士大夫素有尚古之风，因而在非官方的场合与非政府文件的诗文中，大多雅称知府、知州为太守，"守巴陵郡"正是"知岳州"的雅称。"知州"，官职名。宋初州有刺史，另派京官大臣"权知军州事"（暂且主持州军政事务），以分刺史权。其后罢刺史，专用知州，以总理州郡政务，省称知州。"知"，主持、执掌的意思，如"有能助寡人谋而退吴者，吾与之共知越国之政。"（《国语·越语·勾践灭吴》），又如"知府""参知政事""知县"（是"知县事"的省称，意即"主持一县政务"，

《岳阳楼记》正义

統阐述了汉字的造字规律（方法）"六书"——造字之法象形、指事、会意、形声，用字之法假借、转注——并运用"六书"分析字形，说解字义，使汉字的形、音、义得以系统保存。同时，它创立了汉民族风格的语言学——文献语言学，对传统语言学的形成和发展产生了巨大而久远的影响。后世所说的文字、音韵、训诂之学，都大体不出其所涉及的范围。它完整而系统地保留了小篆和部分籀文，是国人认识更古文字——甲骨文和金文的桥梁。其对文字的训解，更是今人注释古书、整理古籍所必备的极其重要的工具书。作者许慎（约58—约149）字叔重，东汉汝南召陵人，以其巨大贡献和深远影响，被誉为"字学宗师""中国字圣"。

辛亥革命后改称为"县长"）。"巴，虫也。或曰食象蛇。象形（巴，就是蛇。有的叫它吞象蛇。象形字）。"（《说文解字》）章太炎《文始》："《山海经》曰：'巴蛇食象，三岁而出其骨。'则巴蛇为本义。"（"虫"，独体象形字。甲骨文和金文，都像一条三角形头的蛇的形象，小篆则由一条"虫"变成了三条"蟲"，隶变后楷书写作"蟲"，汉字简化后写作"虫"，其本义为毒蛇。后来，"虫"泛指一切昆虫或动物，如"吊睛白额大虫"一语中的"大虫"即指老虎）。"陵"，左形右声，本义指高大的土山，引申指丘陵。神话传说后羿斩巴蛇于洞庭，蛇骨堆积如丘陵，故名巴陵。汉代于巴丘地即巴陵设置下隽县，三国时期的吴国改称作巴陵县。南朝设巴陵郡。隋朝废郡。唐天宝元年复置郡，至乾元元年改称为岳州。宋朝沿用唐代岳州名。

"明年"，某年的次年，即第二年。

前人没有留下多少阅读理解《岳阳楼记》的文字遗产，当代人阅读理解《岳阳楼记》，确乎具有相当程度的"拓荒"性质。在此"阅读拓荒"的过程中，对"越明年"之"越"字的理解，出现了两种主张。半个多世纪以来，两种主张针锋相对，却在语文教材中，轮番上岗"值班"，"你方唱罢我登台"。其对国民基础性汉语教学所造成的混乱是不多见的。

一种主张是："越"，"过了"，或"经过、跨过"的意思；因而"越明年"就是"过了第二年"，意即"到了第三年即庆历六年"。该主张先声夺人，尔后渐次式微，曾数度被中学语文教材采用，最晚的一次，发生在2002年。该年版本的教材注释是：越明年即"到了第三年，就是庆历六年（1046）"。简而言之，秉持这一主张，对"越"字能够做出常规的文字分析，它所反映的是"越"字从古至今所承载的一般（普遍）意义。为便利行文，凸显区别，下文拟将该表达"一般"意义的"越"字，通称作"此'越'"。

另一种主张是："越明年"即"到了第二年，就是庆历五年（1045）。越，及、到"（人民教育出版社2005年版《语文》八年级下册）。2015年四川省统一使用的课本之注释，比照2005年版本，则"越，及、到"被直接删除掉了，对"越明年"的完整注解，即"到了第二年，就是庆历五年（1045）"，则被保留了下来。与2015版课本直接配套的教辅，却完整保留下了"［越］及，到"的注解。在应试教育与"争抓创收"的双轮驱动下，多年来新华书店货架上的《初中文言文全译》，可谓林林总总而不乏雷同，除去罕有的例外，都把该"越"讲为"及，到"或"及、至、到"。一些《古汉语常用字字典》（如杨希义先生主编，长春出版社出版），也与现行课本同调。简而言之，秉持这种主张，对"越"字无从做出常规的文字分析，它所"曲折"反映的是同形同音，却与"此'越'"绝无意义联系的，另一个"越"字所承载的个别（特殊）意义。下文拟把该表达"个别"意义的"越"字，通称作"彼'越'"。

以上述主张为母本、父本，繁衍出了"第三种主张"。在《初中文言文全译》的大家族里，在其他的相关读物中，对争雄"领袖"的既有主张，抱持"搁置争议""兼容并蓄"态度的，并非个别。其具体实践是：始而把"越明年"的"越"字，正经讲作"经过、过了"，继而把"越明年"句，径直翻译作"到了第二年"（即"到了庆历五年"）。其自相矛盾、模棱两可的痼疾，固然曝露于完整的思维过程中，却既彰显了"越，及、到"之影响力、控制力的强大，又演示着"越，过了、经过"不甘寂灭的生命律动。

总之，在现当代人阅读理解《岳阳楼记》之"越明年"（包括初中教材中清人彭端淑《为学一首示子侄》之"越明年，贫者自南海还"）的拓荒过程中，"越，及、到"后来居上，雄霸杏坛，唱彻海内，俨然"定解"。笔者历多年潜心探究，终归不能以之为然。今郑重宣示："'越明年'就是'到了第二年'"的主张，是完全错误的，"越明年"，当讲为"过了（或经过、跨过）第二年"，意即"到了第三年"（庆历六年）。

谨呈如上判词赖以成立之充分的理据如次。

一、训解此"越"为"过"（"经过""跨过"）的文字学、训诂学根据。此"越"字与"及、至、到"，绝无字义语源的承传嬗变关系。

（一）"越，度也。从走，戉声"（《说文解字·走部》）。它清楚表明："越"字的意思是"度"；根据形旁（意符）"走"，可知其意义范围；读"戉（yuè）"（"钺"的本字，意指战斧）。它还清楚表明，"越"字属于动词。既然这样，那么"度"字又是什么意思呢？《说文·又部》回答说："度，法制也。从又，庶省声。"今译作法制依据。字形采用"又"（古"手"之一体）作形旁，采用省略了"四点底"的"庶"作为声旁——竟然与"走"字的意义范围毫不搭界，还似乎变性为名词了。

诚然，一部《说文解字》，没有直接针对动词性的"度"字做出训解，似乎不无遗憾。其实，那不过是老祖宗玩了一把"同义互训"的游戏而已。在《说文·辵部》（辵chuò），许慎有言："过，度也。"（过字的意思是度）几十年后，曹孟德就以"越陌度阡，枉用相存。契阔谈讌，心念旧恩"（《短歌行》）

的诗句，为"度""越"之同义，提供了最为鲜活的书证，并强力验证了一个基本的语言事实：用"过""经过""跨过"训解"越""度"两字，完全成立。《说文》问世一千八百多年后，在深入分析研究大量古汉语文献资料的基础上，王力先生坚称"度，过也""度，亦踰越也"（《同源字典①》P282），又正与《汉语大字典》（缩印本P370）所载"度，超过，跨越。《字汇·广部》：'度，过也。'"相一致。从而既切实肯定了"度""过""越"三字同义，又指明了该动词"度"字的本义就是"过"。人们耳熟能详的古诗句"万里赴戎机，关山度若飞"（北朝民歌《木兰辞》）、"我欲因之梦吴越，一夜飞度镜湖月"（李白《梦游天姥吟留别》）、"羌笛何须怨杨柳，春风不度玉门关"（王之涣《凉州词》），常用语"度日如年"，现代语"度周末""带薪度假"等等，就古今一脉相承，而无不明确表达着"过"的意思。

上述所谓动词"度"、名词"度"云云，似乎有点儿绕口，但为明示其区别，也真是无可奈何的事儿。其实，从语言（语

① 《同源字典》是在以段玉裁、王念孙、王筠为代表的清儒以声音明训诂所取得的汉语言文字学空前成就的基础上，从语言角度切入研究汉字语源的工具书。主张："凡音义皆近，音近义同，或义近音同的字，叫作同源字……水缺为'决'，玉缺为'玦'，器缺为'缺'，门缺为'阙'……同源字必然是同义词，或意义相关的词。但是，我们不能反过来说，凡同义词都是同源字……通假字不是同源字……异体字不是同源字……判断同源字，主要是根据古代的训诂。有互训，有同训，有通训，有声训。"（《同源字典·同源字论》）作者王力（1900—1986），字了一，广西博白人。师从梁启超、赵元任，1927年赴法国留学，1932年获巴黎大学文学博士学位后返国。先后在清华大学、西南联大、岭南大学、中山大学、北京大学任教，一级教授。其从事中国语言学研究逾半个世纪，在汉语语法学、音韵学、词汇学、汉语史、语言学史诸多方面所取得的成就之大、中外影响之深远，在现当代中国语言学家中是极其突出的。他是我国杰出的语言学家、教育家、翻译家、散文家和诗人，是中国现代语言学奠基人之一、中国语言学会名誉会长、中科院哲学社会科学部委员、全国政协第五、第六届常委。又，拙文所据《同源字典》为商务印书馆出版1982年10月第1版。

汇）角度看，两个"度"字并没有相同的DNA，不具直系血亲关系，连远房表亲都攀扯不上的，压根儿就不存在什么本义与引申义之类的瓜葛。它们不过是使用了相同的记录符号"度"而已，正是同形、同音，却并不同源、同义或近义的汉字（词）的典型代表！王力先生的《同源字典·同源字论》，为人们认识并解决该"度"字类难题，提供了极大的帮助。

"过"字，本义为经过、行走（《说文·辵部》："過，度也。从辵，呙声"）。在表达"越""度"的意义上，"过"似乎不如"越""度"雅（正），但在实际的语言运用中，却呈现出了大众化、口语化（俗）、高频率的特征。其证明材料可谓俯拾皆是，如刘禹锡的名句"沉舟侧畔千帆过，病树前头万木春。"当下还在使用的古俗语"过目"，再如熟语"过耳秋风""过河拆桥"，又如现代语"过山车""过斑马线""过街天桥"等。

"越"字本义是过、经过、跨过，如《左传·僖公三十年》"越国以鄙远，君知其难也。"（经过晋国把远方的郑国作为秦国的边界，您知道是困难的。）再如今之短语"越冬作物"。至于超过、跳过，则是"越"字的引申义，如"必使为善者不越月逾时而得其赏"（柳宗元《断刑论·下》）。"往事越千年，魏武挥鞭，东临碣石有遗篇。"（毛泽东《浪淘沙·北戴河》）再如双音节合成词"越权""越位"。再者，"'逾、踰'实同一词"（《同源字典》P194），而"越"与"踰""逾"表意的形旁类同，表音的声母同而韵母近，属同源字，本义相通，因而《说文》曰"踰，越也"，《玉篇》云"越，逾也。"。这正是汉语语汇从单音节词向双音节词演变的过程中，能够顺利产生同义互训的合成词"逾越"的基础性条件。

（二）"及"，会意字，甲骨文像一手从后面抓住一个人的样子，金文像一个弯腰的人被身后伸过来的一只右手捉住了腿，小篆承袭金文，经隶变后楷书写作"及"，仍保留着前人后手的形迹。"又（shǒu）"，是"手"字的本字、古字之一，特指右手，如本义为捕获到野兽或战俘时用右手割下左耳的"取"字（《说文解字·又部》："取，捕取也。从又从耳。《周礼》：'获者取左耳。'《司马法》曰：'载献馘（guó）。'馘者，耳也。"意思是说，冷兵器早期，先民在野战杀伐中，割走敌尸左耳以代首级，作为记录战功的凭证）。《说文·又部》曰："及，逮也。从又从人。"这一训解，确定了"及"字的本义为"追上、赶上"。至于"至、到"的意义，则分明是由"及"字的本义引申而来的。

"至"，会意字。甲骨文"至"字下部的一横，表示地面，地面上插着一支羽箭，会"箭从高处射落到地面"的意思。金文与甲骨文相同，小篆承金文整齐化，隶变后楷书写作"至"。《说文·至部》云："至，鸟飞从高下至地也。"（至，是鸟从高处飞下落到地面上的意思）表明"至"字的本义是"到来、到达""极、最"（如"至交"）则是"至"字本义的引申义。

"到"，是"至"的孳乳字。通俗地说，"到"字是由"至"字繁殖派生出来的。"到"，金文原本是会意字，从至从人，会"人至为到"的意思。小篆演变成了形声字，因而以小篆为据的《说文·至部》说："到，至也。从至，刀声。"其本义指抵达某一空间点，引申指抵达某一时间点。"至"字与"到"字的初始义，具有"母子血亲"关系，语义完全重合，而"至"字与"及"字的初始义，却没有丝毫"血亲"关系，仅仅只有部分语义的交叉性重合。

（三）综上可知，此"越"字，与"及""至""到"，既没有字义、语源上的承传嬗变关系，又没有语义的交叉重合关系，因而根本就不存在什么"古今词义演变"的物质基础。即使从声韵角度考查，二者在古音中的声读，也相去甚远（见下"二"），完全没有可资声训的基础性条件——所以说，此"越明年"之"越"字，是绝不能用"及（至、到）"去训解的！

汉字是可分析的表意文字，字（词）义的演变有其自身的规律，总会在浩瀚典籍中留下可资寻查的印迹。持之有据，言之成理，多方印证，是训解汉字（词）义所必须依循的、最基本的原则。但是，对于"越"，我遍翻了具有重大影响的汉字工具书《康熙字典》和《汉语大字典》、徐锴的《说文解字系传》、段玉裁的《说文解字注》以及《辞源》《辞海》《古汉语常用字字典》（商务印书馆版）《同源字典》等，居然统统没有给训解或解读此"越"字为"及（至、到）"提供任何一点儿可能的帮助！

二、课本注释之唯一"可能"的文献"根据"，同音同形、却绝非同源同义的彼"越"字，被解读成"如同'及（到）'"，跟训解为"于（於）、粤"之诸多文献的比较，此"越"≠彼"越"，不可互训，不可混淆。

（一）那"一点儿可能的帮助"，只可能来自来自清代学者王引之（1766—1834），因为自从"仓颉"造字到而今，把彼"越"字与"及"字挂钩"结缘"，做出词义解读的，只此王家，别无分店。其名著《经传释词》有云："越，犹及也。《尚书·召诰》：'惟二月既望，越六日乙未，王朝步自周，则至于丰。'"单就"越"字的词义，王引之讲了两句话。他先说"越"字的意思，就"如同（好像）'及'"字的意思，这是亮明自己的观点。观点对不对呢？于是乎，援引中国最早的官方文献作为论据，予以证明。应当毫不含糊地肯定：该解读没有问题，观点统摄了材料，材料也证明了观点，何况使用了极富弹性的"犹"（如同）字把关（实际上已经申明：此非"说文解字"）。

不难断定，该"越，犹及也"，既不是运用"六书"之法（即象形、指事、会意、形声的"造字"之法，假借、转注的"用字"之法），说文解字，直陈两字（词）"同义"的道理，也不是运用"声训"之法，列声陈韵，亮出两字（词）同源同义的根据。因而完全可以这样说，"越，犹及也"只是王老先生"快餐式"的权宜之计，是一时间无从运用"六书"或"声训"的方法，从正面直接训解彼"越"字的一种无奈的选择。毫无疑问，一个"犹"字的参与，就已经致使"越，犹及也"天然失去了正经"训解"的资格，是只可被称之为"如同式"随性"解读"的！

王引之的"如同式"解读，建立在把书证材料中的"既望（十六）日"，作为"越六日"的第一日、"乙未"作为第六日的基础上，无疑是正确的，因为由"乙未"反推，"既望"日正是"庚寅"日，这与汉唐以降众多名家的认断，完全一致。这样，把"惟二月既望，越六日乙未"，译讲为"二月既望（十六）日，到第六日即乙未（二十一）日那天"，当是无可厚非的。接下来的"越若来三月，惟丙午胐（fěi）"（笔者试译作：到了接下来的三月三即丙午日，适逢新月乍出①）句，连

---

① "越若来三月，惟丙午胐"。"若"，表"顺"的意思，《汉语大字典》（P1327）引《尔雅·释言》《尔雅·释诂》作此解，孔颖达在《尚书·召诰》的"疏"文中，也训解为"顺"。一维性是时间的特性，该句表时间，承接前面表时间的"惟二月既望，越六日乙未"而来，因而该"若"字当以"顺"为据，按现代汉语的表达方式以及约定俗成的用语习惯，灵活地引申讲为"接下来"，表意才更明晰晓畅。古历二月晦，即二月最后那一天当是二十九日（癸卯）无疑，丙午则当是三月三日。这样，从"二月既望"到三月丙午，连头带尾，总计十七天（依次是：庚寅、辛

同"越三日戊申……越三日庚戌……越五日甲寅……越三日丁巳……越翼日戊午……越七日甲子"一节文字，共有七个处在时间概念前的"越"字。如果全用"及（至、到、到了）"去一一训解那七个"越"字，则整节文字的时间要素清晰，意义明白晓畅。遗憾的是，王氏对其解读的字义语源，未做出任何说明，未拿出其他材料辅以佐证，没有，当然也绝不可能依据"越（yuè）"（读若"粤"，"月韵部"）、"及（jí）"（读若"笈"，"缉韵部"）上古（先秦）就相去甚远的音读，做出同义或近义的"声训"。

不过，遗憾是我辈自讨的。那原本只是针对特殊语境中、特殊的彼"越"字，随性做出的（只限于单一对象的、临时性的）"如同式"解读罢了，原本就不是什么规范的"训解"或"释词"。他既没有说，也绝对不会去说什么"越，及也"的，因为"越，及也"与"越，犹及也"的巨大差异，王老先生必定心知肚明。客观事实是，他特遣一个"犹"字，确实爽快周全地解决了"眼下"特殊的彼"越"字的意义，就"如同'及'字的意义"，却不仅回避了，且在不经意间，恒久地留赠下了待后人解决的难题——为什么这特殊的彼"越"字的意义，就"如同'及'字的意义"？因而，单就该王说的学术权威性，尤其价值的普适性而言，原本就是先天不足的！"智者千虑，或有一

卯、壬辰、癸巳、甲午、乙未、丙申、丁酉、戊戌、己亥、庚子、辛丑、壬寅、癸卯、甲申、乙巳、丙午）。"惟"助词，用于句首，尤其是用于时间词语前，没有实际意义，但有强调的意味。

此"惟"则重在强调丙午日重要的天文现象：新月乍出。"朏"（读作fěi，又读作pěi），会意字。《说文》："朏，月未盛之明。从月出。《周书》曰：'丙午朏。'"《说文》的训解，指明了"朏"字的本义——新月乍出，其光些微。据上，笔者将该句今译作：到了接下来的三月三即丙午日，适逢新月乍出。又，"朏"是"夏历每月初三的代称。"（《汉语大字典》P866释"朏"②）。

失"，王老的解读，或许不失为一则经典的佐证吧。顺此机会，不妨让我们拜访拜访他的前人、同朝前辈与当代巨匠吧。

（二）孔颖达①比之王老，年长近一千二百岁。在《五经正义》中，对后生王引之作为"越，犹及也"书证的《尚书·召诰》文句，他做过这样的正义："'惟二月既望'，周公摄政七年二月十五日，日月相望，因纪之。越六日乙未，王朝步自周，则至于丰。'於（于）已望后六日，二十一日，成王朝行从镐京，则至于丰。'"为让读者更准确地把握文中的几个时间节点，孔颖达进一步解说道："惟周公摄政七年二月十六日，其日为庚寅，既日月相望矣。於（于）已望后六日乙未，为二月二十一日。王以此日之朝行自周至镐京，则至于丰。"

乍看孔氏的这些文字，似乎没有针对"越"字做出训解，而实际上则是以上古（先秦）就已广泛运用、表意灵活的次动词即介词"於（于）"字，直接而准确地讲清楚了该"越"字的字义——"於（于）已望后六日，二十一日"，译成现代汉语当是：到既望日后的第六天，即二十一日那天（"已望"即"既望"，意指二月十六日庚寅，庚寅日后的第二天是辛卯日，再历壬辰、癸巳、甲午三日，到第六日，正是乙未日即二十一日）。单就"越六日乙未"句的准确解读，孔颖达可谓不厌其烦，在此后的疏文中，又再度"正义曰：'於已望后六日'，是为二十一日也。"不仅如此，他还在后续文字中，把《尚书·召诰》里所有处在时间词语前的"越"字，一律使用"於（于）"字予以训

---

① 孔颖达（574—648），字冲远、仲达，孔子后裔，冀州衡水（今河北衡水市）人，隋唐间杰出的儒家学者、经学家。32岁时，隋炀帝因其才华卓越，破格委以太学助教职。唐太宗李世明嘉其才德，盛赞他为"关西孔子"。多有著述，以《五经正义》影响最大。该著作成果丰硕，垂教百世。病逝后，其遗体陪葬昭陵——唐太宗墓。

解。其结果是：整段叙事性文字的时间要素准确清晰，"文意明白晓畅"（与王引之"越，犹及也"的解读效果相同）。

既然这样，那么孔颖达针对《尚书·召诰》"越六日乙未"至"越七日甲子"一节文字中的8个"越"字，所做出的意即"越，於也"的训解，其可靠的文字学训诂学根据，究竟是什么呢？虽然他并不曾直接挑明，却给后人留下了科学合理揣度的空间——或许是根据"于（於yú）""越（yuè）"声同韵近而以音求义的吧。（"於"也作"于"，介词，引进动作趋向的对象，相当于"到"或"至"的意思。请见《汉语大字典》缩印本P911释"於"④。又，"於"与"于"两字完全同义。请见王力《同源字典》P23。）

长王引之31岁的文字学大家段玉裁（1735—1815），在其巨著《说文解字注》中，以无可颠覆的理据，在事实上充分肯定了先贤孔颖达"越，于也"的训解。为简明计，谨恭录两节相关文字于后，聊备存查。其一，继许慎说文"越"后，段注曰："……越，於也。此假借'越'为'粤'也。《尚书》有'越'无'粤'……《说文》引'粤三日丁亥'，今《召诰》作'越三日丁巳'。"其二，继许慎解字"粤"后，段注云："'粤'与'于'双声……诗书多假'越'为'粤'。《笺》云：'越，於也。'又假借'曰'为'粤'。《周书》曰：'粤三日丁亥。'今《召诰》：'越三日丁巳'。'亥'当作'巳'。"（引文中的标点，系笔者所加。）

如此看来，生活在声训学问已达鼎盛期的古音学家王引之先生，另辟蹊径，独创"越，犹及也"的权宜之计，会给现当代学人之理解"越明年"的"越"字语义，带来不小的纷扰。

当代杰出语言学家王力先生，在段玉裁、王念孙为代表的清儒以声音明训诂所取得的文字学空前成就的基础上，运用大量文献资料阐述说明"曰于越粤（物月旁转）"语义相关的演变后，说道："按，在于的意义上，'曰、越、粤'实同一词。"（《同源字典》P461）。这是大别于段玉裁之"假借"说而前无古人的全新认识，是王力先生对相关训诂学的既有理论和实践，从古汉语语源方面切入，进行系统梳理研究后，对先贤训解彼"越"作"于（於）"之无可撼动的学术地位、永资利用的不朽价值所郑重做出的科学论断。

必须注意的是，王力先生所谓"在于的意义上"所特指的是——在表达"于"字的介词即次动词"至""到"等意义上，"越"字与"于""曰""粤"同源同义。还应当明确指出的是，王力先生的研究方法，较之于段玉裁、王念孙等先辈大家，更其科学，他不是从单纯的文字角度研究问题，而是从语言的角度研究问题的（是从语言角度研究汉语训诂学的第一人，堪称巨匠）。王力先生之所以说"在于的意义上，'越、粤、曰'实同一词"，一个极其重要的因素，是因为它们同属上古33个声纽（母）中的"喻母"，属上古29个韵部中乙类第二小类"月部""物部"的语音旁转，音近义同。在用以证明其是"同源字必然是同义词"的诸多文献材料中，就有《尚书·召诰》之"越三日丁巳"与更古版本的"粤三日丁亥"（参见《同源字典》P3-P45，《同源字典》P460-P461）。

王力先生接传孔颖达、段玉裁、王念孙等一代代宗师的千年薪火，所熔铸的科学论断，已经十分清楚地表明，其一，《尚书·召诰》中的彼"越"字（词），与表"经过"义的此"越"字（词），根本就不是一个词，因而彼"越"字与此"越"字，绝无所谓"古今词义的演变"可言；其二，彼"越"、此

"越"，仅仅只是同音同形，却并不同义或近义的汉字（词）；其三，"越，于也"之所以成立，彼"越"字之所以能够表达"至，到"的意义，是因为该彼"越"字，"在于的意义上"，与"于（於）"字同源，实"同一词"（"所谓同源字，实际上就是同源词""同源字必然是同义词，或意义相关的词"，语出王力先生之《同源字典·同源字论》）。

（三）遗憾啊遗憾，王力先生病逝（1986年）前，虽贵为"六五"文化工程《汉语大字典》学术顾问，却已无力于具体工作了，其于1980年以80高龄奉献国人的科研成果，未能得到应有的珍视与及时的运用。1985年开始分卷定稿，陆续出版，而后合成大一本的《汉语大字典》（缩印本P1450）解释"越"为"经过"的第一则书证材料，恰与《辞源》（重修版P3257）解释彼"越"字为"经过"的书证材料雷同。如此一来，则既与王力先生的科学定论格格不入，又与孔颖达、段玉裁无可颠覆的主张截然相左，因其苦恋的书证竟同为："惟二月既望，越六日乙未，王朝步自周，则至于丰。"举证究竟不慎，黑字错落白纸，铸成莫大遗恨，那"证据"实在无法证明其"论点"！这也就是说，《辞源》携手《汉语大字典》，把"越六日乙未"的彼"越"字解释作"经过"，铁定是完全错误的！为什么会是这样的呢？

简而言之，那是该条目执笔人忽视了或者说根本就没有搞明白《尚书·召诰》中彼"越"字的特殊性，就轻率地运用具有普遍性的此"越"字基本义，因此，此条之误便成为"错的放矢"的必然结果。要清楚明白地回答"为什么会是这样的呢？"，就着实偷懒不得，只能费点儿周章，因而，以下几段文字，或许会有点儿让人"累眼"的。

"殷周历以每月十五、十六日至二十二、二十三为既望。后来称农历十五为望，望后一日为既望。"（《辞源》P1526）《汉语大字典》与《辞源》该条目执笔人，之所以使用《尚书·召诰》句作为诠释"越"字表"经过"义的证明材料，或许正是以十五（己丑）为"既望"，即以十五日作为"越六日"的起点日的吧。因为这样，并且也只有这样，"越六日，乙未"（或断句为"越六日乙未"）才可以勉勉强强地译作：经过（过了）六天（即过了己丑、庚寅、辛卯、壬辰、癸巳、甲午），到了乙未即二十一日那天。如果该条目执笔者也是以十六日（庚寅日）为"既望"即作为"越六日"的起点日的话，那么，"越六日，乙未"则似乎可以非常别扭地译作——经过（过了）六天（庚寅、辛卯、壬辰、癸巳、甲午、乙未）即过了乙未日（二十一日）那天。果真如此这般的话，麻烦也就毫不客气地旋踵而至了，因为"王朝步自周"的具体时间，就再也不可能是"乙未"（二十一日），而只能是"乙未"的次日"丙辰"（二十二日）了！岂不大乱其套？

退一万步讲，即使运用"经过"（过了）训解彼"越"字是成立的，也只能永享孤芳自赏（自证）的寂寞，因为其后的七个"越"字，是统统不可"如法炮制"的（为最基本的逻辑规律和规则所决定，"在同一思维语境过程中，必须在同一意义上使用概念语词。"）！不妨以"若翼日乙卯"（译作：接下来第二天乙卯日[①]）为起点日（三月十二日），看看次第而来的"越三日丁巳""越翼日戊午""越七日甲子"（三月二十一日）吧——连头带尾，才可勉强计算为"历时"十天（依次是：乙卯、丙辰、

《岳阳楼记》正义

---

① "若翼日乙卯"。"若"表"顺"，"翼"通"翌"，次于今年、今日的，"翼日"即第二天。此句当译作：接下来第二天乙卯日。

丁巳、戊午、己未、庚申、辛酉、壬戌、癸亥、甲子），而甲子分明是"刚到"之日，绝非"经过"了的日子。真正"经而过了"的，只有九天！彼"越"字，怎可用"经过"去训解呢？从乙卯到丁巳，满打满算才有三天——真正"经而过了"的日子，明明只有乙卯、丙辰两天，把"越三日丁巳"讲成"经过第三天即丁巳那天"，或者"经过三天，到了丁巳那天"是可以行得通的吗？

《尚书·召诰》自"惟二月既望"至"越七日甲子……庶殷丕作。"一段文字，清晰地顺时记叙了周公姬旦摄政七年（乙巳年，即前1036年——据2000年"夏商周断代工程"完成后，国家所公布的《夏商周年表》）二月十六日至三月二十一日间，与营建洛邑（今之洛阳，周王朝的京城）以待还政相关的、一系列重要的君臣政务活动（次年丙午即前1035年正月初一，还政于成王姬诵）！如果确认使用此"越"字之"经过"（过了）的词义，去一一训解，且代换《尚书·召诰》中的彼"越"字是正确的，那么，唯一的结果就只能是——其前前后后、原本明确清晰的时间要素，被"经过"拧绞成一团乱麻，而无从梳理，整段文字不堪卒读！

《尚书·召诰》总共使用了12个"越"字。除去已作辨析的、意义和用法完全相同的彼"越"外，出现在后文中的4个"越"字，谨依其次第列陈于后："诰告庶殷，越自乃御事。""越厥后王后民，兹服厥命。""越王显，上下勤恤。""越友民，保受王威命明德。"这样几个语句，固然佶屈聱牙，晦涩难懂，但由于"越"字既非冠于表时间的词语前，也非冠于表处所的词语前，因而完全可以被轻松地断定：既不可用"越，于也"作解，又跟"过，经过，跨过"的此

"越",相去天渊!

（四）由上述可知，自古迄今，针对《尚书·召诰》"惟二月既望，越六日乙未"句中的彼"越"字，计有两类截然不同的训解或解读（为力求简明计，于此姑且"搁置"王力先生之最具说服力的、惜乎鲜为人知的科学论断）。

一类以《辞源》《汉语大字典》为代表，完全混淆了毫无字义语源关系的彼"越"字与此"越"字，都运用表达特殊的彼"越"字字义的材料（论据），去证明寻常的此"越"字字义"经过"（论点）显系张冠李戴，因而作为论点与论据相联系的论证，根本就不能成立。这是不容置疑的。该严重错误的警示价值在于，人们对古代典籍中任何一个字词做出的训解，都必须经过多方印证，切不可大而化之，都必须老老实实地接受"在文中"的严格考试（检验），仅仅依凭"言之有据"，即使所据确为"一杆大旗"，也是不足为训的!

另一类，以孔颖达的《五经正义》、段玉裁的《说文解字注》为代表，用"于"训解，或者王引之的《经传释词》用"犹及也"解读彼"越"字，都确保了《尚书·召诰》文中时间要素的清晰、文意的畅达，（论证）推不倒。三者之所以能够"殊途同归"，无疑源自共有的认知基础——彼"越"≠此"越"，不可互训，不可混淆。三者显著的差异在于：孔氏意即"越，于也"并一以贯之的训解，确有声训的条件却语焉不详，稍似"犹抱琵琶半遮面"；段注则集前人之大成，运用了"六书"中的假借说（为王力先生后续的更其科学的"同源说"，提供一定的了帮助），释义精准明快、佐证确切周详；王引之随性的"越，犹及也"，未可厚非，但不是严格意义上的"释词"（训解），好一个"犹"（好像、如同）字了得，虽不失智光的闪烁，却也浸透无奈的苦涩。

实事求是地说，在对同一部古代典籍中的同一个汉字（词）之语义的把握上，王引之先生的研判方法，较之于前贤，未能显出任何历史进步性，而科学性之缺席"犹及也"，倒是不争的事实。显而易见的是，孔说，尤其段注，虽具相当的科学性，尚且只适用于特殊（或个别），王引之的"如同式"解读，就更没有普遍性（或一般性）的意义和价值了。或许，这正是除《中华大字典》（中华书局1915年编）照实罗列过王氏的"如同式"解读外，近现代所有大型汉语工具书，在解释"越"字诸多意义时，唯独对于"越，犹及也"，一概规避而不予采信的根本原因！

课本牵手教辅，把《岳阳楼记》中的"越"字，径直解释作"越，及、到"。"越，及、到"，无疑是前无古人的全新"观点"，但它所赖以成立的、符合逻辑的根据，究竟是什么呢？为什么就不能将其所持"根据"，爽快如实地公诸世人呢？该不会由于那根据正是"越，犹及也"，且持据者又明知"越，及、到"之与"越，犹及也"，确乎貌合神离、似是而非，因而不能当真"认祖归宗"的吧？

姑且不论"'越明年'就是'到了第二年'"之是耶非耶，单单它所依凭且唯一"亮"将出来的、绝无文字学训诂学佐证支持的"越，及，到"，就与其可能凭借的根据，即王引之原创的"越，犹及也"，相去很远了！所幸经过"整形"变异，山寨创造的"［越］及、到"，似乎还没有堂而皇之地插上王引之先生的旗号。虽然《辞源》与《汉语大字典》，由于错误训解"越六日乙未"中的"越"字为"经过"，在事实上否定了王说，因而自陷于泥淖之中，却并不能以之为据而反向证明：王引之先生的"如同式"就是科学的诠解，是具有普适性价值的。那样的反向证明，是完全不合逻辑的。

三、用"及、至、到"训译"越明年"必淆乱要素，必损害文意。

（一）承上文已知：彼"越"与此"越"，只是同形同音字（词），二者之语源字义，风马牛不相及，不可互训。既如此，那"越明年"的"越"字，作"及（至、到）"训解，究竟是正确的，还是错误的呢？且慢作答吧。由于"词不离句""句在文中"，因而认识的出发点和最终归宿，或者说那裁量、裁断的标准，归根到底，其实只有一个——看她（"越，及、到"或"越，过了、经过"）"在文中"是否自在舒畅，对文意的传达，是造成损害的结果，还是产生助益的实效。这既是问题的根本所在，又是认识问题的关键切入点，更是解决问题所必须牢牢抓住的"牛鼻子"。如果轻忽之、偏离之、放纵之，那么"此"是"彼"非，尤其那此"是"彼"非"的"然"之所以然，就极有可能还要"掰扯"半个多世纪（或许更其久长），也未必就能了结的。

且设定A命题：用彼"越"义"到了（及、至）"译讲此"越"，是正确的。

则，"越明年"，如课本注释的"到了第二年，就是庆历五年"，就无疑是正确的。

既然如此，那么，时间进入庆历五年正月初一子时，或者正值庆历五年惊蛰，或者恰逢庆历五年芒种，或者……不是都可以叫作"到了第二年"么？诚如此，该深受"到了"所严格制约的"第二年（庆历五年）"，作为特定语境中的时间概念之外延，就没有了确切的、或者说可以被确定下来的对象或对象范围，就仅仅只是勉勉强强地"反映"了，并且最多也只能够不清不楚地

"反映"该时间概念内涵的"某"（并非确定了的、或者说可以被确定下来的X）外延，而绝非其外延的全部。诚如此，该概念"第二年（庆历五年）"的内涵和外延，在既定的被"到了（进入）"所严格制约的语境中，就铁定是"不明确的"了，亦即作为时间要素的语词"第二年（庆历五年）"的含义就是"模糊不清"的了。既然如此，那么，此前所设定的"A命题"，究竟是得以成立而确为真，还是不可成立而确为假呢？

（二）已知"庆历四年春"滕子京上任。再设定B命题："越明年"就是"到了庆历五年"是正确的。

因而，滕氏谪知岳州下车伊始，到"政通人和，百废俱兴"，再到"重修岳阳楼"，直至"属予作文以记之"，累计其前后所用的时间，就是或者不足一年（数月），或者一年，或者年余完全符合逻辑。

该"完全符合逻辑"的内在必然性表明，"庆历五年"正月，"政通人和，百废俱兴"初成；"庆历五年"二月，岳阳楼"重修"；"庆历五年"仲夏，友人"属予作文"——无不符合逻辑（任谁学富五车，也无从证明它"不'符合逻辑'"）。既然如此，那么，就不必研讨滕氏的政绩"大跃进"，能否"多快好省"地达成，也不必评说滕氏功之未成而"早谋彰显"，名之未遂却"久求传扬"，是不是太过躁急，单是古道热肠的作者，从接受"嘱"托（"庆历五年仲夏"此承上说），到"作文"完卷（"时六年九月十五日"），耗时之久长，就着实令人大跌眼镜——冤哉我公，摊上太过倨傲怠慢的嫌疑了！毕竟文坛巨擘，日试万言之才，动点儿真格的话，挥就三百六十八言的一纸"记"文，不就是倚马可待的吗？

时间是记叙的要素，贵在清楚明晰。所幸如上所设之A、B

两个命题，经逻辑证明，全然不能成立，否则，原本谦谦君子而规行矩步的"第二年"，就必被"到了"所温柔"绑架"而无声"挟持"，悄然变身，化作桀骜的醉汉，把"记"文的时间要素瞎折腾个没完没了。至于文意因"到了"而遭戕残，范公因"到了"而难安于九泉之下，可就真真让人不知说啥才是个好。

四、用（跨过、经过）"训译"越明年"要素清晰，文从字顺。

（一）此"越"字当训解作"过、跨过、经过"，上文已有较详陈述，于此，略作如下补充。

其一，《汉语大字典》（缩印本P1450）对"越"字作了如下诠释和书证："②经过。……宋范仲淹《岳阳楼记》：'越明年，政通人和，百废俱兴。'"

其二，《汉语大字典》（P1450）释"越""①度过，跨过。……李富孙正俗①：'越训度，与过字义同。'"则不仅清晰反映出了"越"字本义与其引申义的源流轨迹，而且充分肯定了清代杰出的金石家、训诂学家李富孙《说文辨字正俗》的成果，越字当解释为度，越字与过字的意义相同，越、度、过三字同义互训。

其三，《古汉语常用字字典》族群中，冯蒸先生主编的版本（内蒙古大学出版社，第1版，P707），周详备细地训解"越"字为"空间上由此及彼，跨过、经过。引申为时间上的经过、跨过，如范仲淹《岳阳楼记》：'越明年，政通人和，百废俱兴。'"该训解与书证，源清本正，殊为难得。

（二）"越明年"，绝非"到了第二年"，一个寻常的此

---

① "李富孙正俗"，是"李富孙在《说文辨字正俗》中说"的省略式。李富孙（1764—1843），字既汸，浙江嘉兴人。经学深湛，著述颇丰，影响很大，以《说文辨字正俗》8卷为最。其生平业绩入《清史·列传》。

"越"（过了，经过，跨过）字，就极其轻松准确、明白无误地界定了"明年"即"第二年"的意义范围：自庆历五年正月初一子时起，直至当年除夕日之亥时终了的、完完整整的一年，即毫无遗漏地囊括了该"年"从理论上讲，可以无限微分的全部时间"点"。从形式逻辑的角度研判，此"第二年"，作为一个特定的时间概念，其内涵反映了它的全部外延，表达的意义是极其清楚明确的。因而，"越明年"在《岳阳楼记》的语境中，当训解并译讲作："过了（经过，跨过）第二年"。

作者把"越明年"作为"记"文的要素，既谨严简洁地呈现了由"政通人和，百废俱兴"，而"重修岳阳楼"，而"属予作文"之事理当然的次第，又清楚明白地交代了"属于作文"的时间：过了"庆历四年春"的"第二年"，即"过了庆历五年"——到了"庆历四年"的第三年即庆历六年！

"到了庆历六年"，毫不含糊地表明：从"庆历四年春"走马上任，直至"属于作文"，滕氏艰苦奋斗的时间跨度，或者接近两年，或者两年多，绝非那"到了庆历五年"所"公开"宣示的或"数月"或"年余"的可怜光景。历"数月"或"年余"的付出而臻功业煌煌，是匮乏可信度的，是难免"政绩"或浮夸或造假的嫌疑，难避"工程"或烂尾或坍塌之灾祸的。正所谓"欲速则不达"，古今皆然。

"越明年"，就是"过了第二年（庆历五年）"，意即"到了庆历六年"。至于"属予作文"的确切时间，因其蒜皮鸡毛，无关宏旨，故而以模糊化之，明其大体为妙。如果联系全文结句——"时六年九月十五日"，审慎揣摩，那么，"属予作文"，或当在庆历六年季春与"重修"将毕的孟秋之间，才不悖事理、洽融人情、和顺友道（邓州到岳州，遥距千里，山长水远。夏秋时节，雨水丰沛，洪涛多发，鞍马舟车，着实不易。滕氏求《记》信函的送达，需耗时日，《记》文回传，同样耗时不论，还得为滕氏之读《记》，尤其着人刻《记》等活动，预留较为充裕的时间，便利滕氏从容择日，以隆重庆典）。作者应"嘱"，借题发挥，"记叙"笔墨，至为吝啬，"政通人和"之类，本难刚性量化（古今同情同理），因而绝无所谓时间"节点"可以精准交代。

总而言之，此"越"字，唯有"过了（跨过、经过）"的意思；"越明年"唯有"过了第二年（庆历五年）"（到了庆历六年）的意义。只有它们，才能够规避"以词害意"，才能够充分保障《岳阳楼记》记叙之时间要素的清晰，事理逻辑的周严，达意的"文从字顺"。这是客观语境的制约性与释义性功能，所携手给予读者的、唯一正确的主观选择。

自从"越明年"之此"越"字，被教材（中学的、某些大学中文专业的）诠解作"及、到"（到了），质疑否定之声，便不曾休止。于是乎《洞庭秋色图》、滕氏求《记》书、岳州地方志等等，便竞相出箧露脸，争赴笔底，以效犬马之诚，共襄举证质证而力图确证——"越明年"即"过了第二年"或"到了第三年（即庆历六年）"，并以之否定"越，及、到"。笔者则坚定地认为：《岳阳楼记》用词考究，逻辑严密，达意精准，绝未遗存"越"字（包括其他字词）歧义，因而"考证"或考订之"本"，就"在文中"，即正在《岳阳楼记》里，也在此"越"、彼"越"之然与其所以为然的辨析中。

"增"，形声字。"增，益也。"（《说文》）其本义为"加多、添加"，引申指扩大。"制"，会意字。《说文》：

"制，裁也。从刀，从未。"（笔者注："未"，枝条繁茂之树；"刀"，用刀剪裁断、切割树枝，阻其疯长。）其本义为裁断、切割，引申出造、制造、制作等词义（《字汇·刀部》："制，造也。"），如《诗经·豳风·东山》"制彼裳衣，勿士行枚。"（笔者直译作：制作百姓的裤子和上衣，口中不再横衔筷子了。那意思是说，从此换上老百姓的服装，不再过那"衔枚疾走"的军旅生活了。）"再引申指形制、式样。以形制、式样为基础，结合文本具体语境，才可将"制"再作动态引申，临时性地讲为"规模"，这是不应泛化开去的。

蒙照下句"属予作文以记之"反推，这当是滕子京告知的"重修岳阳楼"的后续作为，因而该"刻"，不是"已刻"或"正在刻"，只当是"拟刻"，即计划或准备镌刻的意思。"增其旧制"的"重修岳阳楼"主体建筑工程是"正在进行式"，而主体工程竣工之后才可施行的文化包装，自然就只当是待行的"未来式"。由于该"刻"，是顺序叙事过程中的准"节点"，因而对其时态的把握，关乎译文的忠信度。以岳阳楼为题材的"诗赋"，其"唐贤"者量多，精品不少，其"今人"者量少，鲜有佳作。拟刻"今人诗赋于其上"，自有向名家征文的需求，"属予作文"分明透漏了个中消息。

"赋"，是形成于汉代的一种特殊文体（大别于先秦两汉通行的散体文），讲究文采、韵节，兼具诗歌与散文的性质。两汉以后，赋体文或者朝着骈文的方向发展，或者进一步散文化（其接近散文的叫"文赋"，接近骈文的叫"骈赋"）。风行于六朝的骈文，历隋唐而至北宋，仍然居于散文的正统地位，号为"时文"。北宋中叶，在范仲淹、富弼、韩琦等人的支持下，以欧阳修为领袖，继中唐韩愈、柳宗元之后，发动了效法先秦两汉散文的第二次古文运动。由于欧阳修和王安石、曾巩、苏洵、苏轼、苏辙等人的共同努力，终使古文运动获得了全胜。既结束了骈文的统治，也恢复了散文"辞达"的优秀传统。

《岳阳楼记》是借题发挥的"命题作文"。范仲淹之文才人品政声，誉满当朝，被征集命题的"今人诗赋"，就自当知晓，《记》文必被滕子京镌刻于岳阳楼上，因而随俗采用了正统文体，即选择"骈赋"与"文赋"相间的形式（客观上增加了今人阅读理解的难度），却极大地突破了"铺采摛（chī）文，体物写志"（铺陈写景，借景抒情）的传统，而以议论立言作为文章主体。

该记叙句看似平实简约，实则蕴藏丰厚。既暗设伏线，为后文"前人之述备矣"，预作铺垫。又含蓄示意此段以下的文字，将由"散体"转为正统的"赋体"。还隐约暗示"今人"此《记》，或将镌刻于岳阳楼上。

"属"通"嘱"，吩咐，托付。"以"，顺承连词，用法相当于"而"，可讲作"来"。"之"，指示代词，指代"重修岳阳楼，刻唐贤今人诗赋于其上"这一文化盛事。

前文概略交代了《记》之写作背景，本句既承上交代作《记》缘由，又是对写作背景的必要补充。文字至为简约，为避喧宾夺主，省去多少笔墨。

范仲淹玄孙范公偁（1126—1158）在《过庭录》（研究范仲淹的重要史料，以祖辈事迹、有关施政、家训等为主要内容）中，是这样说明《岳阳楼记》写作背景的："滕子京负大才，为众忌疾。自庆阳帅谪巴陵，愤郁颇见辞色。文正与之同年，友善，爱其才，恐后贻（遗）祸。然滕豪迈自负，罕受人言。正（文正）患无隙（机会）以规之，子京忽以书（信）抵文正，求《岳阳楼记》，故《记》中云：'不以物喜，不以己悲''先天下之忧而忧，后天下之乐而乐'，其意盖（承上表示原因）在谏（规劝）耳。"传说岳阳楼落成之日，属下前来道贺，滕子京却说："落甚成！待痛饮一场，凭栏大恸十数声而已。"本当高兴之际，滕氏却悲从中来，足见其尚未从被谪所造成的心理阴影中走出。一般而言，"放臣逐客，一旦弃置远外，其忧悲憔悴之叹，发于诗作，特为酸楚，极有不能自遣者。"范仲淹应嘱作《记》时，正身处贬地河南邓州。强国富民的改革流产，报国苦心得不到理解，一时间心态多少有点儿失衡。滕氏求《记》书，正好为他提供了一鸣而浇"块垒"的机会，于是乎，《岳阳楼记》便成了他借题发挥，抒怀立言，谏友勉己的载体。

（一自然段）评赞曰：落笔入题，力扣岳阳楼"重修"，何人何时何背景，不枝不蔓。述作记缘由，应友朋嘱托——道衷曲盛情难却，漏心机"借题立言"。"刻唐贤今人诗赋于其上"，遥指下文"前人之述备矣"——句句平实，字字珠玑，伏笔精设，了无斧凿痕！

（二）

［原文］予观夫巴陵胜状，在洞庭一湖。

［今译］我看那巴陵郡优美的景色，全在洞庭湖上。

"夫"，指示代词，近指"这"、远指"那"。此处当讲为远指代词"那"。

"胜状",优美的景色。"胜",优美的（景物、境界等）。"状",形状或样子。"一",不是数词或数量短语的省略,而是表示范围的副词,满、全、都的意思,如"一屋子人""一身是胆""一如既往"。"巴陵胜状,在洞庭一湖",意即:巴陵胜状,一在洞庭湖(全在洞庭湖上)。

[原文]衔远山,吞长江,浩浩汤汤,横无际涯;朝晖夕阴,气象万千。

[今译](湖水)环拥着远处的君山,吞吐滚滚长江,浩浩汤汤,辽阔无边;早晨阳光明媚,晚上云遮雾障,(一日之间)壮丽景色千变万化。

"衔远山……气象万千。"处在前有"巴陵胜状,在洞庭一湖"作为总纲,后有"此则岳阳楼之大观也"作为总束与补充的、限制程度极高的语境中,严格受到了前后文的夹制性约束,因而,其以简笔概绘的"胜状",无一不在洞庭湖上,无一不是伫立于岳阳楼上就可看到或感受到的。语境的制约性,隐隐提示着读者,前后文为"衔"字的训释理解,提供了极其丰富的背景材料,必须借助该背景材料,去锁定该"衔"字在文中的目标词义。"衔远山",被普遍译讲成了"连接着远山"(教辅)、"包含着远处的山峰"(郭锡良等先生编著之《古代汉语》)、"连接着远方的山脉"之类——实质性的意义,大同小异,都存在着乖逆语境的问题。其共同根源在于:忽视了语境的限制性,忽略了语境的释义性功能。

"衔"与"吞",都是比拟修辞格的运用,都承前省略了行为主体（主语）"洞庭湖"，都是对"巴陵郡"之洞庭湖"胜状"所做出的、形象化大写意的宏观描绘。正确理解，进而译讲"衔""吞"在文中的意义，必须从厘清其本义（或基本义）即概念意义或静态意义入手，密切结合上下文意，认真分析，仔细推敲，以把握语境所赋予它的动态意义即临时意义。

"衔"，"銜"字的简化。"銜，马勒口中也。从金从行。銜，行马者也。"（见《说文·金部》说明：根据需要，笔者会选择性地使用繁体字）对此，段玉裁在《说文解字注》中，首先纠错指出，许慎《说文解字》中的"马勒口中也"，应当改作"马勒口中者"才对，接着注释道："《革部》曰：'勒，马头落銜也。'落，谓络其头；銜，谓关其口；统谓之勒也。其在口中者谓之銜。以铁为之，故其字从金。"训诂学家徐锴，则早对"銜"的功用，做过这样的说明："马銜，所以制之行也（笔者直译作：马的勒口是用来控制马的行动的）。"显然，"衔（銜）"字本义，指马的勒口（俗称"马嚼子"），是为了方便驾驭，横放在马嘴里的铁勒口（多为小铁链）。其两端连在笼头上，那露于嘴外的部分叫作"镳"（即"分道扬镳"之"镳"；"扬镳"是"驱马前进"的意思），而被含在嘴里的部分叫作"衔"。

"衔"字，原本属于名词，其引申出的基本义"用嘴含"，则转化为动词了，如"蝶衔花蕊蜂衔粉，共助青楼一日忙。"（李商隐《春日》），又如"春燕衔泥"。此"衔远山"之"衔"字，如果照搬静卧词典的"用嘴含"去对讲，势必太过生硬别扭；如果完全撇清"用嘴含"的基本意义，讲成什么"连接"之类，又势必违背"忠""信"的原则，导致"衔（銜）"字的形、神、韵，丧失殆尽。如何才能避免译文对"衔"字的乖违呢？只有抓住"衔"字的基本义不放，老老实实地回归语境，

"在文中"做一番深究细研，舍此，别无法门。既然"用嘴含"之"含"字的意思，是把"东西放在嘴里不咽不吐"，那么，"衔远山"之原始的字面基本意思，就理当是——"浩浩汤汤，横无际涯"的洞庭君大张其嘴，"含"着"远山"，既不能下咽，又不能吐出。根据这个基本意思，就应当兼顾译文具象的合理性与表意的简明性，把"用嘴含"，再做动态引申，临时性地赋予"衔"字"环拥"或"环抱"的意义，才比较符合此"远山"四面环水（即在洞庭湖"嘴中"，既不曾"咽下"，又无所谓"吐出"）的实际。由于"衔"即"用嘴含"而不咽不吐的施动者是洞庭湖水，被"衔"（环拥）者即受动者是"远山"，因而当据此毫不含糊地认定，作者精炼一"衔"而落笔纸上的当儿，就已经十分具体真切、周详而不容置疑地界定了——该"远山"，不在湖滨岸头，更不在离岸很远的地方，不是"宛在水中央"，而是就在洞庭湖的水中央！

"正在洞庭湖的水中央"之"远山"，既是"巴陵胜状"所不可或缺的，又是构组"岳阳楼之大观"的要件。作者惜墨如金，无碍谨严有序，由巴陵郡而洞庭湖，由洞庭湖而岳阳楼，从空蒙宏阔的"面"，到具体而微的"点"，直接把"在洞庭一湖"的"巴陵胜状"，化为"大观"而聚焦于"岳阳楼"，并把它作为了"多会于此"的"迁客骚人"，"览物"而生情、生情而言志的立足"点"。其行间字里，固已逻辑周严地判然申明，"岳阳楼之大观"是"览物者"伫立岳阳楼头，便可看到或感受到的！这就势所必然而又完全彻底地排除了"远山"泛指"山脉""群山"，乃至指称"远处的山峰"（有山而可见其"峰"，必是栩栩具象而视觉器官所能真切感受到的）之可能性！"远"字，意指两点之间的空间距离大，系形容词性的相对概念，常用以表达视觉心理上的空间距离感。登临岳阳楼而直面洞庭湖，便可见到那"山"，而那"山"正在水中央，只见那"山"的轮廓，不得那"山"之端详，故而谓之"远"。山虽"远"而可见，山可见却形若"幻"，分明是勾诱读者，凭借既有的视觉经验，调动相关的知识储备，去寻获、去破解那潜伏其中的信息——岳阳楼与此"远山"大致的空间距离。至于该"远山"究竟实指什么山、"它"怎么样，以及为何"亦不详其姓字"之类，作者却永缄其口，不予言说，让人如堕五里雾中——真可谓笔墨"吝啬"之绝代风流，庶几一千年！

遣令"衔"与"远山"组合，留下由几多"悬念"构组的"言语方程"，任由读者自去会意，自去求解。作者用笔如此，基于何样的心思呢？想必范公绝非不知而无可言说的。那么老祖宗是明知其然而不愿说，或者以为说不如不说，不说聊胜于说，抑或雪藏了什么玄机呢？个中滋味，耐人咂摸。

即便从未到过岳州，更不曾登临岳阳楼，但既是应"嘱"作记，对其地理形胜的概况，作者不会不去认真做点儿功课的。那跻身"胜状"、堪称"岳阳楼之大观"的"衔远山"，哪能是向壁虚构或信笔为之的呢？至于前贤李白"淡扫明湖开玉镜，丹青画出是君山"、刘禹锡"遥望洞庭山水翠，白银盘里一青螺"的诗句，以及唐代传奇《柳毅传》所含的那点儿地理知识，纵然腹中空空如也，滕氏的"求记书"及附赠的《洞庭秋色图》，或者所遣信使的三言两语，便足可为范公裨补阙漏的！且不说娥皇、女英寻夫不果，泪染斑竹，飞沉洞庭，长眠"远山"，屈原歌赞二妃冰清玉洁，之死靡他（《九歌》）；司马迁、刘向异口同声尊呼姐妹花"湘君"（见《史记·秦始皇本纪》《列女传·母仪传》），于是乎葬地洞庭山，荣膺"君山"美号……那样脍炙人口的楚辞与洞庭掌故，怎能倏忽抱团，齐刷刷，潜踪遁迹，笑弃文坛领袖于人文地理"常识"的盲区呢？更遑论秦皇封印于此，汉武于斯射蛟……八百里浩渺洞庭，所"衔"远山小岛，何其多多——引瑰奇"赤山"①也好，挽风流"青山"也罢，能入范公"岳阳楼之大观"法眼者，舍我君山其谁也？

不难认定，不待身后四十年，那"未到江南先一笑，岳阳楼上对君山"（黄庭坚《雨中登岳阳楼望君山》）的佳句名世，范仲淹是早就知晓岳阳楼遥对君山，晴日里登临凭栏，便可眺望入眼的。其在《岳阳楼记》中，不过是刻意不予坐实罢了。他苦心孤诣，化实为虚，精炼"远山"，以虚为用，绝非故弄玄虚，只为增加"岳阳楼之大观"——"衔远山（衔君山）"的境界美。真可谓"别有洞天君不见，鹊山寒食泰和年"（元好问《济南杂诗十首》）！究诘其匠心独妙，何以如此，大略当从如下方面考量。

"衔"对"吞"、"远山"对"长江"，词性、结构一一对应，极富骈文句式整饬的美感。如果直接使用彼"君山"，去对应此"长江"，则势必破坏词性与结构的对称美，致使对仗不伦不类。再者，倘若使用"君山"，则必删"远"字，而在删掉"远"字的同时，楼山相隔而可视见的距离感，也就随之化为乌

---

① 赤山岛是洞庭湖第一大岛，也是我国的第一大内湖岛，形成于120万年前，面积106.18平方千米，最高海拔115.7米，位于湖南常德市汉寿县境内。该岛自然和人文景观独特，多名胜古迹，其中蠡山遗祠、明月澄湾等"赤山八景"名闻遐迩。樟抱腊树的传说脍炙人口。相传著名谋士范蠡，为帮助越王勾践复国雪耻，竟然献计割爱，让自己的情人——丽质"沉鱼"的西施，去侍候吴王夫差……功成身退，又执手西子，驾一叶扁舟，云游五湖。

青山岛是湖南北部湘阴县境内南洞庭湖中的一座孤岛，面积11.2平方千米，是目前世界上仅存的3个自然渔村之一。岛上历史文化底蕴厚重，有新石器时代遗址多处。黄陵二妃墓自古就是湘阴第一名胜。历代文人墨客如李白、杜甫、韩愈、张说、李贺、刘禹锡、苏东坡、夏元吉等，都在这里留下了不朽诗文。

有了，寻常的视觉经验，也就完全失去了——在阅读中本可彰显的价值！"美学"原理告诉人们，美，作为一种愉悦的心理感受，往往产生在与对象物的适度距离所造成的模糊中。"远山"，淡墨写意，缥缈如幻，比之写实却难状其实的"君山"（距楼逾12千米，陆地面积不足1平方千米，最高海拔不足77米。伫立岳阳楼，仅凭肉眼远眺，君山不过是"白银盘里一青螺"而已，郭锡良版《古代汉语·文选·岳阳楼记》所注之"远处的山峰"，实在是不可得见的），则平添了几多促人遐思的、诗化美的朦胧！

更重要的还在于，讲究虚实藏露，含蓄地预留下创造性欣赏阅读的空间，原本就是中国画（尤其文人画）和古诗文创作的传统技法及其魅力所在。文学欣赏不是被动、消极的感知，而是一种主动、积极的艺术再创造活动。作者熟谙受众心理，行文于此，特将洞庭君以其"大嘴"，万古永"衔"，文化积淀极其厚重的君山，极简约地虚化于无痕，深深藏进"实"且"露"的"远山"里，笑待那虚于、藏于文字之中的悬揣（猜想），与实于、露于读者心头的悬疑（距岳阳楼有多远，究竟是什么山，怎么样，叫什么名字等），交合碰撞，以激发读者的想象力，让读者在"实"且"露"之"远山"的引导、启发下，调动既有的人文储备与生活经验，进行个性化的补充和再创造，从而达到化虚为实、以简胜丰的艺术效果，使读者在这种再创造中，获得极大的审美满足！

正是一个"衔"字，给了"远山"以准确、清晰的地理定位，正是一个"远"字，既给了"岳阳楼"与该"山"以大致的空间距离，又给了该"山"以真实的朦胧，而"远山"那诗化的朦胧，又隐隐透露着文化"君山"的诸多消息。因而，应当说

"不详其姓字"的该"远山"，不是不可求解的言语方程，而是在特定的话语环境中，经范公妙笔艺术处理过的君山真身！

让我们在诵读理解《岳阳楼记》时，轻柔掀起"远山"的盖头，恭请"久藏深闺人不识"的"君山"，靓妆登场吧！这样，即可祛除歧解，冰释误解而不逆语境，不悖地理，洽融情理，才不辜负范公精炼"远"字的良苦用心，才不失对前贤的礼敬与尊重，也才可让久被"远山"蒙蔽，无名无姓、长缄其口的"她"，名正言顺地承载浪漫的、丰赡的历史文化！至于在那所谓翻译文中，打算给予娇美多情的"远山"以怎样的礼遇，那倒是"仁者见仁，智者见智"的事了，但无论如何，正确的理解，是不当缺位下去的。

"吞"，本当训为"吞吐"，为求对仗，省略了"吐"字。"吞，咽也。今人以吞吐对举。"（见《说文解字注》）"吞"，意即"不嚼或不细嚼，整个儿地或成块地咽下去。"（《现代汉语词典》）"吞长江"，既把"浩浩汤汤"的洞庭湖，拟作肚量无极的巨无霸大张其口，等闲迎纳长江的滔天洪水，形象而简约地说明了洞庭湖自然蓄洪的巨大功能，又以实（"吞"）衬虚（"吐"），含蓄地说明了洞庭湖自然泄洪的巨大功能。

"横无际涯"的"横"，与"纵"意义相对。地理上东西为横，南北为纵。作者求"骈体"句式的整饬，省一"纵"字，而以"横"兼表了"纵"的意义。此"横"字意指洞庭水域辽阔宽广。"际"是"際"字的简化。"際"，形声字。《说文·阜部》："際，壁会也。从阜，祭声。"（今译作：际，是两堵墙壁相会合的缝。从阜，读祭声。）由本义引申，泛指合缝的地方，再引申指边界、边缘。"涯"，左形右声，《说文》解其本义："涯，水边也。"引申边、边际，如"天涯"。"际涯"属于同义互训的合成，"无际涯"即无边或无边无际。

"朝，旦也。"（《说文》）释"朝"字本义为早晨（《说文》："旦，明也。"），引申出"日、天""一日、一天"的意思，如"夙兴夜寐，靡有朝矣。"（《诗经·卫风·氓》郑玄笺注该诗句："无有朝者，常早起夜卧，非一朝然，言己亦不懈怠。"）"夕，莫也，从月半见。"（见《说文·夕部》。注："莫"是"暮"的本字、古字）取有月初见的意思，"夕"本义傍晚，引申指代"夜晚"，如"今夕何夕，见此良人！"（《诗经·唐风·绸缪》）又如成语"朝乾夕惕"（终日勤奋谨慎，不敢懈怠）。此处的"朝""夕"二字，对举而出，实际意指"白天""夜晚"，不宜坐实为"一早一晚""或早或晚"。

"晖"即"暉"，形声字。"暉，光也，从日，军声。"（《说文·日部》）本义日光，即太阳的光辉，如孟郊《游子吟》："谁言寸草心，报得三春晖。"此处意指阳光明媚或日光照耀，表达白天"天气晴好"的意思。

"阴"，小篆有两个字形，一作"霒"（指阴天），一作"陰"（意指背阳面、阴面、暗），隶变后，楷书写作"陰"，汉字简化后写作"阴"。"阴"，作为"陰"的简化字，其本义为"陰，暗也。水之南，山之北也。"如地名淮阴、江阴、山阴、华阴中的"阴"。"阳"，则反之，指"山之南水之北"，如秦孝公时期，由商君公孙鞅所主持修建的秦国新都，就因其地处于九嵕（zōng）山之南、渭水之北而得名"咸阳"（"咸"，本义全、都。"咸阳"意即"全阳"或"双阳"）。"夕阴"之"阴"，作为"霒"经隶变才被写作"陰"的简化字，本义是云遮日（《说文》："雲覆日也。"），如"阴（黟）天"。"夕阴（黟）"与"朝晖（晴）"，语义反向工对，指明夜晚不见星月，夜晚不见星光月华，自然是云遮雾障所致。据此，笔者才对"夕阴"做出力求其"信"的如上今译。"气象"，景象；"万千"，多而富于变化的意思。"气象万千"，形容景色或事物多种多样，富于变化。

[原文] 此则岳阳楼之大观也，前人之述备矣。

[今译] 这就是岳阳楼上所看到的壮美繁多的景象，前人的描述（已）很详尽了。

"大观"，景象盛大壮观，形容事物（景物）美好繁多。"备"，全、尽的意思，如熟语"关怀备至"，此处宜讲为"详尽"。

[原文] 然则北通巫峡，南极潇湘，迁客骚人，多会于此，览物之情，得无异乎？

[今译] 那么（巴陵郡）往北通向三峡以远的地方，向南直达潇水、湘江的源头，降职远调或赴京履新的官员，客串作江湖诗人，（他们）大多在这（水陆交汇的）地方邂逅聚会，（他们）观览洞庭风物所触发的情感，会不会有所不同呢？

"北通巫峡，南极潇湘"两句，均承前省略了"通""极"的主体（岳阳楼所在地岳州即"巴陵郡"），与其下之"迁客骚人，多会于此"，共同组合成了一个表达因果意义关系的二重复句。

"北通""南极"，巧布"空白"，实仗虚行，虚实相生——明说"北"，暗主"西"；实指"南"，虚藏"东"。那并非隐匿的"意旨"在于，强调水乡泽国之岳州（巴陵郡）的要冲地位，凸显其水路畅达北南西东的地理条件，交代"迁客骚人"何以"多会于此"的交通原因。

切实把握"北通"、"南极"的意旨，是准确理解相关词语在语境中的实际意义，进而正确翻译文句的先决条件。否则，就会致人"只见树木，不见森林"，忽略宏阔的外部（文外）语境，忽视作者所处时代交通地理的客观背景，荒于发掘浅藏在既有文字中的信息，"不敢越雷池一步"，从而将该句错误地注译成"这里北通巫峡"，"南面直到潇水、湘水"之类，还误以为是符合"信"的翻译原则的，误以为就是忠实的"直译"。

试想一想吧，假如作者所锤炼的"北通巫峡"，所表达的意思，当真就是，并且仅仅就只是——"（从岳州）往北（的水路）直通到巫峡"的话，那么，它准确反映了北宋时期岳州"北通"的客观实际吗？它忠实体现了岳州水路畅达北南（西东）之距离长远的意旨吗？回答应当是，也只能是完全否定的。文言翻译是创造性的劳动，在准确把握词语静态意义的基础上，必须对其有限的文字作动态的揣摩，有时还需调动相关贮备，展开"形在江海之上，心存魏阙之下"的想象与联想，以必要而合理的补充，去达成，去完善对意旨的真切再现。可以这样说，蜀人李白之"峨眉山月半轮秋，影入平羌江水流。夜发清溪向三峡，思君不见下渝州。"（《峨眉山月歌》），做客蜀中的杜甫之"剑外忽传收蓟北……青春作伴好还乡。即从巴峡穿巫峡，便下襄阳向洛阳。"（《闻官军收河南河北》）的诗句，虽然只是外部语境的冰山一角，却（确）给人们提供了准确理解"北通巫峡"不可或缺的重要参考。至于那"览物之情"的宣泄——"远别离，古有皇英之二女，乃在洞庭之南，潇湘之浦。海水直下万里深，谁人不言此离苦？"（李白《远别离》），"昔闻洞庭水，今上岳阳楼……戎马关山北，凭轩涕泗流。"（杜甫《登岳阳楼》）则既助力于"北通巫峡"意旨的参悟，又提供了客行江湖之"骚人""多会于此"的绝好证词。

作者笔下的"巫峡"，露实藏虚，绝非理当坐实为巫峡，因而"通巫峡"也绝非正是"通到巫峡"之类——如果切切实实参透了意旨的话。

巫峡为长江三峡中段。逶迤穿行于长江三峡峡壁间的栈道，自战国早年凿修，经秦汉至三国，已然全线贯通，一度成为吴蜀政权盟友交驰的重要驿道，更是两国血火兵戎的历史地标。"先主自猇（xiāo）亭（今属湖北宜昌市）还秭归（县名，今辖属于宜昌市，西陵峡在其境内），收合离散兵，遂弃船舫，由步道还鱼复（今重庆市所辖奉节县，"白帝城"位于该县瞿塘峡口之长江北岸），改鱼复县曰永安。"（陈寿《三国志卷三十二·蜀书·先主传第二》）该段信史清楚表明，范公在世时的700多年以前，长江三峡之水道与陆路，就已然贯通无碍，即由岳州出发，便可直达渝州（古称巴，西汉时改称江州，公元581年改称渝州，公元1189年改称重庆府）、益州（州治成都）了。

用"通到（连通）"，译讲此"北通巫峡"的"通"字，乍看似乎正确无误，其实，却在不经意中，分明蒙蔽了乃至"缩小"了庆历年间岳州既有的"北通"之地理版图！如此错误，本是完全可以避免的，因为"通"字分明另有"无堵塞，可以穿过""畅通""贯通"等义项，如果选用它们去译讲此"通"字，不是既能忠实地示现作者命意，又能比较客观地反映北宋时期，岳州"北通"之"远"的真实概况吗？

瞿塘峡短，而雄奇险峻；西陵峡长，惟滩多水急；巫峡居中，独秀美幽深。郦道元《水经注·三峡》浓墨重彩的巫峡绝唱——"……每至晴初霜旦，林寒涧肃，常有高猿长啸，属引凄异。空谷传响，哀转久绝。故渔者歌曰：'巴东三峡巫峡长，猿鸣三声泪沾裳。'"所产生的地理历史文化影响，深刻而久远，致后世文人常常借用巫峡代称巴东三峡，如"即从巴峡穿巫峡，便下襄阳向洛阳。"需要特别小心注意的是，如下几个名词性的地理概念，极易混淆，弄得不好，会让人头晕。杜甫诗中的"巴峡"，即古称之"巴郡三峡"，在今重庆市东二十里的长江上，分别为明月峡、铜锣峡、石洞峡，合称"巴郡三峡"，而古称"巴东三峡"的所在，就是后世所称之"长江三峡"。此"巴峡"与别名巴峡的瞿塘峡，相距甚远，不是一个地方，秦汉时期，巫峡与西陵峡均辖属于南郡，惟瞿塘峡辖属于巴郡，故而也被称作"巴峡"。

"巫峡"，绝非就是巫峡。"巫峡"，不过是古人笔下瞿塘峡、巫峡、西陵峡即"巴东三峡"的寻常代称（就是"借代"修辞格，此属"以部分代全体"）而已！不妨尝试一下吧，尝试站在范公的角度，去斟酌斟酌，权衡权衡。假如不遣词"巫峡"，而使用"巴峡"，那么，所指究竟是同名"巴峡"的"巴郡三峡"，还是惟属巴郡的瞿塘峡呢？假如不遣词"巫峡"，而使用"三峡"，那么，所指究竟是"巴郡三峡"，还是"巴东三峡"（长江三峡）呢？

"巫峡"，绝非就是巫峡。不妨打个蹩脚的比方，"北通""巫峡"，犹如造化之神立定岳州，挥动椽笔，往西（"北"）画出去的一条长线，独享"画廊"美誉的"巫峡"君，不过是那线上最诱人的一个光"点"。"点"傲入云，云中神女痴痴翘望风帆西（"北"）来的目光如电，如电的目光，正牵引着那线头一路西（"北"）去——去渝州，去泸州……

显然，唯有那"通向三峡以远的地方"（触人遐想的文学性模糊的"远点"），才不会湮没自然人文历史的真相，才能够将范公的意旨忠实地反映，准确地予以传达，也才符合"信"即忠实翻译的基本原则！

星移斗转，沧海桑田。在"截断巫山云雨，高峡出平湖"（毛泽东《水调歌头·游泳》）的愿景已经化为现实，巫峡（长江三峡）从客观而具象的自然存在，演变成为了一个抽象的地理历史文化概念的今天，若能借助授业解惑的机会，让青春学子粗知"巫峡"之自然人文历史沿革的概略，不也是文化经典传承者无可旁贷的责任吗？

"南极潇湘"的"极"字，原本作"極"。直到20世纪50年代汉字简化时，才直接使用同样古老的、同音却既毫无意义联系、又已经罕用其义的"极"字字形，替代了"極"字。"极，驴上负也。"（《说文》）原"极"字唯一的意思是：驴背上负载什物的架子。"極，栋也。"（《说文·木部》）《汉语大字典》承继《说文》，以"屋脊之栋也"等材料为佐证，诠释"極（极）"字的本义为"房屋的中栋、正梁"后，次第列出的引申义不少。其中"至、到"的义项，就被众多注译《岳阳楼记》的方家所采信，并不约而同地指向了"南极潇湘"。课本与教辅的注译，同为"南面直到潇水、湘水"。课本对该"极"字的注释文则是，"极，尽，这里有远通的意思。"由郭锡良先生领衔编著、为不少高校中文专业采用、被国家教委自学考试委员会列作指定教材的《古代汉语》（1999年修订版之繁体字版，以下简称"郭版《古代汉语》"），对选文《岳阳楼记》中"南极潇湘"的注释是："南极：向南一直到。极：动词，直到。"（《古代

汉语》P46注释⑦。课本中《岳阳楼记》的注释，不少与该郭版《古代汉语》意同）

从纯粹的学术角度直言，课本、教辅、郭版《古代汉语》对"南极潇湘"的注译，确属"腠理"之疾，不难望诊。三者对"极"字目标义项的选择，均未切合语境的客观实际。课本、教辅的译文，则分明结构残缺，语意不清。

"南极"，就跟"北通"一样，犹如以岳州为定点，朝南画出去的线。所不同的在于，"北通"之线，只是单纯的一条，而"南极"之线，则始而两条，终而一条（潇、湘于永州合流后，北向注入洞庭湖）。所不同的还在于，虽然"北通"之线与"南极"之线的定点，都在岳州，但是，"巫峡"毕竟是那继续"北"（西）向延伸之"线上"的、一个实实在在的闪光"点"，而那"南极"之"线上"呢，无论是"始而"之两条，还是"终而"之一条——却根本"看"不见那所谓"远通"，理当达而有之的X"点"的踪影！既然只有定点而没有"线上"的X"点"，也就没有了两点相隔的长度。既然没有了两点相隔长度，哪里还会有什么距离可言，还会有什么远长可谈的呢？究竟有哪一位看官，能够从那"南面直到潇水、湘水"的字缝中，真切地寻觅到，或者说感悟到：有那么一丁点儿叫作空间"距离"的东西，存在于那样的"译文"中呢？

如果说此"南极"就是"南面直到"的意思，而"潇湘"则意指湘江的话，那么，南出洞庭湖，上溯湘江，究竟是舟行至三五华里处，或三五百华里处，抑或一千华里处，乃至于千又七百华里处，才可以谓之曰"往南直到湘江"的呢？敢问天下学人，有谁能够把"往南直到湘江"或者"往南直到潇水、湘水"的意思，掰扯得清楚明白呢？

语汇是语言三要素（语音、语汇、语法）的核心，而实词是其主干，汉外古今皆然。阅读文言文，首先必过的正是实词关（昔日四川塾师谓之"抠字疙瘩"），切实把握并准确理解其意义及所蕴含的情感。一词多义，是文言实词的常态，义存词典则为静态。在阅读过程中，对某实词义项的研判不慎，选择失手，必致以词害意，当属常识。"极"字的义项多多，那"直到"（"至、到"）奉命入文固然摆脱掉了多义的眷顾，惜乎鲜有动态，绝少生命力，是本来就没有什么能耐去肩负，去完成语境赋予的光荣使命的！当然，其错不在"直到"（"至""到"），诚如街亭之失守，首错并不在马谡，而在主帅孔明之遣将失察一样。"极"字，分明还有"到尽头""到顶点""穷尽"诸般义项，它们不都富含着"极"字名词性本义的基因吗？如果从中任遣一"将"，作为"极"字的目标义项，去完成译讲"南极潇湘"的使命，那么，其结果都必定不会让人太过尴尬的。

　　姑且舍弃直观的"到尽头""到顶点"，选用"穷尽"去训解此"极"看看。以"穷尽"置换"极"字入文，就可初步直译"南极潇湘"为：往南穷尽潇水、湘水。据此稍加琢磨推敲，原来"穷尽"义即"到……尽头"（亦作"到尽头"），因而"往南穷尽潇水、湘水"，就只当是"往南直到潇水、湘水的尽头"的意思。如此一来，便可顺势完成直译：向南直达潇水、湘水的源头（或呆板的"发源地"，或儒雅的"滥觞"）。"穷尽"，作为"极"字的重要义项，显列《汉语大字典》（缩印本P522）。"穷尽"系动词，《现代汉语词典》（第6版P1605）给出的标准解释是："到尽头"。

　　所见译文，照搬"潇湘"的不少。

　　"潇湘"，古时约有四解：其一，单指湘江，"潇"，则

045

《岳阳楼记》正义

有水深而清的意思。其二，舜帝二妃以洞庭山（又名湘山，后称君山）为中心的居处水域（湘君悼夫泪尽，点点玉成斑竹，因而曹雪芹借"怡红"院主贾宝玉之口，用"潇湘"给林妹妹豪馆题名）。其三，潇水、湘江的合称。其四，湖南永州的雅称（因潇、湘合流于其西北零陵区）。文中之"潇湘"，无疑当首先排除"其二""其四"，因其分明没有呼应、承重"南极"的资质——由永州沿潇水上溯，经双牌、道县、江永，才至其发源地湖南江华县境内；沿湘江上溯，从永州南入广西全州、灌阳、灵水，才至其发源地兴安县。约700华里潇水北向，于永州汇入已流淌700多华里的湘江，湘江北去又约1000华里而注入洞庭（参考郦道元《水经注》等资料）。因而，不论"潇湘"是单指湘江，还是指向合称的潇、湘，那"向南通到潇水、湘水"之类的译讲，都是不能成立的——究竟通到潇湘何处何段？是直达湘江之滥觞，抑或是直通到潇水、湘江各自的源头呢？那样照搬"潇湘"，能够丝毫说明岳州往南所达距离的一个"远"字吗？

中国历史上，最大规模的"南极潇湘"之举，发生在秦始皇灭掉山东六国不久后。为解决五十万征伐岭南大军的粮草运输，必须避开湘桂间崎岖险峻的山道。于是乎，秦始皇命令御使史禄，率领"专家组"，溯水湘江上源，踏勘湘江上源地与漓江的水文地质……历三年艰辛，终至公元前214年，凿通了连接湘江、漓江的运河——名垂世界水利史册的"灵渠"，助力秦国完成了统一中国的大业。那已经不是简单地"穷尽""潇湘"了。从这样的意义上讲，以巴陵郡为出发点，溯行水道而"南极潇湘"，必得有一个具体的所到空间"点"位，否则，若企望从"向南一直到（潇湘）"的说辞中，收获一点儿"远"的真切感受，恐怕就只能是"青石板上种庄稼"的一厢情愿了。

"极"（極）字之"最高点""顶点""尽头"等名词性基本义，均脱胎于"栋"（屋脊之栋——房屋的中栋、正梁）的初始义。其转而表示单纯动词"至、到"意义的，也确有文献材料可资佐证，有的甚至与"南极潇湘"酷似同卵双胞胎。

《徐霞客游记·滇游日记十三》就载有这样的文字："迤北历三秦，南极五岭，西出石门、金沙……"然而，"南极五岭"与"南极潇湘"，虽然语言形式完全相同，却生活在完全不同的语言环境中，因而两个"极"字，各自"在文中"的意义，是绝不能简单运用逻辑类比的方法，去做出等值判断的。在"南极五岭"的语境中，"历""出"都是很单纯的动词，"极"字，就理当是单纯的动词无疑。更重要的则在于，"三秦""五岭"两个名词，所明确指向的都是广袤的地域空间。这也就是说，"南极五岭"所表达的意义实质是，并且仅仅只是，（大地理学家徐霞客从事地理考察）往南到达的地域之"广"（整个五岭地区，地理空间范围，可以抽象视为平面几何学中的"面"，排除了某个具体而微的"点"）。

"南极潇湘"之"极"的意义，迥然不同于"南极五岭"之"极"。在文中，"南极潇湘"与"北通巫峡"，骈偶对举，后应前呼，绝非表达往南到达的地域（流域）之"广"，而是意在说明往南到达的地方之"远"（地理空间距离大，似可抽象视为平面几何学中的"'线'上之'点'"）。显而易见，且不容忽视的是，前之"巫峡"不是"面"，而是"点"，是巴陵郡"北通"线上的一个点，因而后之"潇湘"也当不是"面"，而是巴陵郡"南通"之"线"，也就必须有"南通"之线上的某个"点"。如若不然，呼应对举就断乎不能成立了，和畅的文脉也就被戛然掐断了，那文意岂能不无端地蒙遭祸殃？无可否认，

"南极潇湘"之"极",确具动词性功能,但绝对不是单纯的动词,因其受到了语境的严格制约,分明兼表着"极"字名词性的初始基本义。这也就是说,在该"极"发挥动词功能的刹那,就已经无可旁贷地肩负起同步表达其原本所含的、最基本的"顶点"或"尽头"之名词义的使命了,正与熟语"物极必反""否极泰来""乐极生悲"以及"感极而悲者矣"中的"极"字之意义和用法,完全一样,别无二致。

至此,当做出这样的结论,该"南极潇湘"之"极",被语境的释义功能所制约、所决定,本来就包含着"尽头"(或"顶点")即(潇、湘)源头的意义,课本、教辅及郭版《古代汉语》,却误将该"极"当作了单纯的动词,讲成了"到"或"直到"的意思,这就势所必然地、由错选固已失去名词性基因的"极"字义项,直接造成了句子成分的残缺,终而导致译文"南面直到(向南一直到)潇水、湘水"之句意的残缺不清了。

"迁"由"遷"字简化而来。《说文·辵部》:"遷,登也。"形声字,小篆从辵(辵即"辶",读zǒu或chuò,表移动),其本义是向高处迁移,由此引申出"徙居、搬动"的意义,再引申指官位的晋升、调动,叫"右迁"(古以"右"为尊为上,以"左"为卑为下,如成语"无出其右",又如民俗文化形式中的"楹联",分左右两联,称右联曰上联,称左联叫下联,也不失为"尊右卑左"古俗之"非物质文化"遗存)。表官位晋升的"迁"字,经由反训,则指降职、贬谪,又叫作"左迁"。

"客,寄也。"(《说文·宀部》),本义为宾客,如"儿童相见不相识,笑问客从何处来。"(贺知章《回乡偶书》)引申特指古代寄食并服务于贵族豪门的人,即"门客",进而引申指离家在外者（或寄居他乡的人），如"万里悲秋常作客，百年多病独登台。"（杜甫《七律·登高》）"迁客"之"客"，与之完全同义。

一、"迁客"之辨。对"迁客"一词的解释，有《辞源》的"贬谪在外者"，《辞海》的"流迁或被贬谪到外地的官"，课本的"谪迁的人，指降职远调的人"这样一类。该类解释，用语明确，意见一致，均排除了"右迁之客"。《古文观止》的"迁谪之客"，则属于另一类。其解释尚未完全展开，葆有结合语境实际，再作解读的空间。

《辞源》《辞海》的解释与课本解释，虽然"意见"一致，但前者是静态的释义，具"一般或普遍"性，后者（课本）则是动态的语境义，具"个别或特殊"性。二者之间，自然就有静态的一般与动态的个别，以及是否"同一"的问题存在。"迁"字，当与"职位"发生联系时，原本就是"晋升"的意思，只是由于反训的缘故，才有了降职的意义。"迁客，贬谪在外者"，所取正是反训后的意义，并且似已约定俗成为"一般"。一般源自对个别的归纳（非演绎），却未必能够穷尽个别，这也正合言语的辩证法。

笔者认为，迁客即"迁谪之客"，是浓缩了的"个别"，是对鲜活语境中的"迁客"，所做出的动态解读。"迁谪"，是"迁"与"谪"的并列组合，同时包含着升职与降职远调的意义（"谪迁"则属偏正关系，"谪"字，只是对于"左迁"之具体形态——调到或流放到边远地方——所做出的修饰与限制）。该"个别"，未能反映"一般"，却秉持有文字学的充分根据，"在文中"，实际起到了助益而不是损害"文从字顺"，保障而不是毁损其逻辑周严的积极作用，是富于生命力的。因而，文中

的"迁客"，应当作"左迁之客和右迁之客"理解。自然而然，
"迁客骚人"，是不可作"迁客和骚人"理解的。谨将该认识形
成的理据，简要分陈如次。

（一）"迁客骚人，多会于此，览物之情，得无异乎"，
直接领起"若夫""至若"两段，以具体分说"会于此"之"迁
客"的、两种形态的"览物之情"（形异实同，后文将具体言
说）。既然课本认定，此"迁客"就是"谪迁的人"，那么就不
妨到文中走一走，再仔细瞧一瞧，去认真做上一番循名责实的功
课吧，正所谓"没有调查研究，就没有发言权。"

那些生活在"若夫"文段中的、"去国怀乡，忧谗畏讥，
满目萧然，感极而悲"的"迁客"先生，当属货真价实之"谪迁
的人"，是毫无疑问的。生活在"至若"文段中的"迁客"夫子
呢，可就太过特殊了，那"谪迁"者的身份，就大有疑问了。
"心旷神怡，宠辱偕忘，把酒临风，其喜洋洋（扬扬）"者，固
然也是他乡之"客"，也是名正言顺的"在外者"，然而，他们
还是那名副其实的"谪迁的人"吗？普天之下，由古及今，哪有
饱受处分，降级减薪而被逐离繁华都会、流迁（犹现代之"下
放"）海角天涯的仁兄，会高兴得那般"心旷神怡，宠辱偕忘"
的呢？没有的吧。有谁能够拿得出可以勉强敷衍得过去的理据，
去支持那"把酒临风，其喜洋洋（扬扬）"者，就是"谪迁的
人"或"贬谪在外者"的说辞呢？没人能够的吧。如此一来，那
一真一假的"谪迁的人"（"贬谪在外者"），可就真给那课本
中的"迁客""定义"，扎扎实实地开下大玩笑了。如此一来，
那同一语境中"A是A"的思维"同一"，也就真真不复存在了。

（二）就极其寻常的生活事理而言，那水路交汇的巴陵郡，
并非就是"右迁之客"不得入内的"禁区"，并非就是"左迁

之客"（下放干部）的专属绿色通道。既然巴陵郡之水路四通八达，背运倒霉的"左迁"之流，可以自由来往其间而"多会于此"，那些春风得意的"右迁"之辈，也就更无须打什么报告，向什么部门申领特别通行证了。如此这般的宋代"交通规则"，作者不会是不知道的。既然是知道的，范公就绝不会派遣只表达"谪迁的人"（或"贬谪在外者"）意义的"迁客"入文，去自造前后文意抵牾的笑谈；既然是知道的，其特遣入文的"迁客"，就不能只承载"贬谪在外者"的意义。正是这样，也只有这样，才会有那"心旷神怡，宠辱偕忘"者，翩然潇洒，"把酒临风，其喜洋洋"的惊艳登场。

（三）范公是以"处江湖之远"的"左迁之客"身份，接受境遇相同的友人托付，才命笔"作文"的。"刻……今人诗赋于其上"携手"属予作文"，不经意之中，已经或隐或显地透露了一点儿消息："今人"范仲淹，政声人品文才，既已享誉当朝，其"命题作文"（骈赋体文），交卷给滕子京后，必定也会"刻于岳阳楼上"而公诸天下，既然如此，何不借题"重修岳阳楼"，畅言全新的人生理念？

常识告诉人们，说话也好，演讲也罢，都得分清场合，考虑对象。凡构思为文，当预设读者，揣摩受众心理，估量思想交流的效果，以便穷尽影响最大化的手段。作为沉浮于宦海的士大夫之一员，范仲淹借题"重修岳阳楼"而为"记"，其预设的读者，既不是当时的黎民百姓，更不是今天的莘莘学子，而是那个特定时代的"士大夫"一族。其所阐发的、前无古人之士大夫人生理念——"先天下之忧而忧，后天下之乐而乐"——绝不是专事谏勉士大夫中的"左迁之客"的。如果以"贬谪"（谪迁）之身，专事谏勉"左迁之客"的士大夫，则胸襟未免狭窄，格局未

051

《岳阳楼记》正义

免太小，而文章价值势必大大缩水，如果以"左迁"之身，率直净谏士大夫中的"右迁之客"，则难免"身份失位"，惹人怄气讨嫌，自招物议纷扰。那可怎么办才是一个好呢？唯有立身"中正"，委婉以讽，而别无良策。既是"委婉以讽"，就必须保持低调，既是"中正"（中和），就必须敛其锋芒，模糊"迁客"的语义，而明设"空白"，且待"右迁"诸君，自去文中，会意"填充"！

二、"骚人"之辨。我国以诗歌制礼作乐、施行政治教化的历史，源远流长。孔子曰："不学《诗》，无以言。"（见《论语·季氏》。今译作：不学习《诗》，（在官场上）就不会说话。）孔夫子又说："小子何莫学乎《诗》？《诗》可以兴，可以观，可以群，可以怨。迩之事父，远之事君……"（见《论语·阳货》。今译作：学生为什么不学习《诗》呢？学习《诗》可以激发志气，可以提高观察能力，可以培养合群的本领，可以抒发怨恨的情感。近，可以侍奉父母；远，可以侍奉君主。）孔圣人还说："人而不为《周南》《召南》，其犹正墙面立也与！"（语出《论语·阳货》。今译作：一个人如果不学习《周南》《召南》，就会像面对墙壁站着那样（无法行走）！）深受儒家思想的影响，汉王朝立国之初，就明确主张"礼化体制"，以遏制自春秋战国以来"礼崩乐坏"的局面。重视大一统意识形态构建的汉武帝，采纳董仲舒"罢黜百家，独尊儒术"的建议，尊《诗》（又叫"诗三百"）为经典，钦定其名曰《诗经》，并把它列为儒家"五经"之首，作为士人的必读书。他还扩大了"乐府"官署的规模，以"采诗夜诵"，了解民情，为进一步制礼作乐的政治文化服务。

楚辞，是继《诗经》之后，在战国时期的楚国所出现的一种新体诗，是中国文学史上第一位伟大诗人屈原及其追随者所创作的诗歌，是中国文学浪漫主义的源头。汉武帝钦命淮南王刘安所著之《离骚传》，对楚辞最杰出的代表作《离骚》的意义和文辞艺术，做出了这样的评价："其文约，其辞微，其志洁，其行廉。其称文小而其指极大，举类迩而见义远……虽与日月争光可也！"司马迁以其信史之笔，把它录入《屈原贾生列传》后，产生了巨大而深远的影响（至班固著有《离骚序》，王逸著有《离骚经序》，刘勰著有《文心雕龙·辨骚》等文学理论名篇传世），故而后世称楚辞为"骚体"，称诗人为"骚人"或"骚客"，并称《诗经》《楚辞》曰"风骚"。

隋炀帝废除"九品中正制"（终结了自东汉以来"上品无寒门，下品无士族"，仕途道路被世家大族所垄断的门阀制度），创造了科举制（首创世界史上的文官选拔制度）。唐代科举制趋于成熟，考试主要有"明经"和"进士"两科。"明经科"主考儒家经典，包括《诗经》；"进士科"主考诗赋创作和策论。唐高宗时期，"进士科"则必须专考"杂文"一场，即必须临场依规，创作诗、赋各一篇。不久后，"进士科"的考试，就偏重于以诗赋取士了。"进士科"考试的难度，远在"明经科"之上，但一朝及第，往往受到特别的重用。因而士人把能否进士及第，作为了评判读书人身份的重要标准。正是这个缘故，早在唐代，就已经形成了重"进士"、轻"明经"的社会风气。

北宋沿袭唐代科举制，"以诗赋取士"，更化作了进士科考的代名，尤以真宗、仁宗、英宗、神宗四朝为盛。单以仁宗一朝为例，其进士及第而名垂史册者，就不下数十人。诸如李迪、王曾、张载、杜衍、晏殊、范仲淹、韩琦、富弼、文彦博、包拯、欧阳修、张方平、司马光、王安石、曾巩、刘敞、刘攽、刘恕、蔡襄、苏轼、苏辙、沈括等耀眼明星，均在其列。他们无论家世之富贵贫贱，全是通过科举途径入仕的，依靠恩荫出身的，绝无一人。跻身"唐宋八大家"的苏洵，两举进士不第（只能苦涩地喜庆两子跃登龙门），在很大程度上，就因其未能通过极严苛的"诗赋"考试。然而，"塞翁失马，焉知非福"，苏洵断绝了求取功名之念后，闭门修学练笔十载，终使得散文创作达到了出神入化的境界。北宋神宗熙宁三年（1069），王安石变法，对科举制进行重大改革时，取消了诗赋等考试内容。57年后（1126），北宋灭亡，南渡偏安的赵构，即帝位不久，又恢复了进士科的"诗赋"考试。就这样，"以诗赋取士"的科举考试制度，便一直延续到了南宋王朝的灭亡。

从唐高宗以后，至范仲淹生活的时代，凡经进士科考而及第者，无不兼具官员、"骚人"（经国家级考试认定）的身份，即便是由"明经科"入仕的，实际上也都兼具官员、"骚人"（未经国家级"专业"考试认定）的身份——不会吟诗作赋，恰似文盲的代名。以"文盲"之身而混迹唐宋官场，那是完全不可想象的。入仕者所兼具的"双重"身份，区别非常明显——"官员"，专业主营于政府公职；"骚人"，吟诗诵赋，多为个人言志、同僚唱和、文友雅集的业余"私活"，而非获取俸禄的"公干"，除极个别的士人如李太白者，在短暂的时段内，专以诗歌绝技供奉翰林，取悦于君王贵妃。

三、"迁客""骚人"之关系辨。

（一）中国古代社会，人们尤其读书人、官场中人，极讲究身份。人们的社会环境（多种生活圈子），大多在浓重的身份观念支配下形成，社会结构及其运作的基本单位是身份的，而不是个人的。基于政治、职业、职务等的身份伦理生活经验，驱使人们不自觉地产生甚而固化了：注重面子与名分，看重阶序（资历、资格、等级）；安守身份"本位"，谋求身份认同；追求理想的身份目标；考量自我身份（多重），以定位与特定圈子中人的关系，拿捏交往分寸等等"身份情结"。所谓"死要面子活受罪"，其实正是对于"身份情结"之鲜活的草根注释。人之社会身份，不但成了人的社会生活、经济生活及文化生活的核心要素，甚至也成了人生价值取向的主导性因素。"迁客""骚人"都是人的社会身份。在特定的语境中，二者密相交集，组构成了千古难得一见的"迁客骚人"。厘清"迁客""骚人"的关系，对于准确理解"迁客骚人"在《记》文中的意义，是十分必要的。为方便讨论，免生枝蔓，此"迁客""骚人"关系之辨，姑且"断代"在唐高宗以后，王安石革新科举考试之前，姑且排除掉"迁客""骚人"本所具有的、那些可能干扰本专题讨论的其他多重社会身份（必须涉及的除外）。

"迁客"，无论是"左迁之客"，还是"右迁之客"，都是"官员"，都是那个时代的政府"公务员"无疑。出于行文便捷的需要，下文将适当使用"公务员"这一现代语词，作为"迁客"的代称。

（二）泱泱诗歌大国，名"骚人"辈出于盛唐北宋，姑且不论上自王公贵族，下到草根九流，从"庙堂之高"，到"江湖之远"，习练比兴平仄，草赋来鸿去燕的寻常"骚人"就比比皆是，无从计数。"骚人"实在太多太杂，如影随形般附着在"骚人"身上的社会身份，可谓多之又多。若要厘清在文中的"公务员"与"骚人"的关系，就必须老实判明，准确搞定"骚人"（抽象作"B"）与"迁客"（抽象作"A"）这两个概念的逻辑关系，即它们各自的外延是否重合，是部分重合，还是全部重合。

　　承上可以获知：所有"迁客"（A）都是"骚人"（B），但有的B是A（有的骚人是迁客），有的B不是A（有的骚人不是迁客）。这也就是说，A概念的全部外延与B概念的部分外延重合，B的外延较大，是"属概念"，A的外延较小，是"种概念"，A、B概念具有"真包含于"的"种属关系"，因而不能并列使用（请见本段文末所附"欧拉图示一"）。如上所述"有的B是A，有的B不是A"，只是对盛唐至王安石变法前的北宋时期的、客观社会生活的一种高度抽象的认知。在那特定的时代，如上极抽象表述的"有的B不是A"，所实际反映的情况较为复杂。为弄清究竟，方便把握，或可将那抽象的认识，顺势加以这样的延伸——把唐代以孟浩然、陆龟蒙为代表，北宋以林逋为代表的隐逸诗人，细划作b1；把唐代以李白、杜甫为代表，北宋以柳永为代表的江湖诗人（终身不第，未正经谋得功名，不曾长时地谋食于公职，多处于平民阶层，未曾深受"庙堂"之种种科条律令的禁锢，思想较为自由开放。他们长期漫游流离，或干谒权贵，获取钱财，或投靠亲友，接受周济，或出卖诗文字画，或兜售个人才艺，或收徒授业，或代人撰述，以维持生计），细划作b2。把余下所有的"骚人"（尚未入仕而正积极准备入仕之"士人"、骚客等等），统统划归b3。如此一来，被二度划分且抽象后的结果是：（b1+b2+b3）+A=B；所有的A，都是B；但有的B是A，有的B不是A。

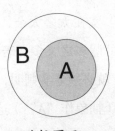

欧拉图示一

弄清了B概念（骚人）之外延大而杂的状况，再进入语境，顾照后文，分析推敲一番后，我们理当明确认定，文中"迁客骚人"之"骚人"，既不是孟浩然、林逋之辈的b1型，又绝非李太白、杜甫、柳永之属的b2型，也与其他"士人"的b3型无缘，应当是有着"公务员"属性的A型"骚人"！因而，完全可以做出这样的逻辑判断：此"迁客骚人"，不是"'迁客'＋'骚人'"，即不是名词性并列（联合）短语。

无论"左迁"之流，还是"右迁"之属，大多繁杂公务稍歇，顺道旅游观光，让心灵度一度假——于是乎，登临凭栏岳阳楼头，于是乎，"览物之情"激孕腹中。他或他们，触景而欲以"诗言志"，洞晓"言志"贵在情真，情真源自精神解放。于是乎，幸逢"山高皇帝远"的"迁客"君，爽然脱下"庙堂"礼服，率性砸除"体制"镣铐，油然客串自由的"江湖诗人"，任性歌哭一把，浇泼胸中块垒！试想一想吧，那范公笔下之"迁客"，原本就是科场诗赋竞技的高手与胜者，哪能够一夕"迁"离"庙堂"，就失忆突发，玩不转"赋比兴"的活计了呢？哪能够一朝"客"走"江湖"，偷得了片刻的逍遥，就需牵拽"骚人"作"代言"，丢人现眼地混迹风雅场呢？

（三）逻辑毕竟逻辑，情理终归情理，"生活才是最好的老师"，就让铁铸的事实"出庭"作证吧，其说服力远胜过一打纲领。

元和十年（815）正月，永州司马的流迁生活行将届满10周年（已经42岁）的柳宗元（公元805年，与刘禹锡、韩泰、韩晔、陈谏等因参与永贞革新而被谪为永州司马），忽然接到唐宪宗亲召的诏书，不禁喜出望外，便星夜兼程，直奔帝都长安而去。当其再次来到三闾大夫自沉的汨罗江时，策马岸头，直面滚滚波涛，追悼屈子亡灵，全无哀戚情怀。他欣欣然赋诗曰："南来不作楚臣悲，重入修门自有期。为报春风汨罗道，莫将波浪枉明时。"（《汨罗遇风》）那率尔讥嘲先贤，乐庆东山再起，拜托春风寄情，祈福汨罗安澜，扬扬自得的饴情蜜意，可谓满纸流淌。彼时彼际，他是"迁客"，是"右迁之客"，是"骚人"，是有着"右迁之客"政治背景、"公务员"职业身份，而正干着"骚人"活计的"骚人"，我们能把如此"迁客骚人"的柳宗元，一刀分身，切割成"右迁之客和诗人"这样两等份吗？

还是这位柳夫子，同年（元和十年）六月，再谪于较之湖南永州更其僻远蛮荒的广西柳州。一路餐风沐雨，人困马乏，可不待洗尘小歇，他乍到便唱："城上高楼接大荒，海天愁思正茫茫。惊风乱飐芙蓉水，密雨斜侵薜荔墙。岭树重遮千里目，江流曲似九回肠。共来百越文身地，犹自音书滞一乡。"（《登柳州城楼寄漳汀封连四州刺史》，"四州刺史"即刘禹锡、韩泰、韩晔、陈谏，同年正月，也曾于各自的流迁地被皇帝征召入京）那苦水一腹、愁情万丈、郁愤激越的模样，任是铁打的金刚，也会酬之以恻隐泪滴的（四年后，元和十四年即公元819年，46岁的柳宗元客死于柳州而被世称"柳柳州"）。此时此际，他是"迁客"，是"左迁之客"，是"骚人"，是有着"左迁之客"政治背景、"公务员"职业身份，而正干着"骚人"活计的"骚人"，我们能把这般"迁客骚人"的柳子厚，一斧劈开，等分作"谪迁者和诗人"这样两大块吗？

其实，那吟哦"柳州柳刺史，种柳柳江边。谈笑为故事，推移成昔年……"（《种柳戏题》）的柳子厚，携手刘氏诸君，左迁复右迁，五子共沉浮之"迁客骚人"的故事，在"诗赋取士"、诗词"双峰并峙"的唐宋绝不是偶尔发生的个案，原本就是那个特殊的时代，士大夫宦途生活的常态！君不见遂宁陈子昂，左迁军曹，登幽州台，独怆然绝唱"前不见古人，后不见来者，念天地之悠悠"而涕下；君不见苏州范仲淹，右迁陕西经略安抚副使，雄镇边关，慷慨高歌"浊酒一杯家万里，燕然未勒归无计"而羌管悠悠霜满地；君不见洛阳滕子京，谪守巴陵郡，直面"湖水连天天连水"，歌哭"帝子有灵能鼓瑟，凄然依旧伤情"而喟叹"曲终人不见"，君不见眉山苏东坡……

（四）原来，"迁客"A、"骚人"B这两个概念的指称对象即外延，在文本语境中（即在如前所述之特定的社会历史条件下），具有种属关系，具相容性（排除相容性的"同一关系"和"交叉关系"）而绝非不相容的"并列关系"。该"种属关系"所反映的是所有的"迁客"A，都是"骚人"B，如前所举柳宗元、陈子昂、范仲淹、滕子京、苏东坡等"迁客"，就都是"骚人"，但是，并非所有的"骚人"B，都是"迁客"A，如前所举"骚人"b1之孟浩然、林逋，b2之李白、杜甫、柳永（孟、李、杜更有登临岳阳楼抒发"览物之情"的大手笔）等，虽或"万里悲秋常作客"，却均不曾旦夕跻身正宗"迁客"（经科考选拔而非走左道旁门为官者）的行列。此"迁客"和"骚人"两个概念间的逻辑关系，跟概念"白菜"与"蔬菜"的逻辑关系完全相同。正如不能说"白菜和蔬菜很便宜"一样，我们怎能把特定语境中的"迁客""骚人"，当作平起平坐的"哥俩好"，去说成什么"谪迁者和诗人""多会于此"呢？

既然把"迁客骚人"解作"迁客和骚人"是既不合逻辑，又违逆文意的，那么，究竟当如何译讲"迁客骚人"，才是一个好呢？难，真的有点儿难，但行文既已至此，就不能畏而却步，裹足不前了。笔者谨斗胆尝试为之，权当是抛砖引玉吧。

四、"迁客骚人"之新解。

（一）谨承上文的"身份"简说，略作补充。中国传统文化中的"面子文化"，是由"谨守本分"为主要特征的"身份文化"衍生的。在日常生活中，先民，尤其士人一族，更遑论士大夫之流，几乎一切以身份为重，更直白地说，是身份生存重于个人的生理生存，身份荣辱重于其他荣辱，身份价值重于个人的其他发展。人们自幼就受到了严格而特殊的身份教化之训练，成人后更注重人际交往交流的身份规则。受"嘱""作文"的范仲淹公，政治"身份"之自觉、自我"定位"的得当，当是用语"得体"的先决条件。只有谨守身份"本位"而绝不"逾矩"（即"越位"），才可能保障用语的"得体"。只有用语得体，才可葆不丢"面子"，不失"格"，才有可能避免因一言一语之不慎，"冒犯"那些未知的、可能更看重"面子"而正春风得意的"右迁"士大夫而"先天下而后个人"的理念传播，也才可能达成阻障的最小化、影响的最大化。

（二）承上文已知，"迁客"与"骚人"两个概念，确属种属关系而非并列关系。需要特别注意的是，即使完全排除掉那"特定历史条件"与文本"语境"的双重制约，而以20世纪五六十年代的中国社会作为宏大的叙事语境，"迁客"（降级下放的"干部"，属于"体制"中人）A、"骚人"（诗人之类的作家，也属于"体制"中人而非"自谋生路"的自由撰稿人）B，也只具有相容性的交叉关系，而绝非并列关系，请见本段文字结束后所附的"欧拉图示二"。这一交叉关系所包含的逻辑意义是：有的B是A，有的B不是A，且有的A是B，有的A不是B。它抽象反映实际社会生活状况，比如有的诗人、作家如流沙河、王蒙（B），是"降级下放的干部"（A），有的诗人、作家如贺敬之、刘白羽（B），不是"降级下放的干部"（A），且有的降级下放的干部如刘宾雁（A），是作家（B），有的降级下放的干部如顾准、彭德怀（A），就不是作家（B）。在全新的现代语境中，该A概念与B概念的逻辑关系，恰如"大学生"与"运动员"。言语文化素养较高的人，是不会说"大学生和运动员联欢"的，因为那实在不合言语的"规矩"。汉语言的那点儿"小名堂"，范公必是熟谙的。然而，为什么他偏偏就说，"迁客骚人，多会于此"呢？把"迁客""骚人"并列使用，不是不可为之的吗？

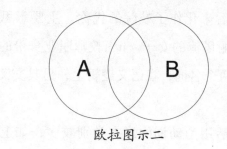

欧拉图示二

作者并非知其不可为而为，而是知其可为而为之的。之所以这样讲，是因为"迁客骚人"的组合，不仅仅是基于用语经济、"迁客"兼具"骚人"身份的综合考量，而且是恪守古代汉语既有规则，运用了"名词活用为动词"的手段。古代汉语有这样一个规矩：当两个名词组合，既不是并列关系，也不是偏正或同位复指（即两个概念的外延全部重合而内涵不尽相同）关系时，其中一个用如动词（下称"三不是名词组合"）。例如"子孙帝王万世之业也"（贾谊《过秦论》）中的"子孙"、"帝王"，属于该"三不是名词组合"，"帝王"就用如动词了，表达"称帝称王"的意义。再如"豫章故郡，洪都新府"（王勃《滕王阁序》）。"豫章"郡治在"南昌"，因而有的版本另作"南昌故郡"），四个名词，构成两个"三不是名词组合"，则"故郡"、"新府"，用如动词。今译作：南昌是汉朝豫章的郡治，洪州是唐代新设的都府。除此类外，如"京都长安"与"令堂大人"，虽然均属两个名词的组合，但意义上却是同位复指关系，不存在词类的活用问题，也就没有了名词活用的条件。再如古之a"章台杨柳"与今之b"教师游客"，分别是两个名词的组合，但居前的"章台"、"教师"，分别是中心词"杨柳"、"游客"的修饰或限制语，结构和意义均属偏正关系，因而也不存在名词的活用问题（a、章台的杨柳。章台，汉时长安一街名，为妓院集中地，后来化作了妓院的代称。主要意思：①章台的妓女；②比喻美丽风流的女子。b、教师职业身份的游客。"教师"与"游客"两个名词，在语义逻辑上，另具交叉关系，恕此不作冗谈）。

古汉语名词活用为动词的形态类别较多，如上所陈仅其中一类。另如"今我来思，雨雪霏霏"（《诗经·小雅·采薇》）的"雨"字，活用作动词"落"或"飘落"，为一类；"许子冠乎？"（《孟子·许行》）之"冠"，活用作动词"戴帽子"，为一类；"太子及宾客知其事者，皆白衣冠以送之"《战国策·燕策》的"白衣冠"，活用作动词性短语，表"穿白衣，戴白帽"，为一类。不一而足。

作者不仅"知其可为而为之"，还在"可为而为"中，寄寓着精确的预判。其"藏锋"所寓暗示，是身份优越的"右迁"夫子（较之"背运倒霉"的"左迁"者），所能够含笑会意而乐于接受的。由上文已知，既定语境中的名词"迁客"与"骚人"，在语义逻辑上、语法上，既不是并列关系或同位复指关系，也不是偏正关系或交叉关系，因而处在寻常陈述语（谓语）位置上的

"骚人"，就当仁不让地，临时性地活用作动词了，表达"客串作江湖诗人"，或者"扮作布衣诗人"一类的意义。"骚人"活用作动词表意，在文中，实际达成了至少三种正向效果的和谐一统：其一，出自"左迁"者之笔，写给同为"左迁"身份的友人，用语"得体"；其二，兼顾到了，并切实巩固了"若夫"（着笔于左迁者）、"至若"（着笔于右迁者）两段"分说"（目），与"总说"（纲）"迁客骚人，多会于此，览物之情（得无异乎）"的自然关系；其三，彼呼此应周全。文理缜密一贯，前后逻辑周严。

基于如上诸多考量权衡，笔者才对"迁客骚人，多会于此"，郑重做出那样的今译。但用语似较繁复，并不尽如人意，敬祈方家输智。

"多会与此"的"此"，系承前指示性代词，遥应"北通巫峡，南极潇湘"的要冲即岳阳楼属地巴陵郡，因而只当用"这水陆交汇的地方"译讲该"此"字，才较为合宜。

"览"（"覽"），会意兼形声字。小篆从见从监（監），会"观察"之意，"監"兼表声（《说文·见部》："覽，观也。从見、監，監亦声。"）。"览"本义为观察、眺望。"观"（"觀"），会意兼形声字。金文左边是个类似猫头鹰的猛禽形象，右边是"見"字，会"观察"之意。"觀，谛视也。"（《说文·见部》），本义为仔细看。"览物"的"览"，用同义互训的"观览"译讲，最为合宜。"观览"即观赏、观看，古色古香，在单音节词占统治地位的古汉语中，是生命力超强的"老字号"双音节词。如"历七邑而观览兮，遭巩县之多艰。"（班昭《东征赋》）"崎岖上轩昂，始得观览富。"

（韩愈《南山诗》）又如"一山、一石、一花、一木，莫不着意观览"。（曹雪芹《红楼梦》第十七回）"我们一路观览，一面常常注视车上的行程表。"（邹韬奋《萍踪寄语》）

"物"字，既是对"巴陵胜状……""此则岳阳楼之大观也"的浓缩遥应，又直承"多会于此"而来，因此所谓"览物"者，"览"的就是"巴陵胜状"或"岳阳楼之大观"。前文"在洞庭一湖""多会于此"，当是对该"物"所处空间地域的明确指示与限制；后文"若夫……""至若……"所绘的"悲景""喜图"（实），既是对该"物"的形象化展示，又以之与"物"自成虚实照应。因而"物"字应当明确讲为"洞庭风物"，而不宜作"自然景物"解读。景物、风物，是一组近义词。《现代汉语词典》载：风物，"一个地方特有的景物"（词义的适用范围相对较小）；景物，"可供观赏的景致和事物"（词义的适用范围相对较大）。因而，把语境中的"物"字，诠释作"洞庭风物"，比之讲为"自然景物"，似较准确熨帖而绝无宽泛轻飘的韵味；且能让原作之前后照应，连贯一气，用语精准的特色较少失真。

笔者对文中"得无异乎？"的如上理解，迥然有别于主流解读。课本对"得无"做出的解释，是"怎能不"，对全句做出的译注，则是"看了自然景物而触发的感情，怎能不有所不同呢？""会不会"与"怎能不"两种对于"得无"的解读，在逻辑上是可能"同假"，却绝不是可能"同真"的。

"得无"，常用的文言固定结构（属虚词范畴）。《辞源》（重修版P1181）对它给出的解释是：莫非、能不、该不会，也作'得亡''得毋'。"针对该解释，《辞源》提供了三则书证材料。其第一则为："《论语·颜渊》'为之难，言之得无切乎？’"仅仅就此"九字"文句而言，其中的"得无"究竟是当作"莫非"或"该不会"讲，还是当作"能不"讲呢，多少有点儿困难，因而让"书证"材料回归固有语境，再做研判为妥。那完整文段是——司马牛问仁。子曰："仁者，其言也切。"曰："其言也切，斯谓之仁矣乎？"子曰："为之难，言之得无切乎？"——如此一来，便不难认定，"书证"中的"得无"，当讲作"能不"，表达的是"反问"，自然，其肯定性答案已在反问中。这段话译成现代汉语当是：司马牛问怎样做才是仁。孔子说："仁人说话是慎重的。"司马牛说："说话慎重，这就叫作仁了吗？"孔子说："做起来很困难，说话能不慎重吗？"（司马牛，孔子门徒，名耕，字子牛。切，本义指"话难以说出口"，引申为"说话慎重"）。其第二则书证材料为："《战国策·赵策四》'日食饮得无衰乎？'"（您每天的饮食该不会减少了些吧）。这是左师公触龙悦色柔声，循循善诱，委婉讽谏赵太后过程中的一句话。对触龙所问，赵太后应曰："恃粥耳。"（吃点儿稀粥罢了）。显然，此"得无"断乎不可讲成"能不"，却可另讲为"会不会"（恐怕、是不是），因其分明是测度性的疑问，答案不在问话中。

《古代汉语虚词通释》（何乐士、敖镜浩等五人撰，北京出版社1985年5月第1版。以下简称《通释》）对"得无"的解释，颇为周详。该著作认为，"得"字与无、微、非、毋、亡所组成的"得无""得微""得非""得毋""得亡"的用法、意义基本相同，多可作"莫非""是不是"讲，表示对事实的测度或疑问。其实，古汉语典籍中的"得无"，在特定语境里，表揣度或疑问时，可作"恐怕……吧"讲的，也不乏其例。于此，谨另举高中《语文》教材所选《促织》（蒲松龄《聊斋志异》）文中的一个句子，予以印证。"成反复自念，得无教我猎虫所耶？"显然，此"得无"也断乎不可讲作"能不"的，而讲作"莫非"，或"该不会""是不是""会不会""恐怕……吧"，则无不可（可今译作：成名反复思考，这恐怕是暗示我捕捉蟋蟀的地方吧？）。不妨再从中学教材以外试举两例，以强化认识。例一，"跖得无逆汝意若前乎？"（《庄子·盗跖》，今译作：（盗）跖莫非不顺从你的意思就像以前那样吗？）例二"诸侯得微有故乎？国家得微有事乎？"（《晏子春秋·内篇杂篇上》，今译作：诸侯是不是有了什么变故呢？国家是不是发生了什么大事呢？笔者注：先秦时期，"事"主要用指宗庙祭祀、农事、战事，这样三件关乎国运民命的大事。）

依据上述，可导出这样的结论，"得无"作为常用的文言固定结构，既有"能不"的意思而可表达反问（特殊疑问），又有推测"会不会"（"恐怕……吧""是不是"）的意思而可表达设问（一般疑问）。究竟如何讲，当视具体的语言环境而论。

敢请见谅，如此不惜笔墨，实出于不得已。一统天下的课本把《岳阳楼记》中的"得无"诠释作"怎能不"（与"能不"的逻辑意义等值，语气更强），把"览物之情，得无异乎"，注译成了"看了自然景物而触发的感情，怎能不有所不同呢？"实在是不容忽视的严重错误，而要理据充分地清楚说明这个问题，并不是稀松的事儿，是节省不得气力的。

姑且按下"怎能不有所不同呢？"对《岳阳楼记》结构的破坏、对其意旨的重伤不讲，就先从修辞格的层面去看看。

反问和设问是两种常用修辞格，其共同点是明知故问，无疑而问，比较相似。如A例："什么叫反驳？反驳就是由已知的真判断得出某判断为假的思维过程。"这是设问。如B例："写文章做演说倒是可以不看读者不看听众么？"则是反问。从形式上看，设问是"一般疑问"，有问有答，且往往是自问自答，如上之A例，而反问却是问而不答，作者的意思在问句中已经表明了，如上之B例。从内容上讲，设问句本身，并不表示肯定或否定了什么，只有通过具体的答问，人们才能领会说话者的意图，如上A例之"什么叫反驳"，反问就不一样了，它是"特殊疑问"，问而不答，已经明确表示了肯定或否定的内容，如上B例之"不看读者不看听众么"就以否定的形式，表示了肯定的内容："要看读者要看听众。"至于"四十多个青年的血，洋溢在我的周围，使我艰于呼吸视听，那里还能有什么言语"（鲁迅《记念刘和珍君》），则是用肯定的形式，表示了否定的内容："我说不出话"，或者"我无话可说"。从使用场合与实际效果看，需要强调而让人注意的地方用设问，可缩短与读者或听众的距离，使之重视，以便更好地讨论问题。问题已经清楚而试图激发别人思考时，则使用反问，以不容置辩的加强语气表明思想，增强语言的力量（说服力、感染力、感召力、震慑力），其"特殊疑问"所表达的肯定或否定，超越了一般陈述句之肯定或否定的意味与程度。

"览物之情，得无异乎？"雄踞全文承上启下，由"记"转"议"之重要的结构地位，因而理当，并且必须首先搞清楚的是其问究竟是"设问"，还是"反问"，其问是需要给出答案的呢，还是答案已在其中。

如果说"得无异乎"就是"怎能不有所不同呢"的意思，那么，"怎能不有所不同呢"就恰与上文所举的B例一样，属于问而不答，肯定性答案已经存在于"反问"中无疑！既然它是反问而非设问，下文就无须再给出什么答案的了。如果对"怎能不有所不同呢"稍做解析，就不难确认，"怎能"，属于疑问词，表示一重否定，"不"，属于否定性副词，表示一重否定。如此，则负负得正，充分肯定了"异"（不同）。显而易见，"怎能不有所不同呢"实际表达着被强化了的肯定："一定不同（一定'异'）！"

试想一想吧，如果"范公"高调宣称"迁客骚人，多会于此，览物之情，'一定不同'（一定'异'）"在前，就分明在语言与思维逻辑的事实上，完全关闭了下文作答"……览物之情，'异'耶，'非异'耶？"的大门！既然如此，"范公"哪能一转身就"变脸"，食言而肥不说，还一本正经地宣言，"予尝求古仁人之心，或异二者之为"呢？那"尝求"，那"上穷碧落下黄泉"，一番又一番地"求"索"古仁人""览物之情"的"'不同'与'同'"（即"'异'与'非异'"）于"二者之为"，不就成了没事找事、瞎折腾吗？不妨再揣摩揣摩吧，那"或异二者之为"，乃至于"居庙堂之高，则忧其民；处江湖之远，则忧其君"，不就正是对于"得无异乎"的发问，所作出的积极回应，所给出的正经答案吗？如果说"得无异乎"当真表达着"怎能不有所不同呢"的意思，那么《岳阳楼记》前后文意的联系，究竟还有什么内在的逻辑性可言呢？

如果结合语境，再思索琢磨一番，那么也许不难感悟，承应"览物之情，得无异乎"而来的两段文字，所绘写的"悲"（"以己悲"悲而不能自持）、"喜"（"以物喜"喜而忘乎所以）两"情"，乍看确实"不同"，但那仅只是表象的不同而已。情即情感或者感情，是"对外界刺激肯定或否定的心理反应，如喜欢、愤怒、悲伤等"，情由"心"生，而"心"即人内心较稳定的理念、价值观与审美标准。稍加剖析可知，两"情"的表象虽然"不同"，但生情之"心"却"并无不同"。"二者"之情即"以己悲",或"以物喜",无不生自"小我"之"心",无不系之于个人的进退得失,而绝非"大我"的"家国天下"!可以这样说,"二者""览物之情"的"异"(表象)与"非异"(实质)的认识,需待研读后文才可能真正完成。深究其实,"若夫"与"至若"段,不是直接作答"得无异乎"的文字,而是对"予尝求……"之旅的"预展"与落实,是直接为后文以"或异二者之为"自答"览物之情,得无异乎"准备素材的。

承上所述,不妨再辅以抽象思维,展开一番必要的逻辑思辨。正是由于"二者"(抽象作A),即"满目萧然,憾(感)极而悲"者(抽象作A1)与"宠辱偕忘,其喜洋洋(扬扬)"者(抽象作A2),在襟怀抱负、价值取向与人格修养的"本质"上,绝无所谓"不同"(异),因而那"古仁人之心,或(抽象作B)异二者(A)之为",才算是给了"览物之情,得无异乎"一个郑重的初步回答(即B异于A。可谓水到渠成,逻辑周严,无懈可击),也才可能"或异二者之为"刚落笔,"何哉"一语,就被高速抛出而与之无缝对接,且以高分贝的二度设问,去召唤那终极的圆满回答("不以物喜……则忧其君")!在此专题讨论的语境中,有充足理由认定:A1=A2,A1、A2归并作A,这是B与A相比较而得出"'览物之情'不同"的逻辑条件。主流解读对"或异二者之为"的认识,存在严重的逻辑错误,为避免喧宾扰主,此处不宜展开,因而对此间所抽象的B之是否正确,就只能留待下文对"或"字辨证后,再由看官自去裁断了。但这并不妨碍由上导出这样的结论:对"迁客骚人"的"览物之情",在尚未"尝求"即尚未展开"调查研究",尚未据有充分必要的素材,尚未分类比较素材A、B的情况下,就率先以不容置辩的口吻说什么"一定不同"(怎能不有所不同呢?),既是不符合寻常文章之道的，又是不符合寻常之认识规律或思维规律的！

《记》文之"览物之情，得无异乎"原本是以柔软的身段、商榷的语义、平和的低调，设问陈疑，领起"若夫""至若"两段文字，创"景"言"情"，为推出"或异二者之为"的议论张本的！仔细揣摩其前后文字，应当说，范公此番设问，实在睿智老道，不同凡响。他不是即问即答，而是以谦卑诚切的"自问"（"恐怕会有所不同的吧？"或者"会不会有所不同呢？"或者"是不是会有所不同呢？"），轻叩读者心扉刚罢手，立马就把"自答"，不声不吭地搁置起来——竟在吊足万千"胃口"的同时，带领读者进入"若夫""至若"之美妙绝伦的境界，陪伴他潇潇洒洒完成"尝求"之旅后，才正儿八经地给出明确的"自答"，那"览物之情"啊，有的古仁人就跟那"二位仁兄"不同（"或异二者之为"）！

郭版《古代汉语·选文·〈岳阳楼记〉》（P46）注释⑨是这样表述的——

"览物之情，得无异乎：观看自然景物的心情，能够没有差别吗？这是说能不因时间景物的不同而产生悲喜不同的感情吗？得无：能不，能够没有。"

以"能不"诠解"得无"，虽有《辞源》的静态释词为据，然而把它代入《岳阳楼记》，就因由水土相异而致"淮橘为枳"了。"郭版"的那番翔实译讲，实与课本注释、译讲的逻辑意义等值。能够没有差别吗？是有差别的。能不因时间景物的不同而产生悲喜不同的感情吗？因时间景物的不同而产生悲喜不同的感情。

（二自然段）评赞曰：妙承"刻唐贤今人诗赋于其上"，径用"予观夫……胜状在洞庭一湖"，托词"前人之述备矣"。轻灵腾挪，由"散体"而"文赋"，出"记叙"入"描写"。概绘"岳阳楼之大观"，凸现巴陵要冲地位，精创绝妙设问——"览物之情，得无异乎？"——统领"象征"美文，巧为"立言"布局。

（三）

[原文] 若夫淫雨霏霏，连月不开；阴风怒号，浊浪排空；日星隐曜，山岳潜形；商旅不行，樯倾楫摧；薄暮冥冥，虎啸猿啼。

[今译] 说到豪雨纷纷，久久不停，一连数月，天不放晴（的季节）；寒风大声叫唤着，浑浊的浪涛（腾起），（势要）撕扯开（黢黑的）天幕；太阳和星星都隐没了光辉，丘峦和高山藏匿了形骸；商贾和旅客（都）不能上路了，桅杆倒塌了，船桨折断了；快到黄昏的时候，天昏地暗，老虎长声吼叫，猿猴悲伤地哭号，（声声入耳，令人胆战）。

"若夫"，表示他转或提起，常用于说完一事推论另一事之时，可译为"至于（说到）"，与"若至""至若""若乃"等用法基本相同（参见《通释》）。欧阳修《醉翁亭记》之"若夫日出而林霏开""至于负者歌于途"，与本文"若夫""至若"的用法、意义完全相同。

"淫"，初始义为浸淫，浸渍（《说文》："淫，浸淫随理也……一曰"久雨为淫"。"今译作：随其脉理，慢慢浸渍……一种说法认为，久雨不停为淫。）"淫"字另一重要意义是"大"（中性的），后来引申出了贬义的"过多、过甚"，因而原本意义正面的"淫威"一词，在秦汉时期就已变作贬义词了。

我国第一部汉语词典《尔雅·释诂》云："淫，大也。"（另见《康熙字典》《汉语大字典》）如A例《诗经·周颂·有客》之"既有淫威，降福孔夷"。B例《列子·黄帝》之"朕之过淫矣"。C例《淮南子·览冥训》之"女娲炼五色石以补苍天，断鳌足以立四极，杀黑龙以济冀州，积芦灰以止淫水。苍天补，四极正，淫水涸，冀州平……"。例中所有的"淫"字，都是"大"的意思。至于"淫"表"放纵"义（骄奢淫逸），表"惑乱"或"迷惑"义（富贵不能淫），表"不正当的男女关系"义（奸淫），则是多次或多向引申的结果，此不冗谈。谨附例文今译于后：A、客人已修有大德，老天降福会是很常有的事（"威"，德行。《广雅·释言》："威，德也。""孔"，副词很、甚的意思，如"孔明"。"夷"通"彝"，经常或常法、常道的意思，此引申作"经常发生"或"常有"）；B、我的过错大啊；C、……砍断鳌的四肢，把擎天的四根柱子立起来……用累积的芦苇灰烬，来堵塞洪水。天空修补好了，天地四方的柱子，重新竖立起来了，洪水退尽了，于是乎中原大地恢复了平静（注："洪"与"大"完全同义，如"洪钟""洪亮"）。

正是基于这样的汉语词义演变史，对"淫雨"一词，《辞海》才会解释作"久雨，过量的雨"。《现代汉语词典》也才会解释作"连绵不停的过量的雨"。如果把"淫雨"讲作"连绵的大雨（豪雨）"，也是完全成立的。课本注释"淫雨"为"连绵的雨"，没有了"过多""过甚""大"之类的最基本最重要的信息元素，未为妥当。

"霏霏"，纷纷、雨雪下得很密的样子。"开"，使关闭着的东西不再关闭，"不开"，即一直关闭着。"不开"，上承"淫雨霏霏"，指雨云密织，天幕厚重，久不放晴，下应"日星隐曜，山岳潜形"。"怒"，形容气势强盛，如"怒而飞，其翼若垂天之云"（《庄子·逍遥游》），今有熟语"心花怒放"。"号"，拖长声音大声叫唤；"怒号"，则分明是比拟修辞格的运用。

"排"字，本义推，推开，如"排球"、"排山倒海"。《说文》："排，挤也。"《汉语大字典》（P796）释排①"推，推挤。②劈……"，并以《汉书·贾谊传》："屠牛坦一朝解牛十二，而锋刃不顿者，所排击剥割，皆众理解也。"作为"劈"义的书证（笔者试今译作——一位名叫坦的牛屠户，一个早晨宰牛十二头，可是锋利的刀刃却没有变钝，这是因为他所劈击剥割的地方，都在肌肉和骨头的缝隙之间）。"排"字由"劈"、"劈开"的意义，又引申出了"分开"的词义，如熟语"排沙简金"（又作"披沙拣金"，由此可见，"披"、"排"同义，如"披肝沥胆"）。推、推开，劈、分开诸义的共同点在于：都是人手所施发的动作行为。译讲该"排"字，既应忠实于它的基本义，也不能死守字典的"围城"。"排"字，在语境中本来就是被人格化了的动词，因而理当把它静态的基本义，再作合理的动态引申，使之活化而与其对象物"空"，亲密触碰，讲为"撕扯（开）"、"捅（开）"之类，才能够与"排"的行为主体——人格化了的"浊浪"相匹配。

众多译文忽视了"排"字的存在及其基本义，或者回避"排"字不讲，或者干脆把"排"字讲成"翻腾"、"腾起"之类，都违背了古文今译必须守"信"，即必须"字字落实"的基本原则。洞庭湖水因微风而泛起涟漪，仍不失其清澈，因"连月""淫雨霏霏""阴风怒号"而腾起巨浪，其色必"浊"！辩证唯物主义表明：运动是物质的固有属性，物质是运动着的物质，运动是物质的运动，物质和运动是不可分割的。因而应当说，"翻腾"也好，"腾起"也罢，都是"浊浪"与生俱来、不可须臾分离的极自然、极寻常的运动属性或运动形态，或者说，"翻腾"或"腾起"，本来就是"浊浪"作为一种物质形态的存在方式，本来就是"浊浪"词中之义（没有翻腾、腾起，自然无浪可言）。显然，作为运动主体的"翻腾"或"腾起"的"浊浪"（主语），所施发的动作行为，或者说谓语中心词，应当是"排"。换言之，无论有"排"，还是无"排"，都无碍"浊浪"的"翻腾"或"腾起"，因而那既在文中，绝非多余的一个"排"字，怎可轻忽怠慢之！

　　"排"字"推开、劈开、分开"的基本义，在语言运用中所传达出的实际意义，大致不外乎：其一，"排"者在主观上坚定追求，在客观上必须实现与对象物的零距离接触；其二，"排"者朝着对象物直接（或往前，或向下，或朝左右）用力，以尽其所能，务求达成对象物或固有位置发生移动，或固有形态改变之目的，是十分明确的。"排空"，以简约的文字，所真切传递出的那番意味，会不会启动三五读者的形象思维，驰骋才情，天马行空，去合理创制"浊浪"，去感受一点儿"'浊浪'一去兮不复还"的煽情，乃至于跟坐困愁城的"商旅"，发生点儿什么心灵碰撞的呢？"排"字，被课本注释作"冲向"，并没有可靠的文字学根据，失去了"排"字所固有的形神韵，是不符合译文守"信"求"达"的基本原则的。

　　既然"浊浪"勇敢地"冲向天空"，也就自然派生出了当解未解而难解的一系列"疑案"。它们朝着"天空""冲"了去，可究竟"冲"了多高，是"冲"到了即零距离接触到了"天空"，还是"革命尚未成功，同志仍需努力"呢？其动机，或者说其终极性目的，是试图炫炫肌肉，恐吓恐吓老天爷，还是别的什么呢？那"浊浪"的"冲向"之举，莫非是要天老爷挪动挪动尊位、换个地方待一会儿吗？却又着实让人一点儿也看不出来，一点儿也感受不到的。

　　"阴风""浊浪""日星""山岳"，全是人格化了的自然物，被赋予了人的行为"号""排""隐""潜"，并渗透了人的主观情感。正是"淫雨霏霏，连月不开"，才致洞庭云暗天低，而正是洞庭之天低浪高，才会有人格化了的"浊浪排天（空）"！语境里的"浊浪排空"，生活在骈俪铺陈、融会比兴而极富音乐性的句群中。该句群句序多变形，且有多层倒装错位。显而易见的是，"商旅不行"（果）与"樯倾楫摧"（因）的倒装。如果循着事理逻辑细究，则"怒号"之风，既是"浊浪"勃兴之因，又是"樯倾楫摧"之因，而"日星隐曜"（因）、"山岳潜形"（果），才是"浊浪排空"的根本动因。黑云肆虐，"连月"张狂，以致天昏地暗，"商旅"裹足。侠骨柔情的"浊浪"君，被惹冒火了，集合起强大军团，向天公挑战了！它们誓以巨大的合力"排空"——前仆后继，去推挤开、撕扯开、捅开密实厚重的黢黑天幕，硬要突破云围的壁垒，请出久违了的日光、星光，让"潜形"的"山岳"露一露脸！然而，天公强势，威风不减，浊浪奋击，屡战屡败，屡败屡战——何其壮哉，又何其悲兮，惨兮兮——没能争来一分能见度，反倒助风为虐，搞得个"樯倾楫摧"，开罪于商旅了！

　　"景物无自生，惟情所化""情为主，景为宾"（吴乔《围炉诗话》）"无处景语不情语""一切景语，皆情语也"（王国维《人间词话》）。"排"（零距离接触，或推开、推挤开或撕扯开、捅开），渗透强烈的主观之情于无痕，极富形象性和浪漫主义色彩。可以说，慷慨舍弃掉此“排”字语义的精髓，幽囚住形象思维自由合理的运动，去理解和诠释美文语境中人格化了的“排”字，就无以反映“淫雨霏霏，连月不开”情境中人，试图借助想象以征服自然力的无奈，无以承载他们怨天、怒天，而又祈天放晴的复杂情感！

“曜”，名词，“①光，明亮。《集韵·笑韵》：‘曜，光也。’”（《汉语大字典》P647）。“日星隐曜”即太阳和星星都隐没了光辉。

“山”，象形字，本义高大的山。“岳”，原本是象形字，甲骨文像多层山的形状，小篆变为“从山，狱声”的形声字，隶变后楷书写作“嶽”，汉字简化后写作“岳”，则演变成了会意字，山上有丘（土山），揣其意就可知其本义为“高大的山”。至于岳州本无“高大的山”，丝毫不影响对客观文本的解读。文学究竟不是完全写实的“记录”，生活的真实与艺术的真实，原本就有很大的区别——何况“高大”与“矮小”，本是表比较性质的形容词。此“山岳”不是如“退却”之类同义互训的合成词，而是由两个各表其意的单纯词并列组合的短语（词组），与结构、词性完全相同的“日星”，构成了极其工整的对仗。因而，此“山”的意义，绝不能被“岳”字兼并包含，此“岳”，只当是比此“山”更其高大的山。为能忠实于原文，准确反映出“山”与“岳”的差异，此“山”似宜讲为“丘峦”之类，这样也就客观真实地反映出了——岳州之山虽然不高，却也绝非等高的实际。

"薄，林薄也。"（《说文》）"薄"字本义指草木密集丛生的地方，如《楚辞·屈原·涉江》："露申辛夷，死林薄兮。""按，林木相近不可入曰薄。引申凡相近皆曰薄。"（《说文解字注》）又，"迫，近也"（《说文》），意即逼近、接近，如"义薄云天""日薄西山"。"暮"，形声字，其古字、本字为"莫"。"莫"，会意字。甲骨文像草丛中有个太阳，会"太阳落入草中"的意思，表示天色已晚。金文、小篆的结构都与甲骨文相似。隶变后楷书写作"莫"。《说文·茻部》："莫，日且冥也。从日在茻中。"（莫，太阳将要没落。由"日"在"茻"中会意。）"莫"字的本义是指日落的时候。后来因为音近的关系，"莫"字被假借为否定词使用，意指不要、没有谁，于是要表示日落的意义时，就只好在原"莫"字的下面，再加上一个"日"作为表意的形旁。这样，"莫"与"暮"就有了明确的分工，"暮"只表示日落的时候。"薄暮冥冥"处在"日星隐曜，山岳潜形"的特定语境中，如果仍以"日落的时候"译讲该"暮"字，则势必平添几多不必要的纷扰，因而宜用后起的、意指"日落以后天黑以前的时候"的"黄昏"置换（援引自《现代汉语词典》）。因此，"薄暮"当讲为"快到（接近）黄昏的时候"，才算"信"，才可以说是把"薄"字的字义真正落实了。"冥"，昏暗，"冥冥"，叠音连绵组合，则是对"昏暗"语义的强化。

"啸"，形声字。"啸，吹声也。从口，肃声。"（《说文》）"啸"字的本义是：撮口作声，即撮口发出清越而悠长的声音。如"抬望眼，仰天长啸，壮怀激烈"（岳飞《满江红》）。古时，常用指"吹口哨"，如"阮步兵啸，闻数百步"（刘义庆《世说新语·栖逸》。"阮步兵"即"竹林七贤"之一的阮籍，因曾任步兵校尉，故世称阮步兵）又如"啸聚山林"（其中"啸"的初始义即"吹口哨"，顺此才引申出新的意义"呼喊"）。由"啸"本义朝另一方向引申，则主要指动物的长声吼叫。

"啼"，会意兼形声字（《说文》未收此字）。"啼"字本义为出声地号哭（区别于"泣"字无声而流泪的意义），如"吏呼一何怒，妇啼一何苦"（杜甫《石壕吏》）！"夜深忽梦少年事，梦啼妆泪红阑干"（白居易《琵琶行》），引申指鸟兽的鸣叫，如"流连戏蝶时时舞，自在娇莺恰恰啼"（杜甫《江畔独步寻花·其六》）。用作名词，指眼泪，如"啼痕"。据此，可以说，把"虎啸猿啼"，翻译作"猛虎吼叫，猿猴哀啼"，是大不妥当的，也是不负责任的。一个"啸"字，被弃舍了"拖长声音"的意蕴，也就罢了，而一个"啼"字，既不让它"叫"出声，又不许它"哭"出来，这算怎么一回事呢？那当真就是正经八百的"古文今译"吗？

[原文]登斯楼也，则有去国怀乡，忧谗畏讥，满目萧然，感（hàn）极而悲者矣。

[今译]（这时候，）爬上这座楼，就会生发逐离京城，眷怀故乡，担心（人家）说坏话，害怕受到指责（的情感），两眼（充盈）寂寞凄凉（的神色），憾恨不满到了极点，哀痛伤心（得不能自持）。

"登"，会意字。《说文·癶部》："登，上车也。从癶、豆，像登车之形。"（"癶"，是两只脚象形的变形。该字的篆体表示两脚立在用来垫脚上车的石头上，像登车之形。）本义上车，或由低处到高处。该音节为后鼻韵eng，尾音短促，有力道，给人以铿锵利落豪迈之感。"爬"，会意兼形声字，从爪，从巴（蛇），会"爪子像蛇行一样搔抓"之意。本义为搔、搔抓，引申为像虫蛇一样伏地用手脚向前或向上移动，如手脚并用的"爬树"，再引申指攀登，则与"登"字的意义，相差无几。在属于北方方言区之西南方言的四川话中，两字的字义极近，而"爬山"一词的使用频率，则远远高于"登山"。"爬"字音节为元音韵母a，开口呼，尾音绵长，似有滞重迟缓艰难的韵味。回味那曾经的"爬陡坡""爬楼梯""爬松潘黄龙"的"爬"字所承载浸润的生命体验，真还有那么一点儿韵味儿。两相比较，承接前文，照应后文，非用此"爬"字译讲该"登"，实在难状景中人步履沉重之形，难传景中人憾恨萦怀之情，更难与"其喜洋洋者"恰似脚踏青云的"登"之形、"宠辱偕忘"飘飘欲仙的"登"之情，形成强烈的对比反差！

"有"，甲骨文像手提一块肉的样子，即便是经过隶变而楷化成"有"的字形了，其表初始意义的痕迹仍在。"有"，会意字，本义为持有。后来词义扩大了，不管有什么东西都是"有"，与"无"相对，再引申作广义的动词。"有"，紧承上文登楼者所触之景而来，因而当结合语境实际，临时赋予"有"字"触发（生发、迸发）……情"的意思。"忧谗畏讥"或者"心旷神怡，宠辱偕忘"，都是内在的情（心理活动）——既是情的具体内容，又是限制中心词"情"的定语。因此，译文当在"畏讥""偕忘"之后，使用表达"情"义的词语作中心词，句子结构才显完整，句意也才明晰。

"国"，会意字。甲骨文中"或"与"國"是不分的，小篆经隶变后，楷书写作"國"。"或"，会意字，甲骨文从口

（城），从戈，会"用武器守卫地域"的意思。金文线条化、复杂化了，经小篆而隶变后，楷书写作"或"。《说文·戈部》："或，邦也。从口，从戈，以守一。一，地也。域，或，又从土。"笔者断句，且试译作："或"字，是邦国的意思。由"口"、由使用"戈"来把守"一"而推知。"一"，表示地域。"域"字，是"或"字的别体，从土旁。"或"字的本义是国（國），后来被假借做了不定代词、副词。在"或"字被借用且被一借不还后，就只好在原"或"字的外围加上"口"，写作"國"。"口"，象形字，本义为环绕，即把四周拦挡起来。《说文·口部》："國，邦也。从口，从或。"本义是"古代王侯的封地"，引申指城邑，再引申指都城、京城。文本中"去国怀乡"的"国"字，应当明确讲作"京都"（京师、京城），既指北宋京城汴梁（又叫"汴京"，今河南开封），又指至少包括唐代在内的历代王朝的京城。此外，"家"，是古代卿大夫及其家族的封地。古之"天下"一词，才表今之"国家"的意义。周王朝实行分封制后，"大夫有家，诸侯有国"，因而《大学》讲"家齐而后国治，国治而后天下平"。此"国"被一些译本解作"国都"，尚留有歧义空间。那样解读，就绝无弹性地把范公"尝求"的"'古仁人之心'史"，断死在汉朝以后了，而汉代诸侯王所居封地的大城（都），也是被叫作"国都"（都城）的。

"去"即离开。"去国"，不是主动离开，而是被动离开、不得不离开京城，因而当结合语境讲为被动态的"逐离"，其语法特性恰如"兵挫地削"中的"挫""削"两字（语出《史记·屈原贾生列传》，"兵挫地削"是"军队被打败，国土被割让"的意思）。

"忧"，担心，担忧，发愁。"谗"，说别人坏话，谗言。"讥"，（微言）非难，指责的意思。"满目"即目满，两眼充满或充盈的意思。"萧"或"萧然"，意即"萧瑟"，寂寞凄凉的样子，如"独酌劝孤影，闲歌面芳林。长松尔何知，萧瑟为谁吟"（李白《独酌》）。"然"，形容词尾。"萧然"与"满目"组合，则形容两眼充盈寂寞凄凉（的神色）。眼睛是心灵的窗户，"满目萧然"承上文而来，是登临者"览物"激生的"去国怀乡，忧谗畏讥"之内心情感的形象性外化。

"而"，连词，连接"感极"与"悲者矣"两部分，前一部分表条件或原因，后一部分表结果或情况，可译作"因而"，也可不直接译出。"者矣"的"者"，助词，与"悲"字组成名词性的"者"字短语，用来指称"悲"的样子。"矣"，句末助词，相当于现代汉语的"了"，也可视作表感叹的语气词。如"夫环而攻之，必有得天时者矣"（《孟子·公孙丑下》）。又如"大王诚能命将出师，使如逖者统之以复中原，郡国豪杰必有望风响应者矣"（《资治通鉴》）。

"感极而悲"，结构上属于偏正关系，意义上具有因果关系（即"悲"因"感极"而生），因而其形式与"喜极而泣""乐极生悲"完全相同。所不同的是："喜""乐"两字，表意均非常具体明确，情感色彩也都亮丽温暖，而"感（gǎn）"字，无论作"情感"讲，还是作"感慨"讲，表意均显抽象、宽泛、空洞，情感色彩则是纯粹中性的。对"感（gǎn）极而悲"四字，粗加品味，便会让人感到有那么一点儿说不清道不明的别扭。如果再细细品呃，就不难感受到，因"情感"或者说因"感慨"达到了极点而产生什么悲情，确乎缺少了些什么东西，确乎有那么点儿难以言传的、牵牵强强、不明不白的味道。

半个多世纪以来，所见《岳阳楼记》之注译文不少，至今未见不把此"感"字讲作"感慨"的。"感慨"，"有所感触而慨叹"的意思（据《现代汉语词典》第6版），词义的重心与落脚点，在"慨叹"上（即慨叹什么），至于"有所感触"，不过是引发慨叹的原因罢了。如果把此"感"讲作"感慨"，那么，遣"有所感触"进入文中，深化理解，反复玩味，则"感（gǎn）极而悲"之"感（gǎn）"，势必语焉不实，空泛飘浮。令其承接上文，实屡弱牵强，命其收束前文，必力道不济。这究竟是什么原因呢？

"感"字，紧承"去国怀乡，忧谗畏讥，满目萧然"而来，与"极者矣"直接组构成句，受到了前后文字的夹制性制约，因而一经被讲作"感慨"，作为词义核心与重点的"慨叹"，就无从予以落实，而"有所感触"的对象物（借以间接抒发"览物之情"的铺陈绘景——"淫雨霏霏……薄暮冥冥，虎啸猿啼"，尤其是通过"去国怀乡，忧谗畏讥，满目萧然"之"迁客"典型形象的塑造，直接抒发"览物之情"的内容及其意旨），就必定会呈现出被极度弱化而疏离游移的状态，对"感极"的翻译，就势必跌入"感慨万端（万分、到了极点）"之空洞无物的陷阱，而无从自拔。既然如此，那么此"感"当作怎样的理解诠释，才可消弭那诸般"别扭"呢？

经过长时的探究与反反复复地揣摩玩味，笔者认为，并进而确信，如果把此"感"字读成"hàn"，且同步解作"憾"，那么，"消弭那诸般别扭"的任务，便可顺利地"同步"完成了。这有充分可靠的文字学、训诂学根据吗？"憾"字的语义，在文中能够生活得舒畅自在吗？其对文意的传达，究竟是造成违逆损害的结果，还是产生忠顺助益的实效呢？

"憾"，造字较晚。先秦以来，大量典籍以"感"表达"憾"。许慎之《说文解字》，就没有"憾"字，因而段玉裁说："许书有'感'无'憾'。《左传》《汉书》'憾'多作'感'。"（《说文解字注》）如《史记·吴太伯世家》："见舞《象箾》《南籥》者，曰：'美哉，犹有感。'"（《汉语大字典》以此句作为"感通'憾'。恨。"的书证，进而引述"司马贞索隐：'感读为憾，字省耳。'"）又如《汉书·张安世传》："何感而上书归卫将军富平侯印？"《古汉语常用字字典》释"感"条目则曰："hàn。通'憾'。不满意。"（商务印书馆，第4版）王力先生后经声训考证确认，"恨""憾（感）"属于"文侵通转"的同源字，两字同义，并郑重指出："说文：'恨，怨也。'按，此说不确切，当云：'恨，憾也，悔也。'""'憾，亦恨也。'字亦作'感'。"（见《同源字典》P509-P510）。王力先生对"憾（感）"字、"恨"字的解说最为精当。他明确地否定了以"恨""憾"表示仇视、怀恨（怨、怨恨）的古人前说。诸如杜甫之"感时花溅泪，恨别鸟惊心"（《春望》）。白居易之"天长地久有时尽，此恨绵绵无绝期"（《长恨歌》）。熟语"相见恨晚"中的"恨"字，就均与"憾"字同义而绝无仇视、怀恨的意味，因而可视作王力先生解说之绝好的书证材料。

依循如上简述的文字学、训诂学根据，经仔细斟酌考量，已经可以大胆假设，此"感"字，应该读音作hàn，训解为"憾"。当然，该"假设"之得以成立，仅凭文字学、训诂学的根据，是不够的，它必须经受得住"在文中"的严格检验。由上述已知，"感"一旦被解作"憾"，就自当表达"恨"的意义。既然

"憾"表达"恨"义,那么,"恨"又是什么意思呢?"恨"字,有三个同源相关的意思:其一,"恨,怨也。"(《说文》),"怨恨"(《汉语大字典》),但此说为王力先生所否定;其二,"恨与憾,声义微别。憾义浅,恨义深。憾音重,恨音轻。"(《正字通》)段玉裁说"盖憾浅于怨怒"(《说文解字注》),其大意是:"憾"作为表示情感的语词,它的语义跟"怨怒"的语义相近,但比"怨怒"的语义轻一些(王力先生则解之为"悔",见上段末);其三,"不满足,不满意"(《汉语大字典》)。

综上所陈,再考虑到《说文解字注》之"悲,痛之深者也。"(悲是很深重的哀痛)的语义很重,而"极"字又是"到了顶点"的意思,因而,老实遵从文本行文次第,保障同属于具体情感范围的"感(憾)"与"悲",自然和谐地牵手达意,以递进呈现"感"(憾、恨)与"悲"的"冷色调"情感之语义轻重的级差,才可能让所选定的目标义项进入文中后,能够达成持之有据而文从字顺的译文要求。结合语境,对"憾"(恨)之前人诸多训解,通过反复斟酌而汰选重构的"憾恨不满",似乎有助于达成这一要求。于是乎,就可把"感(hàn憾)极而悲"之"感(憾)"的语义,暂定为"憾恨不满",继而将其带入文中,看看她是否适应"水土",能否生活得自在舒畅。("感慨"与"悲",是无从"自然牵手达意"的,因其"粗暴"割断了内在于前后文之间的逻辑联系。)

"憾恨不满"的语义是具体明确的,而非"情感""感慨"之抽象空洞。"憾恨不满"的情感色彩是晦暗寒凉的,而非"情感""感慨"之纯粹中性。应当说,以承载着"憾恨不满"意义的"憾(感)"字与"极"字相组合,才能够直接准确、全面周详地交代清楚"悲"之所从何来。"憾（感）"，不仅是真切具体的情感，还分明浸透着情感的冷色。完全有理由这样说，作者派遣"感"字入文，原本就是表达"憾"字的意义，而只当读音为hàn的。因为唯有此"憾（感）"，才能够凭借一字之力，既高效完成对前文穷形尽相、铺陈描绘的有力收束，又对登临者的主观情思，作出最经济最准确的概括——而表达"情感"或"感慨"的"感gǎn"字，则根本就不具备那样的功力，完全不可能产生那样的功效！

　　如果对"憾"与"感"这两个语词，稍作简要的逻辑分析，也就不难发现：

　　"憾"（情感之一种）与"感"（情感）这两个概念，无疑具有"真包含于关系"，意即所有的"感（憾hàn）"都是"感gǎn"（情感），但有的"感gǎn"是"感（憾hàn）"，有的"感gǎn"（如喜、怒）则不是"感（hàn憾）"。毋庸置疑的是，由于"憾"的全部外延，与"感"的部分外延重合，因而其语义较之于"感"（泛指所有形态的情感），则更加具体精微确切。在文本语境中，"憾"字，以具体精微确切的语义，紧承"……满目萧然"而来，牢牢地紧抓住表示程度的"极"字，直与"悲者矣"密实组合成——"感（hàn）极而悲者矣"，何其自然，何其轻灵，又何其熨帖！仅着一个"憾"（感hàn）字，就毫无遗漏地锁定住，聚合了，并同步浓缩着"憾恨不满"的全部对象物（外物），即"悲"主当下不幸的生存状态，既有自然物质层面的，周遭景物晦暗寒凉之色、凄厉哀戚之声、狰狞恐怖之形，更有社会精神层面的，"下课"放逐而背井别亲、风雨阻途而盘缠告罄、遭人白眼嘲骂吐口痰等等，所投射留布于心底的斑斑阴影！那"浅于怨怒"之种种憾（感）情，经过堆聚酝酿的急剧"量变",而至于憾"极",达到憾恨不满的顶点,也就迅疾地突破了"质变"的关节点,因而那憾恨不满的情感原子,就瞬间爆发裂变反应了。登楼者的悲(哀痛"痛之深者")情,怎能不油然中来,"迁客骚人"能不油然定格为怨天尤人、满腹哀痛的苦主?哪里能够不伤心得肝肠寸断呢?

"讲究声和气",是汉语言文字的重要特点之一,因而不通过认真反复的朗读,是很难真切感悟字词句中的"声情""气韵"和"见识"的(见商友敬先生《语文教育退思录》)。如果能够把"……满目萧然,感(gǎn)极而悲者矣"与"……满目萧然,感(hàn)极而悲者矣",尝试着分别朗读它三五遍,且两相比较玩味一番的话,那么,其迥然有别的、顿挫抑扬的"语文场",或许就能够助推我们,去做出全新的认识判断。

应当说,只有"感(hàn憾)极而悲",才能经济、周严而忠实不苟地护卫结构的谨严、文思的缜密,才能准确而清晰地反映出,"憾(感)"情与"悲"情的巨大差异,才可能促使读者更深层次地体味,"悲,是很深重的哀痛"之意蕴,从而彻悟,"憾(感)极而悲",是"憾恨不满的情绪"迅疾发酵而严重失控的当儿,才得以产生的哀痛伤心得难以自持的情感表现。简而言之,在《记》文特定语境中,唯其"憾极而悲",所以才能文从字顺而淋漓酣畅。

基于如上认识,至此似可确定,此"感"不应再继续读为gǎn,而当正其音,"改"读作hàn。或许早在庆历六年九月十五日,范公落笔成文的刹那,就是如此明确定下了的吧。九百七十年后,"感极而悲",究竟是作"hàn(感即憾)极而悲"解,更其合理,还是固守"gǎn(感)极而悲"解,才是正确的呢?范公仙逝也久,终无可询矣,我辈后生的追问与追思,自然就只当在《记》文中，也只当在文章学与文字学之"温故而知新"的过程中。

有必要指出并强调的是，此"感（憾）"情，从根本上讲，是"迁客骚人"（左迁者）因个人仕途受挫而产生的，是不应非难苛责的正常情感（古今皆然），此"感（憾）极而悲"的"悲"情，则是左迁者受挫失意后，一味怨天尤人，自觉"满目萧然"，完全沉溺于"憾情"中不能自拔，所必然产生的伤心哀痛之情。范仲淹作《记》，是以谏友、勉己而勉人为出发点的，所塑造的"满目萧然，感极而悲"者的艺术形象中，自然寄寓着同情与规谏，因而"满目萧然，感极而悲"，留有进行二度创造的广阔空间。更其重要的还在于，此形象示意的"以己悲"，实露虚藏，是为后文议论中抽象的"不以己悲"服务的。"不以己悲"则虚中有实，而"实"正在此处的"以己悲"中！

（三自然段）评赞曰：直应设问，"比兴"铺墨，塑造"满目萧然，憾（感）极而悲"（"以物悲"即"以己悲"）之左迁者艺术形象。正所谓"情哀则景哀""情为主，景为宾"，为五自然段以"或异二者之为"作答"览物之情，得无异乎"准备素材。

（四）

[原文] 至若春和景明，波澜不惊；上下天光，一碧万顷；沙鸥翔集，锦鳞游泳；岸芷汀兰，郁郁青青。

[今译] 至于春风和煦日光明丽（的时节），（湖面）波平浪静；水天一色，无边碧蓝；沙鸥啊，有的（于蓝天）盘旋竞羽，有的（在绿）树上聚会歇息，美丽的鱼儿时而浮出水面，时而潜

行水中；岸上的白芷，湖滩上的兰草，繁茂青翠，沁脾幽香。

　　"和"，古作"龢"，有别于本字为"咊"的"和"。"龢，调也。从龠，禾声。"（《说文·龢部》）表明"龢"的意思与"龠"直接相关。"龠"（yuè）字，《说文》是这样解析的："乐之竹管，三孔，以和众声也。从品仑。仑，理也。"其意思是说，龠是奏乐的竹管，多孔，是用来调和众声的管乐器（当为笙类乐器"排箫"。又，古汉语中，"三""九"一般用以虚指"多"，不表示实数）。根据字形"品、仑"会意。仑，伦理。经过那番"说文解字"表明，"和（龢）"的意思是协调（各种乐器发出的声音）、使之和谐，因而其本义"调也"是"音乐和调"的意思，如《礼记·乐记》："其声和以柔。"由此引申指适中、恰到好处，再引申指和顺、平和。以和顺、平和为基础，再引申指气候的温暖、暖和。"煦，蒸也。从火，昫声。"（《说文·火部》）本义指热、暖和。"和煦"，则是同义互训的合成词。又，伴随"和（龢）"字的创造，便产生了与之意义相关的"咊"（和）字。"咊，相应也。"（《说文》）意思指声音相应和，如"此唱彼和""和诗"。

　　"景"，会意兼形声字，小篆从日从京（京，象形字。甲骨文像一个人工堆积而成的土堆，上有瞭望塔，用以观敌情，察民事。《说文》："京，人所为绝高丘也。"本义为人工堆积而成的高大土丘，是古代的一种军事工程。"高""大""君王所在地"等词义，就是由其本义引申而来的），会"日光高照"之意，如"返景入深林，复照青苔上。"（王维《鹿柴》）有的译文把此语境中的"景"字讲为"景物"，显然是错误的。

　　"波澜不惊"，即不惊波澜。"波澜"指大的波浪。

"惊"，是"驚"字的简化，本义"驚，馬駭也。"（《说文》）意即马因受突然袭来的刺激而精神紧张，行动失常，动词，引申出惊动、震动义，如"惊天动地"。"波澜不惊"，既承前呼应"春和"（春风和煦），意指微风没有吹动（惊动、震动）起大的波浪，意即风平浪静，又暗设伏线，遥呼下文"浮光跃金"之湖水浪静波平（以成前后照应之势）。"上下天光，一碧万顷"，呼应前之"景明"，是对"景明"（日光明丽）的具象化大写意之宏观描绘。

"翔集"是沙鸥的两种生活状态，分明是"或翔或集"的省略式。"或"，无定代词，可译为"有的""有的人"。用于动词谓语前表动作行为交替发生或同时存在，可译为"有时"，如连用，可译为"有时……有时……""时而……时而……"于此，似乎两解皆通。但是，蒙照后文"岸芷汀兰""锦鳞游泳"审视，经通盘考量，只可选取"有的"理解。何况在同一时空，一二沙鸥"上翔"以动、几多沙鸥"下集"而静——动静相生，上下相谐，更具美感，何况原生态大多如此。

"翔"，形声字。小篆从羽，羊声，隶变后楷书写作"翔"。翔字本义"回飞也。"（《说文·羽部》）意即"鸟展翅回旋而飞"。"回"，象形字，甲骨文像流水回旋、旋转形，小篆变为大口套住小口，因而《说文》曰："回，转也，从口，中象回转形。"如熟语"回心转意""回眸一笑"的"回"字，就是转、转动的意思。《汉语大字典》依据《说文》，诠释"翔"字的本义为："鸟展翅旋而飞。"该诠释极其准确而形象传神地浓缩了多种信息——鸟儿舒展开双翅的肢体形态，利用上升气流的托举，以蓄养体能的运动机理，在一个不是太大而相对固定的空域，作低速环绕飞行，以侦寻或猎物，或情侣，或领地入侵者等。现实生活观察所见，鹰隼在空中侦寻鸽子、小鸡等猎物时的"飞行"（四川方言"打旋旋儿"）姿态与情景，则是对"翔"字语义的最为生动、鲜活、完美的诠释。因而，不可放任"旋""盘旋"这样具象性极强的字义精髓从译文中溜走，而简单使用表意粗泛笼统的"飞、飞翔、翱翔"之类。

"集"，会意字，本字"雧"。"集"是"雧"的或体，又是"雧"的省略。独体字"隹"的本义为："鸟之短尾总名也。象形。凡隹之属皆从隹。"（《说文·隹部》）"隹"，是极其重要的表义部首（意符）字之一，如《说文》解说会意字"隻"（今简化作"只"）："鸟一枚也。从手持一隹曰隻（只），二隻曰雙（今简化作"双"）。"解形声字："雄，鸟父也。从隹，厷声。"又如"雇"字，甲骨文从隹从户，会开春后，候鸟飞来栖止于门内的意思，户兼表声，隶变后，楷书写作"雇"，其造字的初始本义是指一种按农事季节来去的候鸟（似指家燕）。"雥（zá）"，会意字，本义群鸟（《说文·雥部》："雥，群鸟也。从三隹。凡雥之属皆从雥。"）对于"集"字，《说文·雥部》是这样解析的："雧，群鸟在木上也。从雥，从木。"（请注意：字圣许慎没有把"集"字收进"隹部"，而是把它收在"雥部"中的）毋庸置疑，"集"字的本义是群鸟（聚集的鸟），在树上，栖息这样三个基本信息元素的合成，是缺一不可的。可是，众多译文却将该"集"字讲为"停聚"或"停息""栖息""栖止"，或"集，鸟停息在树上"（课本与教辅之注释，忽视或忽略了"隹"与"雥"的区分以及此"集"本当作"雧"诠解的事实），或漏掉了沙鸥的"集"之"所在"，或漏掉了沙鸥的"量"这样重要的信息元素，确乎疏虞，顾此失彼。因而,训解或译讲"沙鸥翔集"的"集(雧)"字,当完整地取其本义!

又,在古汉语中,描述飞禽类的表意字符(部首)共有两个:一个是"隹",一个是"鳥(鸟)"。"隹,鸟之短尾总名也。"(《说文·隹部》)如"雕""隼""雉"等等。"鳥(鸟),长尾禽总名也。象形。"(《说文·鳥部》)如"鳳(凤)""鷹(鹰)""鳶(鸢)"等等。随着汉语的发展演变,而今已经约定俗成,"鸟"作了禽的总称,就不再按照尾巴的长短划分禽类了,因而"雞"字就简化作了"鸡","鴛鴦"则简化作了"鸳鸯"等等。

"锦",色彩鲜艳华丽。"鳞",借代辞格的运用,借"局部"的鱼鳞代替"整体"的"鱼",实则指代鱼以及被古人(理应包括作者)当作鱼的"鲸科"水兽白鳍豚、江豚。白鳍豚、江豚、洞庭金鲤,常常跃出水面"飞行",在日光反射中,给人极强的视觉美感。晚近(2006)灭绝的白鳍豚、现时濒危的江豚(据《中国长江江豚保护宣言》洞庭湖尚存约120头江豚),早前都是洞庭水族的智者与王者。它们必须依照一定的节律,蹿出水面以吸收氧气,还时而追逐嬉戏,昂头啸歌,时而浅水造浪,围猎异类,或"游"或"泳",蔚为壮观!那样惊艳的场景,家母于少年时代(约80年前),在岳阳楼左近的湖滨岸头,就曾与小伙伴一起目睹几次。应当说,"锦鳞"曾经的生活状态,为作者笔下之"锦鳞"的既"游"且"泳",提供了真实的素材,却也为今人准确理解此"游"此"泳"的意义,带来了些许困难。破坏生态的苦果多多,难解"锦鳞游泳",也算是苦果之小小一颗吧。其实那"锦鳞"一族中,还当有今日濒危的中华鲟。准确理解"锦鳞游泳",少不得贴近"生活",去做一番认真的"考察","生活"——现实的,尤其范公时代的——构成了客观的"外部语境"。只有贴近那似曾远去的"生活",展开必要而合理的联想与补充,才可能在九百多年后,准确把握文中此"游"此"泳"的意涵,也才可能借助极为有限的文字,积极调动形象思维,去生动复制出"锦鳞游泳"之鲜活的生活图景。至于翻译,倒是不必铺张"文宴",盛邀各路神仙的了。

"游泳"是"或游或泳"的省略式,是"锦鳞"的两种生活状态,与短语"翔集"结构形式相同而成对仗。"游"与"泳",本是各表其意的单纯词,切不可与今之合成词(与"单纯词"一样,是"语言里最小的、可以自由运用的单位")"游泳"混同。彼"翔集"是或上(翔于天)或下(集在树)的,单从对仗的基本规则看,此"游泳"就当是或上或下的。当然,文字学的根据,比之骈句结构工整相对所寓的暗示更为重要。

在小篆中,"游"与"旒",形旁(意符)同为"㫃yǎn"(《说文》释㫃:"旌旗之游,㫃蹇之皃(同貌)"),且同韵同调(游,从㫃汓声;旒,从㫃攸声)。《说文》分别对游、旒二字做出的解析,同为"旌旗之流也"。(旗帜的垂饰物),因而游、旒是同义字(词)。《说文》依据的是小篆。小篆经隶变而楷化,游、旒的形体发生了巨变,表意有了新的分工。"旒"字包揽了原"游"字的任务,"游"被赋予了新的本义,在水中浮行(六世纪中叶南朝《玉篇》曰:"游,浮也。")。《说文》问世前及其后的一段时间,竹帛质上的文献,表达"浮行水上"的意义,用的是"汓"字(表游或泅,游、泅同韵同调),因而《康熙字典》说,汓是游的古文(字)。这说明在"浮行水上"的意义上,"汓"与"游"是一组古今字(同义字)。

"汓"，会意字，其作为古文字，在后来的纸质文献中，多被"游"或"泅"所替换。《说文·水部》："汓，浮行水上也。从水从子。泅，汓或从囚声。"段玉裁注之曰："汓，浮行水上也。若今人能划水者是也……从水子。子犹小也。浮于水上望之甚小也。"《广韵·尤韵》则说："泅，人浮水上。汓，古文（字）。""泳"字，会意兼形声，《说文》解其本义曰："潜行水中也。"

　　显然，古汉语在表水中运动的意义上，"游""泳"两字的差别极大，绝非同义或近义，与现代汉语的合成词"游泳"，是不可混为一谈的。例如《诗经·邶风·谷风》："……泳之游之。"（水底潜行，水上浮行）再如《列子·黄帝》："彼中有宝珠，泳可得也。"又如《水经注·江水》："有潜客泳而观之，见水下有两石牛。"至于"潜"字的本义，则意指"在水下面行走"，如《庄子·达生》："至人潜行不窒，蹈火不热。"（今译作：得道者在水中行走而不会窒息，脚踩烈火却不会感觉到热。）

　　"锦鳞"，是以其形色，尤其是色，直接刺激作用于湖滨楼头之"览物"者的视觉感官的，因而，它们只能是那些时不时地"浮（游）出"，露出，甚而蹿跳出水面的大家伙。"锦鳞游"，分明是具象的，是通过观察就能直接感知的，因而是"实"景。"锦鳞泳"，却是不具象的，不是凭借视觉器官就能够直接观察感受到的，仅仅只是由真切感性的"锦鳞游"之经验所派生的心理上的间接感知而已，因而是"虚"景。正所谓不见"锦鳞游"，焉知"锦鳞泳"？唯其"泳"由"游"生，"虚"仗"实"成，所以"锦鳞"的"实"游与"虚"泳，才构成了和谐的统一。毋庸置疑，"锦鳞游泳"，正是作者对当年之洞庭水族真实"生活"情景的客观反映。因而，此"游"字只能取其"在水中浮行"的本义，作"蹿行水面"或者"蹿出水面"讲，也是完全成立的。

"锦鳞游泳"，被教辅书等翻译成了"漂亮的鱼儿游来游去"——语义原本正向反对的"游""泳"，变成了一个"游"字的机械重复，原本时而"鱼头出水"（或鱼身出水），时而"锦鳞"潜踪遁迹的意思就全然没有了，因而那伫立岳阳楼头或左近湖滨曾经可见可感的"锦鳞游泳"，就完全混沌失真了，自然也就无"信"可言了。那看似小小的一变，可不得了，曾经真实的"生活"图景，居然化作了一帧梦幻的卡通！忽视汉语词义的演变及其古今差别，忽视古汉语单音节词居统治地位的实际，未能考虑"骈文"注重结构对称、忌讳用语重复的特点。既完全脱离洞庭湖自然生态曾经的客观实际，又完全不合现实生活的寻常事理，凭想当然地轻松注译，恍若给幼儿园的小朋友戏聊童话，无边无际的八百里洞庭湖啊，"漂亮的鱼儿游来游去"，就像深圳"锦绣中华"——待建的"洞庭锦鲤池"一样！

鱼之鳍背的颜色相对较深，而腹部的颜色相对较浅，是适应生存环境的生命进化使之然的。生活常识表明，从高处往下看，湖水的颜色深。鱼儿由于背部色深而与水色相融，因而不易被空中的天敌发现，光的折射，也让鱼儿尽其可能地规避着好猎手（叉鱼行家、食鱼水禽）的侵害。生活经验还表明，只有在江河湖海清浅而又"波澜不惊"的水边儿蹲守，才有可能看到"漂亮的鱼儿游来游去"，不过那"游来游去"的，只会是些幼鱼苗苗，或者小小的鱼儿罢了。视距稍远一点儿，无论怎样"漂亮的鱼儿"，都会从"览物者"的视野中，消失得无影无踪的。对此，那些长年垂钓于江河湖海的人们，或许是最具话语权的。

"芷"，白芷，多年生草本植物，花白，根香（粗大呈圆锥状），可入药（其人工种植者，素以四川省遂宁市所产为最优）。古诗文中，"芷"与"兰"往往同现，如《荀子·宥坐》"芷兰生于深林"。而《楚辞》中，芷、兰更频频登场，如"扈江离与辟芷兮，纫秋兰以为佩""兰芷变而不芳兮，荃蕙化而为茅"（《离骚》）；"沅有芷兮澧有兰""疏石兰兮为芳""芷茸兮荷屋"（《九歌·湘夫人》）。由于古人常用香草"芷""兰"，隐喻美德或君子，因而"芷""兰"也就化为了中华文化中重要的文学意象。"兰"，更以其幽香淡雅的特性，被千百年来的文人雅士尊为"花中君子"。

文中的"芷""兰"，既有概括写实的成分，又是借代辞格的运用，代指洞庭湖滨所有令人赏心悦目的花花草草，但是，考虑到本段与上段之浓墨重彩的绘景，实则如同屈原之《橘颂》，确系比兴象征手法的重用（高尔基的《海燕》也是大用象征手法的经典之作），意在借助具体形象（象征体），以表现抽象的思想情感的实际，因而理当在古典美文的今译中，尽可能地保留住承载着诸多文化信息的高雅芳草"芷""兰"，以尽葆其美，且与"心旷神怡，宠辱偕忘"之"迁客骚人"的绝佳心境合拍。

课本把"汀"注释作"小洲"，并没有充分可靠的文字学训诂学之相关根据。把"岸芷汀兰"注译作"岸上与小洲上的花草"，则完全脱离了语境的制约，在客观上肢解破坏了文本所创造的、和谐统一的"画面"，因而是错误的。谨陈述强力支持该严肃判断的相关认知如次。

一、"汀"字两类解释之辨证

（一）以《说文解字》"汀，平也"之说为基础，《玉篇》

（宋真宗年间重修）《说文解字系传》《康熙字典》《汉语大字典》以及《现代汉语词典》《辞海》《古汉语常用字字典》（商务印书馆），一脉相承，都只载有"水岸平处"（徐锴注）"水际（边）平滩"（实源自《玉篇》"水际平沙"），"水际（边）平地"这样实质意义完全相同的唯一解释。《古汉语常用字字典》（商务印书馆），则直接引用"岸芷汀兰，郁郁青青"，作为解释"汀"字为"水边平地"的书证材料。

此外，嘉庆二十年（1815）付梓刊行的《说文解字注》中，有这样一段注释性文字："'汀，平也。'谓水之平也。水平谓之汀。因之，洲渚之平谓之汀。李善《注》引《文字集略》云'水际平沙也'，乃引申之义耳。"应当引起特别注意的是，段玉裁所谓"因之，洲渚之平谓之汀"，完全保持了与历代权威工具书释"汀"的一致性，它分明是对"水平谓之汀"，所做出的合理引申解释，洲渚临水而平的地方，也叫作汀（意即"汀"也指洲渚的水边平地。似可简化作"水中平地"）。

《辞海》释"汀"曰："水中或水边平地。《楚辞·九歌·湘夫人》：'搴汀洲兮杜若。'王逸[①]注：'汀，平也。'《文选·谢灵运〈登临海峤〉》诗：'汀曲舟已隐。'李善注引《文字集略》曰：'汀，水际平也。'"与《说文解字注》的实质意义完全一致，虽引文漏一"沙"字，但无关宏旨。如把段玉裁对该"汀"字的"注解"作为依据，反向推导出或者"引申"出什么"汀就是洲渚"（自然包含"小洲"），那显然是不合逻辑的。

1915年成书的《中华大字典》，就"汀"字作解的第一条

---

① 王逸，东汉著名文学家，《楚辞章句》为其代表作。

目，援引段玉裁"因之洲渚之平谓之汀"，书证"平也。见《说文》"。第二条目道："水际平也。见李善引文字集略。"（仍漏掉了"水际平沙也"的"沙"字）。全不见引申出"小洲"的说辞。

综上所述，完全可以导出这样的结论，自公元二世纪字圣许慎之《说文解字》成书，到1915年《辞源》问世前，一千八百年间，均不见"汀"字表达"小洲"意义的文献记录。

（二）把"汀"作"小洲"训解，历史性地出自《辞源》（修订本重排版P1877）。谨陈列原文于后："水平，引申为水边平地，小洲。《文选》南朝宋谢灵运《登临海峤初发强中作与从弟惠连见羊何共和之》诗：'隐汀绝望舟，骛棹逐惊流。'参见'汀洲（一）'。"《四角号码新词典》在释"汀"为"水边平地"后，所追加的"小洲"义项，或许是以《辞源》作为根据的吧。《辞源》之如此"小洲""引申"说，能不能够站得住脚，或者说其理据是否充分可靠呢？这就需要适度地拓宽那赖以"引申"的书证材料之语境，再做一番认真审视与探究，看看那"论据"（书证材料），究竟能不能证明"论点"（"汀"引申作"小洲"）。

由于《辞源》把"汀"引申作"小洲"之书证材料的诗句紧前（全诗32句，凡160言），有两个与之意义关系十分密切的诗句，因而，为此后辨析的直观与便捷考量，特将那四句诗录出："顾望脰未悄，汀曲舟已隐。隐汀绝望舟，骛棹逐惊流。"

这样一来，就可迅捷判定：其一，"汀曲舟已隐""隐汀绝望舟"，是用顶针辞格直接相连的；其二，两个"汀"字与两个"隐"字的意义，完全相同；其三，"舟已隐"与"绝望舟"的直接原因，都是"汀曲"所造成的"隐汀"（即"汀隐"的倒装）。

据此，笔者谨尝试结合全诗语境，粗解该四句诗之大意：轻舟若箭，隐没在了纡曲溪滩的尽头；（老弟）转颈凝望，脖子没有酸僵吧；还在匿影的溪滩仁立，明明望断了飞舟，硬要痴痴眺望，（我的弟啊）；（为兄）的船儿哟，一路狂奔，正追波逐浪。这四句诗，是从别者即抒情主人公"我"，送别者"从弟"（堂弟）两面展开的。就"从弟"一面而言，分明是运用了"化虚为实、以虚为用"的手法，其所形象展示的，全是"我"设想中的他（从弟），含情脉脉，痴痴眺望，不舍"我"去的依恋。"从弟"与"我"揖别的立足点，自然是在"汀"上，要么是在强中溪滩上，要么是在"小洲"上。"曲"字（迁回曲折）所指向的，则要么是强中溪畔的溪滩，要么是强中溪的溪中"小洲"。

转瞬（"脰未悁"）之间，目标物象就"隐"去了，就已经看不见了，这是什么原因造成的呢？不是空间距离的"远"，而是地理形势的纡"曲"，是舟中别者，即抒情主人公自己，凭借视觉器官所直接感受到的，溪滩自然而同步的迁曲，遮蔽了，隐没了兄弟揖别的"原点"（"汀"即溪滩）所在！

诗题表明，谢公别离堂弟远游，是从强中（即今之浙江绍兴市嵊州仙岩镇西的强口村）出发的。强中有溪（源自谢源），溪水向东流去，逶迤三华里许，至仙岩汇入"剡溪九曲"之第五曲（"剡溪九曲"全长32.2千米）而北去，故而空间距离的"远"，并不是导致"隐"的原因。"顾望脰未悁"（犹言时间极短），"汀曲舟已隐"，这两句诗本身，就是最好的明证。

如果与之相反，兄弟揖别的地点"汀"，不是溪滩即不是溪流的水边平滩，而是强中溪流中的，或者仙岩剡溪溪流中的什么"小洲"之上的话，那么该"小洲"就必定不小，就必定会有常住人口以及水运码头之类，才与寻常事理相合，然而，强中溪乃至仙岩剡溪的自然地理与人文历史，却并不支持那般"小洲"的存在。其实，只需认真审视那两个"汀"字所处的语境，反复揣摩体味一番，就绝难寻觅出该"汀"字可以引申出"小洲"义之根据的。（部分参考金向银之《剡溪九曲的人文地理景观》）

综上对谢诗所做的分析考证，笔者的结论是，《辞源》以"隐汀绝望舟，骛棹逐惊流"，作为"小洲"引申说的书证材料，是不可靠的，是缺乏说服力的，因而不能被盲目奉作解读"岸芷汀兰"之"汀"的指南。另两部大型汉语工具书释"汀"的书证材料与《辞源》完全相同，却在其释"汀"的事实上，完全否定了《辞源》"小洲"说，因而或可视之为对上述结论的最有力的支持。顺此，谨撮其要而予以介绍。

《康熙字典》释"汀"云："《说文》'平也'，谓水际平地。谢灵运'汀曲舟已隐'。注，水岸也。"《辞海》（1989年修订版之缩印本P995）也用谢诗"汀曲舟已隐"句，作为"水中或水边平地"的书证材料，并且言及"李善注引《文字集略》曰：'汀，水际平（沙）也。'"《汉语大字典》释"汀"作"水边平滩"，与"水际平（沙）也"逻辑上完全同义。"李善注"，特指唐人李善对谢灵运五言诗《与从弟惠连》所做出的注释（载于李善所注的中国最早的诗文总集《昭明文选》（60卷，第25卷）。李善所注释的《文选》，是中国"《文选》学"史上，无与伦比的权威性著作。

"汀"义讨论已毕，谨补充注释《辞源》释"汀"的引文。谢诗诗题中的"临海"即浙江天台，"峤"，意即尖峭的高山，"临海峤"后名"天姥山"，唐代李白有名篇《梦游天姥吟留别》存世。"强中"，即今绍兴嵊州仙岩镇强口村，左近有谢氏"石壁精舍"。"羊何"，指羊璿之、何长瑜。诗题的大意是：将远登临海尖山，自强中出发不久作，赠予堂弟惠连，惠连如见到羊璿之、何长瑜，请一同唱和此诗。该诗作于元嘉五年（428），谢氏再贬而东归故里会稽始宁（县治在今嵊州三界镇）后，所写水流为曹娥江上段、水势迂曲湍急的剡溪支流强口溪。引诗中几个字词的意义谨列于后。"顾"即回头（转头）看。"胵"即脖颈。李善原注"悁"字"疲也"，意即"疲劳"。由于"悁"的主体是牵动回头看的脖颈，因而，以临时性地引申讲作"酸僵"或"酸痛"为宜。"隐"，遮蔽、隐没，或渐渐看不见了。"绝望"即"望绝"，而"绝"即"断"，故而"望绝"就是"望断"，如"天高云淡，望断南飞雁"（毛泽东《清平乐·六盘山》）。"骛"字，本义指狂乱奔驰，此作"恣意狂奔"解。"惊流"即惊涛骇浪。

二、客观语境对该"汀"字目标义项选择的制约

（一）首先应当肯定，"沙鸥翔集，锦鳞游泳"与"岸芷汀兰，郁郁青青"，不是各自独立的"美图"（不是"两幅画"），而是构组元素丰富之"洞庭湖滨览胜图"的两大要件，因而，二者理当共同一致地体现、护卫画面内容之"时空"同一性（统一性，不可分割性）。

"翔集"是沙鸥"翔"在天上（高），"集"在树上（低），"游泳"则是锦鳞"游"（浮）在水上（高而"实"），"泳"（潜）在水下（低而"虚"，"虚仗实行"）。它们在同一画面中，都生动地呈现出了上下高低、错落有致的立体动态感，规避了语言构图的"平面化"与板滞感。

"岸芷汀兰，郁郁青青"，作为"洞庭湖滨览胜图"的构成要件之一，理当有着与前者相同一致的表现。如果没有"岸芷汀兰"积极自觉，且步调一致的参与，整幅画面之内容的和谐统

一，是不可能得以达成的。

（二）"渚"，水中的小块陆地，亦即"小洲"，因而段玉裁之所谓"洲渚"，实则是同义互训的双音节合成词。"小洲"，自然也是洲。洲，河流或湖泊中的陆地。八百里烟波浩渺的洞庭湖中，洲为数不少，离岸或近或远。如果把此"汀"字讲为"小洲"，似也无不可的，毕竟不失言之有据，毕竟也有《辞源》《四角号码新词典》提供的根据作为支撑，就姑且不论"汀"之"小洲"说是否成立，但是，跟选用其他任何词语作为目标义项一样，"小洲"没有特权，也得老老实实地同等接受"在文中"的考试，既不能损害画面的同一与和谐，又必须保障同一画面中同一种"景物"上下高低、错落有致的立体动态感，还得合符"生活"的寻常事理。否则，考试就不合格，就得淘汰出局靠边站。这会不会难为"小洲"先生呢？那得看"小洲"争不争气，有没有敢揽必胜瓷器活的金刚钻儿了。

"岸"，是水边较高（比之"水边平滩"）的陆地，"小洲"（汀），是水中的陆地。两者都是陆地，如果不能挪在一块儿比量细观，即使给予某种特殊的文字"关怀"，那么，谁能够真切感受到那"岸芷"与"汀兰"之上下高低、错落有致的立体动态感呢？

既然"岸"是洞庭湖的"岸"，"小洲"是洞庭湖水中的"小洲"，那么，仅靠一汪湖水连接的"岸"与"小洲"，当以怎样的长度间隔，才能保障"画面"的同一而不被分割隔离开去呢？并非"飞人"的"览物者"置身"画图"中，怎样才能在那"同一"的画图里，既陶然观赏"岸"上"郁郁"的"芷"，又惬意饱览X千米外"小洲"上"葱葱"的"兰"呢？又如何才能立足于同一个绝佳点位，既沉醉于"此岸"浓浓的"芷"，又沁脾于X千米外"彼小洲"幽幽的"兰"呢？这可实在是太难、太玄乎的了。就此再见吧，可爱的"小洲"先生，真真勉为其难了！

三、语境赋予此"汀"字目标义项的必然性选择

（一）严格接受语境的制约，选择并锁定"汀"字目标义项的思维路径，应该是通畅的。

既然"岸"是水边较高的陆地，"汀"是"水边平滩"（《汉语大字典》P650），那么，在把"岸"理解作洞庭湖之"岸"的同时，把"汀"也理解作洞庭湖的"水边平滩"，是不是可以的呢？不仅完全可以，而且是"经济"合理、无懈可击的。唯其这样理解"汀"，所以才既有可靠的文字学依据，又丝毫不缺乏"生活"的实证。如果这样理解"汀"字，那么"岸""汀"不就自然而然地直接相连，化为一个"整体"了吗？如果这样理解"汀"字，那么"岸"高在上、"汀"低在下，"岸"（芷）"汀"（兰）上下高低、错落有致的立体动态，不也就自然而然地"形成"了吗？如果这样解读"汀"字，恐怕执意要搞"分裂"的，都得改弦易调了，只怕成心离散"芷""兰"姐妹的，也会束身自好了。如果这样解读"汀"字，那么"岸芷汀兰，郁郁青青"也就归真返璞，遂心称意，荟萃湖滨芳草之形、色、香于尺幅，听凭"览物者"光顾流连，悠悠然用其眼鼻，尽兴畅意地受用了。如果这样解读"汀"字，那么"岸芷汀兰，郁郁青青"，就与"沙鸥翔集，锦鳞游泳"亲密拥抱，自然天成——绝世画卷"洞庭湖滨览胜图"了！

（二）《古汉语常用字字典》（王力等主编，商务印书馆第4版）释"汀"的原文是："水边平地。屈原《九歌·湘夫人》：'搴汀洲兮杜若。'范仲淹《岳阳楼记》：'岸芷汀兰，郁郁青青。'"这无疑是正确的，但考虑到"岸"的存在，对语义稍加

揣摩比较后，如另择《汉语大字典》的"水边平滩"（实际源自《玉篇》之"汀，水际平沙也。"）释"汀"，或许更精准。

当然，对文中"汀"字目标义项的正确选择是一回事，而在翻译中如何达成对所做选择的具体落实，却往往是另外一回事。古代汉语单音节词占据统治地位，而现代汉语双音节词是绝对"老大"，因而，用双音节的"小洲"直接代换"汀"字进入译文，仅仅从技术操作层面上说，就是一件极轻松便捷的事儿。倘若用四音节的"水边平滩"（或"水边平地"），去直接代换"汀"字进入译文，就势必非驴非马。这正是以"小洲"解释或译讲"岸芷汀兰"的"汀"字，明明超级牵强别扭，却能跛行天下的重要原因。这可怎么办呢？

只有在忠实于"汀，水边平滩"的坚实基础上，再想一想办法，尽可能地选择一个双音节词予以置换，而这个双音节词还必须准确、明快，毫无遗漏地传达出"水边平滩"所包含的全部信息（或所有意思）。

"水边平滩"，属前偏后正的名词性短语，"平滩"为中心词，而"滩"则是核心语素，意思是"水边平缓的滩地"。"水边平缓的滩地"之核心语词是"滩地"。既是"滩地"，就必有水，而该与"水"密切联系之"地"，就必在水边，至于"平"，那不过是相对于"不平"而言的形容词而已，因而"滩地"一词所蕴含的信息，恰如"水边平滩"语义的浓缩。既然如此，那么，"滩地"之准确而最具权威性之"书上说的"的意思是什么呢？

《现代汉语词典》给出了标准答案："滩地：河滩、湖滩、海滩上较平坦的地方。"于是乎豁然开悟了，"湖滩"不就是"水边平滩"吗？于是乎水到鱼行了，直接使用双音节词"湖滩"，去置换"水边平滩"，去注释，去译讲该"汀"字！这样不仅言之有据，言之合理，没有丝毫遗漏"水边平滩"（或"水边平地"）所承载的信息，而且是那样的精准熨帖，那样的简洁明快。

"郁"，形声字，小篆从邑（"邑"，部首字右"阝"的原型），本义为古地名，在今陕西（《说文·邑部》："郁，右扶风郁夷也"）。"郁郁葱葱"的"郁"字，与"鬱"字相通（朱骏声《说文通训定声》："郁假借为鬱。"），现为"鬱"字的简化。"郁（鬱）"，香气或香气浓厚的意思，如《楚辞·九章·思美人》："纷郁郁其远蒸兮，满内而外扬。"又如曹植《洛神赋》："践椒涂之郁烈，步蘅薄而流芳。"再如合成词"馥郁"。王力等主编的《古汉语常用字字典》（第4版P475）在解释"郁郁"表"香气浓烈"的意义时，就是以"岸芷汀兰，郁郁青青"作为书证的。又，"郁郁（鬱鬱）"另有草木茂盛的意思，如《古诗十九首》之二"郁郁园中柳"。教辅就是取"茂盛"义译讲"郁郁"的。

感受全文尤其"至若"文段的气韵，考虑到"芷""兰"均为香草，且早已化作特殊的文学意象的实际，是不可轻易弃其"香"的，而"郁郁"既与表"色"的"青青"相拥，精诚"妆饰"典雅素颜的芷、兰，又不当错失其"形"，因而笔者全取"郁郁"所含"茂盛""香气浓厚"两义，携手"青青"，才做出如上今译，以保全我中华芳草之"形、色、香"，而切近"心旷神怡"之"迁客骚人"的绝佳心境。

[原文]而或长烟一空，皓月千里；浮光跃金，静影沉璧；渔歌互答，此乐何极！登斯楼也，则有心旷神怡，宠辱偕忘，把

酒临风，其喜洋洋者矣！

[今译] 有时（入夜后），弥漫在空中的雾气完全消散了，明月朗朗，普耀千里湖疆；涟漪拥抱月华，金色的光波闪烁跳荡，圆圆的月儿倒映，宛若玉璧静静地沉坠；渔夫的歌谣也正此唱彼和。这样的乐趣，哪有个尽头啊！（在这样的时候），登临这岳阳楼头，就会迸发出令心境开阔、愉悦舒畅，恩受荣宠、羞蒙耻辱的事儿，一并忘掉（的激情）；笑迎清风，把盏琼浆，那更会高兴得意气扬扬（忘乎所以）了！

"而或"，紧承上文创绘的白日"美图"，轻柔转领起对夜间"胜景"的绘制，特意为诵读创造出一个舒缓悠长而富于音乐性的节拍，承上启下间，平添几多怡然自得的情韵。"而"，连词，承上轻转笔锋，可不译；"或"，对应上文白昼之景，当理解为"有时"（春日里，有时白天……有时夜晚……）。

"烟"，是"煙"字的简化，原本是形声兼会意字。《说文》释其本义曰："煙，火气也。"意指物质燃烧而产生的气体。如王维《使至塞上》"大漠孤烟直"的"烟"，用的就是其本义。引申意指像烟的云雾水汽，如李白"日照香炉生紫烟，遥看瀑布挂前川。"（"香炉"即庐山香炉峰）文中的"烟"字，兼指空中的云与湖面的雾，讲作云雾或雾气皆可。"长"，与"短"相对，本指时间或空间的距离大，在这里，实指空间范围的广、大。"长烟"，即弥漫在空中的云雾（雾气）。"弥漫"，充满、布满，运用该词译讲，既照顾到了空间范围的"广、大（长）"，又可使抽象的"广、大（长）"化为形象的动态。"一"，表范围的副词，全或完全、全部的意思。"空"，由表"里面没有东西的"，如"空谈误国"的"空"，形容词临时活用为动词"没有"，进而结合具体语境做动态引申，以讲为"消散"为宜。"长烟一空"即"长烟全空"。据上，笔者今译"长烟一空"作：弥漫在空中的雾气完全消散了。

"浮光"，经水面反射所呈现的月光。"浮光"呼应上文之"波澜不惊"而来，所呈现的月下水面之波纹必定细碎，因而此"浮光"之湖水，理当讲作"涟漪"，才可既不失"信"于原词语所蕴含的意义，又能平添几许优"雅"的韵致。"跃"即跳，指月下涟漪所反射的光波，正微微跳荡闪烁。

"璧，瑞玉环也。从玉，辟声。"（《说文》）"璧"字的本义，指用作印信凭证、其形平圆而正中有孔的玉，如价值连城的"和氏璧"。玉，美石，在八千多年形成的中华民族共同文化心理中，有着极其重要而特殊的地位。玉，以其细腻、温润、中和的特质，化作了温良、祥瑞、圣洁的符号，成了操守、美德、君子的象征物。"玉"，独体象形字，在运用会意、形声之法增造汉字的过程中，是享尽尊荣的意符（部首字）。如会意字"班"，本义"分玉"（《说文》："分瑞玉。从珏从刀。"）；形声字"瑞"，指用玉制成的信物；会意字"珏"（原本作"玨"），本义"二玉相合为一"；"全"即纯玉；"琐"指玉石相击发出的细碎声音；"理"即治玉；"瑜"即美玉等等——都因有"玉"，而很讨国人喜欢，常常被嵌入名字。"玉"，在汉语词汇中，是最高级的形容、尊称、状词与美号，在华夏子民心目中，总代表着一切最为美好的人、物、境。

理解翻译"岸芷汀兰，郁郁青青"，情当"怜香"，理解翻译"浮光跃金，静影沉璧"，也应考虑如何"惜玉"的。

作者精选"璧"字，直接呼应"皓月"，不仅避免了用语的重复（骈文极忌讳），还把仅表色及色度的"皓月"之形，十分经济地坐实为像玉璧那样浑圆的一轮满月了。圆月，既是美的自然物，又是打上了"中华老字号"印记、象征美满祥和的文学意象。作者力避重复使用"月"字，尤其刻意避用可资呼应"皓月"并为之状形的"圆"字，而选用了非小家子碧玉可比的"璧"——既以"璧"借喻圆月，又用"璧"形借代圆月，还隐隐透显着、传递着"璧"下伊人恬静悠然的情愫。遣一"璧"字而尽收状形、增美、达情之效，真可谓一石三鸟！是啊，"圆"也好，"圆圆"也罢，单单用以状"月"之形，表意究竟太过抽象，有了美"璧"代"月"，就大不一样了，脑海中的月儿就活化具象了，就真切丰满了——那原本无形于纸上的"皓月"，也就化作了中天"十五的月亮"！

在译文中漏掉"璧"字，无视"璧"字所状之形"圆"，把"静影沉璧"本所蕴含之"圆月"讲成明月、月影之类，是极不恰当，尤其是大失中华文化之美感。"惜玉"吧，"璧"之代月而"沉"，够美的，够祥和的——那可是非凡劳动的创造！

"沉"同"沈"，会意字。"甲骨文像投牛羊于水之形。"（《汉语大字典》P660释"沈"），会"沉没"之意。金文会"人沉入水中"之意。隶变后楷书写作"沈"，汉字简化后写作"沉"。沉字本义为"沉祭"，是古代祭祀水神的仪式，如杜甫《奉同郭给事汤东灵湫作》"鲛人献微绡，曾祝沉豪牛"。祭祀是先民生活中的大事，多在沐浴斋戒后进行，笼罩着庄严、虔诚与圣洁的氛围，因而在造字之初，"沉"字就蕴含着礼敬祭祀对象的情感。

汉语言的实际运用中，在陈述说明某人投水而亡故、某物投

107

《岳阳楼记》正义

水而毁弃的事件时，如果选用"沉"字以取代"投"，就往往透露着或惋惜或痛悼于"沉者"的信息。顺此，不妨由今往古，聊举几例，权作证词："民国十六年六月二日，一代国学大师王国维先生拖着长长的辫子，于颐和园昆明湖鱼藻轩自沉……""冯梦龙之名篇《杜十娘怒沉百宝箱》中的'沉'字，颇耐寻味；'百宝箱'的象征意义多多，是必须认真体会的"，"不忍以洁白久居浊世，遂赴汨渊自沉而死"（王逸《离骚经序》），"自屈原沉汨罗后百有余年，汉有贾生……"（司马迁《史记·屈原贾生列传》）

此"静影沉璧"的"沉"字，分明承袭蕴含着它古已有之的圣洁意味与静穆情韵。译讲该"沉"字，用双音节词"沉坠"替代，似可略增涟漪亲昵迎纳、拥抱玉璧的动态感，使之与大环境的宁谧、与月下"览物者"恬适的心境，互为映衬，相得益彰。

"影"字，似乎并未在如上今译文中得以体现，因而似乎是对原文不"忠"不"信"，是"漏"掉了"影"字未讲。其实不然，如上今译文"圆圆的月儿倒映（湖中）"，虽然不见"影"字，但"影"字的意义，却已经完全落实在其中了。如果在那样的文句中再用"影"字，不就画蛇添足了么？

"何"，疑问代词"哪里"。"极（極）"，本义为房屋的正梁、檩子，因脊檩在房屋的最高处，故引申指最高点、顶点、尽头，如"登峰造极"。引申用作动词，才有了"达到顶点""到……尽头"的意思。"此乐何极"，以特殊疑问的"反问"形式，表达着被强化了的肯定陈述的意义。此"何"，不宜作副词"多么"解读。

"斯"，形声字。小篆从斤（表示与斧斤劈开有关。斤，象形字，是形声字"斧"的本字、古字。）。隶变后楷书写作"斯"。《说文·斤部》："斯，析也。从斤，其声。《诗》曰：'斧以斯之。'"（试译作：斯，劈开。从斤，读其声。《诗经·陈风·墓门》说："〈墓门有棘〉，用斧头把它劈开。"）"斯"字本义为劈、砍（"析"字本义为"劈木头"。《说文》："析，破木也。从斤从木。"）。引申指扯裂、撕开，此义后写作"撕"。"斯"后来被假借作代词，表指示，相当于"此"，如杜甫《梦李白二首》："冠盖满京华，斯人独憔悴。"在"斯"字被借且一借不还后，其初始的本义"劈、砍"才淡出典籍。"斯楼"，就是此楼，这岳阳楼。

"有"，表示发生或出现，属广义动词，此"有"宜讲作"迸发出……激情"，"心旷神怡，宠辱偕忘"都是"有"的宾语。"旷"，空阔、空旷，"心旷"即心境开阔。"神怡"，即精神愉快。"宠辱偕忘"之"宠（寵）"，形声字，本义"尊居也"（《说文》），意即"崇高的位置"。由此"引申为荣宠"（《说文解字注》），意即地位尊崇，引申泛指尊崇，用作名词则指荣耀，再引申指宠爱、宠幸，则含（上对下）偏爱、溺爱的意味。"辱"，会意字，"辱，耻也"（《说文》），本义"耻辱"（"辱"是甲骨文"蓐"的初文，省去草则成为辱，从辰从寸，会"以手除去农田害虫"的意思。"辱"的初始义是除去农田害虫。古代以农为国本，极重视农耕，失耕则戮之，因而引申出羞耻、名誉受到损害等基本义）。

文中之"宠辱偕忘"，浓缩着极其丰富的信息，是需要认真"化开"理解的。"心旷神怡"，不着"喜"字，但"喜"的意义，分明已在其中，"宠辱偕忘"，则透露了几多消息，"喜"

情已然失去理性的控制。"偕",共同、一并。

承上述,"心旷神怡,宠辱偕忘"是内在的"喜"情,而"把酒临风,其喜洋洋者矣"则是内在"喜"情的外化,是对"心旷神怡,宠辱偕忘"抽象语义的强化,是对"宠辱偕忘"之"喜",经酒精刺激麻醉,达至忘乎所以的境地,所做出的形象化的艺术概括。因而"把酒临风,其喜洋洋"并不是"有"字直接领带的宾语。此二句形神兼备,贬义浓厚,为读者留下了可资想象与联想,进行二度创造的广阔空间。"其喜洋洋"的逻辑停顿应当是"其喜/洋洋",而不应是"其/喜洋洋"。"洋洋",显然是对"其喜"之状貌、程度的补充性描述。"其"字,既作代词"那",承前指代"心旷神怡,宠辱偕忘"的"喜"情,又兼作语气副词,蕴含着揣度的意味,有承前提增"宠辱偕忘"之"喜"的程度,并强化其意态的作用,似宜讲作"更""更会"。"者矣",一如前述,于此从略。

"洋洋"一词,音、义与"扬扬"完全相同,意指"得意的样子",如"得意扬扬(洋洋)",形容非常得意,神气十足(忘乎所以)。需要特别注意的是,此"其喜/洋洋(扬扬)",完全不同于"其/喜洋洋",是绝不可将"洋洋(扬扬)"混同于现代汉语中"形容非常欢乐的样子"(请见《现代汉语词典》)之"喜洋洋"的。

"喜洋洋"一词,晚至现代才出现于"书面",是由方言口语词,经交流使用过程中的自然汰选,被纳入现代汉语普通话语汇的。"喜洋洋"约定俗成的意义,与"喜气洋洋"完全相同,却跟"其喜/洋洋",相去甚远。"喜洋洋"之"洋洋",不可换作"扬扬";"其喜/洋洋"之"洋洋",与"扬扬"实同一词,因而完全可以转换作"其喜/扬扬"。在古代汉语典籍中，绝无"喜洋洋"这个三音节的、可以自由运用的"单词"。

课本、教辅等或许没有注意到语境对于"其喜洋洋"语义的制约，把"心旷神怡，宠辱偕忘，把酒临风"所层递修饰的"其喜/扬扬（洋洋）"，混同于现代汉语的"喜洋洋"了，因而才会把"在文中"之"其喜洋洋"（特殊的个别的、烙上了"宠辱偕忘"印记的喜），孤立地注释为"高兴的样子"（普遍的、一般的喜），继而将"其喜/洋洋者矣"，从语境中完全剥离开来，径直译作"那真是高兴得不得了啊"。那样弃髓走神的解读，自然会导致对文本固有逻辑结构把握的失手，自然会助力于对后文"不以物喜"等语的错解。正所谓"差之毫厘，谬以千里""一着不慎，满盘皆输"。

郭版《古代汉语·选文〈岳阳楼记〉》，对"其喜洋洋"（其喜/扬扬）中的"洋洋"（扬扬）一词所做的解释，与课本是一致的。其注释原文是："洋洋：形容高兴的样子。"（P48注释⑨）。该前无古人的解释，既匮有训诂学根据，又完全挣脱了"宠辱偕忘"之语境的制约，因而是极不妥当的。

顺此机会，谨接续前文对于"喜洋洋"一词来由的初探，郑重罗列早刊载于几部现当代大中型汉语工具书中对叠音连绵词"洋洋"给出的解释与书证，及其所传递的相关信息于后，聊备比较阅读的方便。

其一，第6版《现代汉语词典》解释"洋洋"的全文是："①形容众多或丰盛：洋洋万言｜洋洋大观。②同'扬扬'。"其对"扬扬"的解释，则是"得意的样子"。对"喜洋洋"的解释是："形容非常欢乐的样子。"而对"喜气洋洋"的解释也是："形容非常欢乐的样子。"

其二，《古代汉语常用字字典》（商务印书馆版本第4版
P446）解释"洋洋"："高兴得意的样子。范仲淹《岳阳楼
记》：'把酒临风，其喜洋洋者矣。'"此前的P445对"扬扬"
的解释则是："心情愉快或得意的样子。《史记·晏婴传》：
'意气扬扬，甚自得也。'成语有'扬扬得意'。"

其三，《辞海》："洋洋：①形容盛大、众多。②美盛貌。
③舒缓貌。④同'扬扬'。得意貌。范仲淹《岳阳楼记》：'把
酒临风，其喜洋洋者矣。'"（1989年版缩印本P1050）。

其四，《辞源》对"洋洋"的解释共计六种，由于文字
量大，因而除（五）原样全呈外，其他义项，只录解释文字：
（一）盛大貌。（二）广远无涯貌。（三）美盛貌。（四）舒
缓貌。（五）得意喜乐貌。《古文苑·班固〈十八侯铭〉》：
"洋洋丞相。"注："洋洋，得意貌。"《范文正公集·〈岳阳
楼记〉》："把酒临风，其喜洋洋者矣！"（六）无所归貌。
（2010年修订本重排版P1935）

其五，被定位作"为阅读古籍用的工具书和古典文史研究工
作者的参考书"的《辞源》，以及被定位作"兼有字典和百科性
质的综合性辞书"的《辞海》，都没有"喜洋洋"这一词条。

有必要指出并强调的是，"心旷神怡"之情，无疑是"喜"
情，而"心旷神怡"的"喜"情，从根本上说，是"迁客骚人"
（右迁者）因个人仕途得意而产生的，也是无可非难苛责的正常
喜情（古今皆然），"宠辱偕忘"之"喜"情，则不然，它是右
迁者"心旷神怡"之喜，在渐失理性自控的精神状态下，所必然
产生的、颇有些忘乎所以的"喜"情。至于"把酒临风，其喜
洋洋者矣"，不过是把内在于心中的、抽象的"宠辱偕忘"之
"喜"，给予了具象性的外化而已！范仲淹作《记》，是以谏

友、勉己而勉人为出发点的，其所塑造的"心旷神怡，宠辱偕忘，把酒临风，其喜洋洋"者的艺术形象中，分明蕴含几许惋惜，尤其寄寓着对政绩颇丰、可能右迁之滕子京的委婉讽谏，因而留有进行二度创造的广阔空间。更重要的还在于，此形象示意的"以物喜"，实露虚藏，是直接为后文议论中抽象的"不以物喜"服务的。"不以物喜"，虚中有实，"实"在此处形象丰满的"以物喜"中！

（四自然段）评赞曰：再应设问，"象征"泼彩，塑造"宠辱偕忘，其喜洋洋"（"以物喜"即"以己喜"）之右迁者艺术形象，正所谓"情乐则景乐""情为主，景为宾"，为下段以"或异二者之为"作答"览物之情，得无异乎"准备素材，既暗伏照应，为"余尝求古仁人之心"张本，又给"不以为喜""不以己悲"之准确解读，提供反向参照的"范本"。

（五）

[原文] 嗟夫！予尝求古仁人之心，或异二者之为。

[今译] 唉！我曾经探究过古代仁人君子的览物之情，（其中）有的（就）跟上述两种人的表现不同。

"求"，象形字，是后起的形声字"裘"的本字、古字，本义"皮衣也"（《说文》仅有此义）。兽皮能制衣，取之却不易，必得勇者去寻觅猎获，因而《玉篇》由原本义"皮衣"引申释义："求，索也。"在"求"字不再表达"裘"的意义之后，"索"便成了"求"字新的本义，进而引申出寻找、探索、探寻、探究等义。"探究"的意思是"探索研究；探寻追究"
（《现代汉语词典》第6版P1264），而"探索"是"多方寻求
答案，解决疑问。""研究"则是"探求事物的真相、性质、规
律等。"（《现代汉语词典》第6版P1493）初探语源，揣摩语
义，并非难以看出，"探究"原本含蕴缜密谨严的意味，浸染着
严肃郑重的情感色彩。因而"尝求"一词本身，就已经完全排除
掉了，"或异二者之为"的"或"字，表达"近于'或许''也
许'的意思"，以及"表委婉的语气"的可能性！

　　既然"古仁人之心"是"予尝求"的目标或对象物，那么
它所具体指向的究竟是什么呢，或者说它实际表达的意思是什么
呢？"予尝求古仁人之心"，直承前文对"迁客骚人"两类"览
物之情"的形象塑造而来，是对"尝求"之旅的有力收束，或者
完全可以这样说，前文的铺陈描绘，正是对于"尝求"之旅的形
象展示与艺术概括。而"予尝求……"领出的下句"或异二者之
为"，正直接呼应着那"迁客骚人"一"悲"、一"喜"的"览
物之情"。由于"古仁人之心"受到了前后文极其严格的夹制约
束，因而其实际意义，就只当是"古仁人的'览物之情'"。从
语言逻辑角度切入分辨，则"古仁人之心"是内涵少而外延多的
概念（抽象作A），"古仁人的'览物之情'"是内涵多而外延少
的概念（抽象作B），A、B两个概念具有"真包含于关系"。结
合实际的达意效果看，唯有把"古仁人之心"理解翻译作"古仁
人的'览物之情'"，才能够与客观文本虚实相生、呼应相随、
不枝不蔓、一以贯之的行文实际相吻合。同理，外延极大的概念
"古仁人"，在实质意义上，不过是"迁客骚人"的代名罢了。
换而言之，作为士大夫的"迁客骚人"，正是《记》文语境中之
"古仁人"的一部分。

"心"，思想、意念、感情的通称。"古仁人之心"的"心"字，可讲为"思想情感"，但必须结合语境予以具体落实。该"心"字，既承上呼应了首度设问"览物之情，得无异乎"中的"情"字，又照应并坐实了两"登斯楼也"所传达的"情"意，更迅捷牵引出了"或异二者之为"的"为"字，俨然"'情'字长蛇阵"的中军帅旗。不难感悟，语义相关且庶几相同的"情""心""为"三字，一脉贯通，暗结串珠之线，把第二段末到第五段开头的全部文字，绵密地织成了一幅华丽的锦缎。正是基于这样的认识，笔者才把"古仁人之心"，理解作并翻译成"古代仁人君子的览物之情"，以护佑《岳阳楼记》结构之缜密、照应之周全、逻辑之周延与承转之轻灵自然。

　　"仁，亲也"（《说文》），是古代含义极广的一种道德范畴，意即亲善仁爱。"仁人"即"仁人君子"。对于"仁人君子"一词，主要有两种解释："旧时称好心肠的正派人"（《辞源》P180），其外延较宽；"心地纯正，品德高尚的人"（《现代汉语词典》第6版P1094），其外延较窄。从客观文本看，范公固然表达了对"二者之为"的否定，但并无把"二者"从"古仁人"行列中请将出去的意味，寄寓其中的，反倒不乏同情与诚切规谏的情味，因而"二者"包含在"古仁人"中，是"古仁人"的多数（此认识经受得住古今实际生活的检验）。如果把"二者"（有的古仁人）与"古仁人"（所有古仁人）完全对立起来，那么"尝求"之旅的展示，就有违作者的创作意图了，因为其《记》是以士大夫为模拟读者的，而第一位读者，正是刚愎自负而对于被"谪"境遇耿耿于怀的友人。基于这样的认识，笔者才对"古仁人"做出如上意义中庸平和、而又宽泛模糊的今译，明确的目的在于，让它保有解读的弹性空间，因为"仁人"作为外延较宽的概念，本身就包含着高度抽象的道德评价。

"余尝求古仁人之心"与"或异二者之为"组合成句，处全文核心地位，是作品由简笔"记叙"而铺陈"描写"，由"描写"之蓄势张本而转入"议论"的枢纽，且是议论的发轫。它直承前文说"悲"道"喜"的厚实铺垫，既有力地收束了"若夫""至若"的"尝求"之旅，又初步回答了"览物之情，得无异乎"的设问，更笔锋精锐、举重若轻地转入了全文的中心。

"或异二者之为"的今译，建立在这样理解原著的基础上。其一，"或异二者之为"，直承"予尝求古仁人之心"而来，严肃郑重地宣示：这就是"予尝求"的具体成果。其二，它毫不含糊地申明，有的"古仁人"，既不会"以物喜"（即"以己喜"——因"进（得）"而喜极，以至于"宠辱偕忘"得意洋洋），也不会"以己悲"（即"以物悲"——因"退（失）"而憾极，以至于哀痛伤心得难以自持"）。其三，从正面初步明确地回答了第二段末"览物之情，得无异乎"的设问，奠定下了并初步夯实了全文议论的基础。

课本对此句文辞的理解（注译）是这样的："或许不同于（以上）两种心情。或，近于'或许''也许'的意思，表委婉的语气。"一些大学中文专业教材的选文《岳阳楼记》，也是这样讲的。

笔者毫不含糊地说，把该"或"讲作"或许""也许"，是极其重大的错误！该错误上承对"其喜洋洋"等的错解而来，是没有认清范公以浓墨重彩塑造"二者"艺术形象的意图（为议论张本）的必然结果。该错误的酿成，势所必然地开启了对下文"不以物喜，不以己悲"及"其必曰"的误读。因而它不是"点状"性质的错误，而是居处于文本枢纽地位的"盘活"了"系统性误读"主体议论的加油站。

有必要首先指出的是，两类截然不同的译讲，在相当程度上，产生自对于该"或"字的不同解读，而从根子上说，则决定于对《岳阳楼记》文本"整体阅读"的不同态度与相应的"实践"！

"或"字，属于多义文言虚词，它既可作无定代词，表达"有人""有的"的意义，也可充任副词，表达"也许""或许"的意思。自然，对于"或异二者之为"之"或"字目标义项的选择，不具任意性，是必须无条件接受文本主体议论语境之严格制约的，是必须保障议论用语的精准，使之符合思维的逻辑规则与规律的。

"予尝求古仁人之心，或异二者之为"，是由融会比兴、铺陈绘景，转入并引领议论的关键句，而作者明确的观点也正在句中。如果严审该句的结构形式与前后两个片段（分句）各自所表意义的逻辑联系，那么就当毫不含糊地认定，它不是单句，而是一个承接性的一般复句，"或"字是后一分句的主语，是无定代词且表"有的"义。从语言运用的分类讲，则属肯定陈述句，从形式逻辑角度看，则全句无疑是一个"复合判断"，前一分句是"肯定判断"，后一分句则不仅是"肯定判断"，还是一个直接亮明了观点的"命题"。两个分句的意义，既有时间上的先后相继关系，又具事理上的因果关系。这是认识判断该"或"字当作何解的客观物质基础（白纸黑字），是不以解读者的主观意志为转移的。如果把该"或"字讲为"或许"（也许），就完全不一样了，它只能是以把该句视作"单句"为基础的，而如此"单句"，是经不起简单"解构"之分析检验的。

　　如果将设定命题"予尝求古仁人之心，或异二者之为"是单句，则解构证明该命题之真假如次。

　　其一，单句的主语（逻辑上叫"命题的主词"）所客观呈现的是"予"（我），还是"古仁人之心"，抑或是"予尝求古仁人之心"，无法确定。无论做出何种选择，都完全无从"自圆其说"。换言之，该"单句"的"句子成分"必定无从分析，如硬要分析下去，就只能落入纷乱的连环而无从解套。其二，从形式逻辑角度切入，稍加审视研判，则该"单句"无疑是一个复合判断。"予尝求古仁人之心"，无疑是一个"肯定判断"；"或异二者之为"，无疑是一个表事物趋势且具有"可能性"的"模态判断"。其三，综上解构，在语法语义上，该"单句"存在的问题是无从解决的。在语言逻辑上，作为同一"语言运用单位"的句子，不能够在"同一性"的语境中，既是单句，又是"复合判断"。由于表"可能性"的"模态判断"，对某事物并未做出定"真"或定"假"的明确断定，故而不能表达"观点"（论点）。其四，经用"排中律"证明，命题非真，而非真即假，因而设定的"单句"命题不成立。这是笔者对于该"或"字意义做出最终选择判断的认识基础。"基础不牢，地动山摇"，此"基础"之牢与不牢，是必须接受最严苛的检验的。就从对于该所谓"认识基础"的"解剖"展开吧。

　　"或"字处在"或异二者之为"这一分句的句首，因而，对该"或"字的认识判断，只有两种选择。要么把该"或"字理解作无定代词"有的（人）"且充当常规主语（表比较的主体，即判断的主词），意即"'有的古仁人'之心"。由于作为主语即形式逻辑称作"主词"的"古仁人之心"被"有的"所限制而是"特称量"的，因而该分句在逻辑形式上，就当被视作"特称肯定"性质的"I判断"。要么把该"或"字理解作副词"或许"（也许），因而必把"或异二者之为"定性为"无主句"（无主词的判断句）。究其所谓"无主句"表达的实际意义，则"或异二者之为"就只能被视作是一个承前省略了"古仁人之心"的主谓句（即省略了"主词"的判断句）。如果把该"省略句"恢复为完整的语言形态，就当是"古仁人之心或（也许）异（于）二者之为"。由于"古仁人之心"可轻松排出是"单称量"的，却又没有具体的"量"的限制，就只当视之为"全称量"，因而该分句在逻辑形式上，就理当视之为"全称肯定"性质的"A判断"。

对于该"或"字词性与意义的不同认定，从根本上决定着"或异二者之为"，要么是"I判断"，要么是"A判断"，二者必居其一。"求"，是在"古仁人"的范围内求，所"尝求"的"古仁人之心"，则当具体落实在"览物之情"上。"尝求"的行为，意味着对相关素材的搜集汇总、筛选分类、研判定性——唯其如此，才会有所谓"古仁人的'览物之情'"的同与不同、"异"与"非异"。从这个意义上讲，"或"（或异二者之为）从"尝求"中来，既是孜孜以"求"的出发点，又是《记》文立论赖以成立的根基。如何认识与把握质量超重的该"或"字，事关重大，不仅关乎对"或异二者之为"意义的理解之是否正确，而且必然制约着对后文"其必曰"的解读之是否合于逻辑，更直接影响着《岳阳楼记》"立论"的命运。因而该"或"字当作何解，至此不能轻下断语。

接下来的讨论，就不妨从课本注释之"或，近于'或许''也许'的意思，表委婉的语气"展开。

"或许，也许"（《现代汉语词典》第6版P593），"也许，表示不很肯定"（《现代汉语词典》第6版P1518），据此可知，或许、也许是同义词，二者均表示"不很肯定"。既然"也许"（或许）"表示不很肯定"，就原本"包含着可能的否定"，就原本没有排除掉"存在着否定的可能性"。这样的认识，自当是符合逻辑而不容置疑的！既然紧承"予尝求古仁人之心"而来的"或许不同于（以上）两种心情""表示不很肯定"，或"包含着可能的否定"，或"没有排除掉存在否定的可能性"，就势必掐断文气而反向"证明"着"予尝求"的行为"并非郑重严肃，并非一丝不苟"，就势必动摇乃至塌陷"立论"的基础，就势必戕害文意，就势必毁损《岳阳楼记》不朽的思想价值！

不妨潜心苦思一番。"作者"把苦苦"尝求"所获得的、原本就"不很肯定"的认识成果，贸然拿来作为与"二者"进行比较的凭借，进而当作立论的事实根据，是严肃慎重的态度吗？那"求"而公诸世人、并用以立论的"尝求"之果，竟然是连"尝求"者自己都还没有拿捏准的——"或许（可能、也许）"式模样，岂非咄咄怪事，岂非旷世奇葩！

须知，立论（或亮出观点，或提出论点）是不能扭扭捏捏、遮遮掩掩的，压根儿就不需要什么"委婉含蓄"的包装，务必旗帜鲜明而"丁就是丁，卯就是卯"，用语绝不能模棱两可、含混不清，必须使用表意明确的肯定判断，这既是议论演说或议论文写作之最基本的常识，更是古今中外持论的不二铁律啊！可以这样说：一切建立在"不很肯定"（包含可能的否定）的，似是而非基础之上的立论，都是难以成立的，都不可能真正具有说服力，至于所谓感染力、感召力，则根本无从谈起！

统观全文，梳理结构，"瞻前顾后"，细心揣摩，应当充分肯定地说，该"或"字，不仅指代着"有的古仁人"，并与"异（于）二者之为"，组合为一个特称肯定判断，紧承上文，以肯定句（肯定"异"）的语言形式，初步回答了"览物之情，得无异乎"的设问，而且还一脉贯通，与下文"其必曰"之"其"字（它们的逻辑意义与表"有的古仁人"之"或"等值）遥相呼应，互为依存，透现出了谨严绵密的文思。否则，《岳阳楼记》主体部分的议论语言，就毫无逻辑性可言，而逻辑性正是议论语言的命根子！

试想一想，如果把此"或"字，当真讲作"或许"（也许），那么贯通上下文的文气何在呢？如果把此"或"字，当真讲作"或许"（也许），那么后文"其必曰先天下之忧而忧，后天下之乐而乐"那座巍峨的推论之塔，不就分明构筑在流沙之上了吗？因为"其必曰"之"必"（必定），与"或许"（可能、也许）势同冰炭，其矛盾对立是无可调和的！有谁能够从"或许"的此岸出发，顺利抵达"必定"的彼岸呢？在那样的思想跋涉中，又有谁能够避免全数违反思维的逻辑规律呢？

至于课本注释，在"或许""也许"之前，冠以"近于"（接近于或近乎于）的修饰语，着实令人莫明其妙。唯有爽性无视"其妙"，才不失为评说妙道。所谓"近于"也者，怎可当真鉴定"也许，表示不很肯定"的"成色"？

已可初步确认，此"或"，是不能作副词"或许（也许）"讲的。

已可初步确认，此"或"，当理解为并解释作无定代词"有的人"即承前指代"有的古仁人（之心）"即"有的古仁人的'览物之情'"。它周严地表达了这样的逻辑意义，"异于二者之为"的，并非所有的"古仁人之心"！

"或"字，作为"异（于）二者之为"的主体（即陈述句的主语），正彰显了作者思维之缜密，遣词之精准，不是所有的

"古仁人之心"，全都"异（于）二者之为"的，否则，何苦"尝求"或求之作甚？能够"异（于）二者之为"而践行"不以物喜，不以己悲。居庙堂之高则忧其民，处江湖之远则忧其君"者，当是"古仁人"中的出类拔萃者——"再上层楼"之怀抱"先天下之忧而忧，后天下之乐而乐"理念的那些古仁人！

范公所秉持、所倡导的"先忧后乐"亦即"穷亦心系天下"（处江湖之远则忧其君）的人生理念，既是前无古人的，也是完全"入世"的。

正是因由这样的缘故，以"私心克尽道方大"明志的杰出政治家、被清代《四库全书·总目》誉为"当代伟人"的、南宋初年的状元王十朋（1112—1171，字龟龄，号梅溪），才得以慨然赋诗《读〈岳阳楼记〉》："先忧后乐范文正，此言此志高孟轲。暇日登临固宜乐，其如天下有忧何。"

自《岳阳楼记》问世（1046），庶几千年，说王十朋最得范公全新理念的神髓，是毫不为过的。"先忧后乐范文正，此言此志高孟轲"，以极其鲜明的态度，揭示了一个基本的历史事实，在人生理念（言）与具体实践（志）两个方面范仲淹的超越性。王十朋的解读，无疑是准确的。如果接受王十朋的心得，并延伸再认识，那么完全可以说，范仲淹与屈原、司马迁等"古仁人"，只是"古仁人"中最优秀的那一小部分。在逻辑上，则是特称量之"有的古仁人"，而非全称量之"古仁人"，是"古仁人"中的"或"。这就为我们正确认识"古仁人之心，或异二者之为"句中"或"字的意涵，开启了一道有充分可靠根据为支撑的全新窗口。

孟子之"言"之"志"，固然不失为高尚的理念或德行，但其"言"其"志"，是以变通为灵魂的，是需要机巧运作的。

"穷"运一朝临头，"灵魂"就会呼唤：快收拾行头，远离尘嚣吧，干吗一根筋"奋斗终生"，什么"泽加于民""兼济天下"，道一声拜拜，打几个哈哈，不就得了！

范文正的"此言此志"则不然，它是完全"入世"的，不是时刻准备着，"穷"则悠然旋转而去，奔向"出世"的终南林下，全身避祸，洁身自好，乐尽天年！"此言此志"，没有"补儒"之"道"做"穷"的解药的，是"言"与"志"的精诚合一，是"以天下为己任"的义无反顾，是"穷则固善其身，穷亦心忧天下"！

在王状元"暇日登临固宜乐（喜）"的咏叹中，本已寓含着暇日登临"固可忧（悲）"的意蕴。"固"，本来也；"宜"，应该也。在《读〈岳阳楼记〉》的作者看来，"暇日登临"岳阳楼，无论是生"忧（悲）"之情，还是发"乐（喜）"之慨，似皆无不可，"情郁于中，而发之于外"嘛，本来就是无可厚非的，因其统统不过是包括寻常士大夫在内的"普通人"之寻常的"览物之情"罢了，是大可不必究其忧悲喜乐所从何来的。"其如天下有忧何？"笔锋陡转，由"人"而"己"，由一般而个别，由情感表现而人生理念的追寻，卒章而显其志。这是诗人对自我灵魂的严肃拷问。如果今后有机会登临岳阳楼的，正是我王十朋，由于仕途光昌流丽而恍若"浮光耀金，静影沉璧"，因而"宠辱偕忘，其喜洋洋"而忘乎所以，或者由于仕途泥泞多艰而犹如"日星隐耀……虎啸猿啼"，因而"满目萧然，感极而悲"，那么"我"为何如人也？那不正是对"先忧后乐"之"言"之"志"的背弃吗？仰慕且决意师从"其言其志"的"我"，步入庙堂之初，不是庄严宣誓过"以天下为己任"吗？"我"当扪心自问：那或喜（而忘乎所以）或悲（而难以自持）

的情感宣泄，还是不是初心（誓言）的回响，究竟能不能跟"先忧后乐"的理念合流……

王十朋鞭辟入里、言简意丰而情蕴其中的"读书心得"，对于后生我辈之准确理解"或异二者之为"的"或"字真谛，准确把握后文之"不以物喜，不以己悲"，乃至"其必曰"的逻辑意涵，都提供了并继续提供着不小的、实实在在的帮助而堪称破解《岳阳楼记》核心意旨的"司南"（即指南）！显然，正是由于那"再上层楼"之"穷亦心系天下"，即"穷（处江湖之远）则忧其君"的"古仁人之心"，实在是悠远的历史长河中与现实之北宋社会环境里的"稀缺资源"，范仲淹才会那样苦苦"尝求"的！

"发思古之幽情，往往是为了现在。"（鲁迅语）范文正公借题作《记》，纵论"古仁人"的"览物之情"，立意至为高远。他身居贬地而孜孜以"求"，借以阐发"古仁人"中佼佼者之"心"（情、为）的全部出发点和最终归宿，都是为了"现在"，为了规谏那位负才任气、尚未从"谪守巴陵郡"的心理阴影中走出的友人（今仁人），并以之鞭策自己，也勉励那些同在宦海沉浮的士大夫（今仁人），当"异（于）二者之为"。作者以至诚之心吁请友人，并以"立此存照"的方式警示自己，"进"与"得"（晋级、提薪）而生"喜"，自无不可，但不应当"宠辱偕忘，其喜洋洋（扬扬）"，"退"与"失"（下课、降薪）而有"感"（憾），情属自然，但不应当"满目萧然，感极而悲"，以致"凄凄惨惨戚戚"，当怀抱更其崇高的人生理念，矢志不渝地以之磨砺思想、陶冶情操，以之律己笃行——诚意正心修身，扬鞭奋蹄，精进不息！

郭版《古代汉语·文选·〈岳阳楼记〉》（P48）对"或异二者之为"的"或"字注释作"或：副词，或许。"正是如此注释的逻辑惯性力使然，才顺势铸成了其后错解"其必曰……后天下之乐而乐"为"大概一定会说……"的必然。

文如其人，知人方可论文。杰出的政治家、思想家、军事家、文学家、教育家范仲淹，是从极度苦寒中走出来的。两岁丧父，随继父姓朱名说的他，历尽艰难困苦，勤学不辍，金榜题名后，才恢复范姓。深知民间疾苦，憎恶官场腐败的他，领导庆历新政，宵旰忧劳，励精图治，但为时仅仅一年，便因强大的既得利益集团之极力弹劾，便于庆历四年被贬河南邓州（《岳阳楼记》就作于此地），后又辗转流徙杭州、青州，最终长逝于赴任知颖州的中途徐州。遇挫失意而"不以己悲"的豁达，尽其所能多有建树的事功，都深深根植于他匡世济民的高远理想与宏大抱负。他倡导了，并始终不知疲倦地践行着"先天下之忧而忧，后天下之乐而乐"这一全新的士大夫人生理念，直至用他短暂的生命，铸就下一座永恒的人格丰碑，用早年曾深受范仲淹启发而终至于成就为哲学大家的张载①的话讲，范公所不懈追求的人生境界正是："为天地立心，为生民立命，为往圣继绝学，为万世开太平！"

顺此机会，谨恭录几位同代伟人对于逝者的评价，以献诸同好：欧阳修言范公"少有大节，于富贵、贫贱、毁誉、欢戚，不一动其心，而慨然有志于天下。常自诵曰：'士当先天下之忧而

---

① 张载（1020—1077）字子厚，大梁（今河南开封）人，徙家凤翔郿县（属今陕西眉县）横渠镇。康定元年，西夏入侵，年仅21岁的张载，向正主持西北防务的范仲淹上书《边议九条》，拟组织民团夺回洮西失地，被召见，受到热情赞扬。范仲淹认为张载可成大器，便劝勉："儒家自有名教，何事于兵？"张载深受启发，于是潜心苦读深研。经过十多年努力，逐步建立起了自己的思想体系。他是"关学"学派的创始人、理学的奠基人之一，是中国哲学史上一位旗帜性的大家，在中国思想文化发展史上占有重要地位。其著作一直被明清政府视为哲学的代表之一，被钦定为参加科举考试者的必读之书。在天文学方面，张载也有杰出的贡献。其名言"无不知则无知，有不知则有知"，深刻揭示了有知与无知的辩证关系。

忧，后天下之乐而乐也'"（欧阳修《范文正公神道碑①》）；参与庆历新政被贬后，"相两朝，立二帝"的名臣韩琦赞范公曰"前不愧于古人，后可师于来者。固有良史直书，亘亿万世，不可磨灭"；王安石悼范公"呜呼我公，一世之师！由初迄终，名节无疵……硕人今亡，邦国之忧"（王安石《祭范颍州②文》）。这些或许能够引发我们心灵的砰然共振，而慨然呼朋挽臂，穿越千年时空，一睹范公鲜活笑貌，回头再对文本隽永的主旨细细咀嚼吧！

[原文]何哉？不以物喜，不以己悲。居庙堂之高，则忧其民；处江湖之远，则忧其君。是进亦忧，退亦忧。

[今译]有什么样的不同呢？（他们）不会因为外物的美好而高兴（得意气扬扬，忘乎所以），（也）不会因为个人的不幸而

---

① 范文正公神道碑，全称"资政殿学士户部侍郎文正范公神道碑铭"。碑文为北宋名臣著名文学家欧阳修撰，碑额由宋仁宗赵祯亲篆"褒贤之碑"四字，因而该碑又叫作"褒贤碑"。欧阳修文上碑时，由王洙书写，隶体，计30行，满行72字，如今已多有漫灭，尚存1511字可识。该碑出土后，至今立于河南伊川县范仲淹墓前约20米的范氏祠堂西侧。欧阳修所撰碑文，记载了逝者生平事迹，给予了极高的评价。范仲淹从九品芝麻官做到参知政事（副宰相），其绝大多数的上疏，都与百姓疾苦有关。他在三十多年履职勤政的过程中，逐步形成了"以民利为利"的理念，丰富和发展了孟子"民为贵，社稷次之，君为轻"的"民本"思想。继而，范仲淹又提出了"政为民而设"的政治主张，最后形成了"士当先天下而后个人"的完整的政治思想体系。

② 范颍州即范仲淹。皇佑四年（1052），范仲淹受命由贬地青州直赴知颍州任，途中疾病突发，溘然长逝于徐州，享年62岁。时年31岁的王安石惊闻噩耗，含悲写就《祭范颍州文》，痛寄悼念之情。

作此祭文时，朝廷尚来不及对范公功过"盖棺定论"，以追加"谥号"的严肃形式，发放皇家认可而天下通用的亡人"名片"，因而作者既不可违反礼制，使用曾经的"资政殿学士户部侍郎"或"参知政事"等高职务名头去称呼逝者，又不能以晚辈身份，称字"希文"表达尊敬，称"仲淹"则大不敬——避名讳毕竟是老规矩！既如此，就只能依照贬官文化古已有之的潜规则，以其最后任职地的行政地域名，称呼他为"颍州"。唐代文学大家、改革斗士柳宗元，本是山西运城人氏，仕途多舛，屡遭贬谪，官终柳州刺史任上，而被时人称之为"柳柳州"，当是称谓逝者为"范颍州"的先例吧。

哀痛伤心得不能自持。（他们）身居当朝为官的高位，就为民生犯愁；在僻远的地方漂泊，就替君王担忧。这样在朝时犯愁，下野了担忧。

"何哉？"紧承"予尝求……或异二者之为"而来，力扣"或（于）二者之为异"的"异"字设问，并迅捷引出"不以物喜……则忧其君"，以圆满回答"或"（有的古仁人之心）"异"在哪里，与"二者之为"究竟有怎样的不同，并最终回答了首度设问："览物之情，得无异乎？"

研判全文意旨，厘清起承转合的脉络，可以肯定地说，把"何哉"讲成"为什么呢"是完全不合逻辑的，既不合文本固有的内在逻辑，又不合寻常的思维逻辑，因而是完全错误的！如此无情判断，道理何在呢？

"何哉"所问，绝不是"为什么'异'"（即"里"，导致"异"的深层次主观原因），而只能是"'异'在哪里"，或"有什么样的'异'"（即"表"，可直接感知的浅层次的客观表象、表现）。超越"表"（有什么不同）的客观陈述，或者说对于"有怎样的不同"的具体实际，压根儿不闻不问，就突然一头闯入对于"里"（为什么"异"）之主观因素的探究，就抢先设问抽象的原因究诘（"为什么呢"）——人的认识规律就被颠覆了，思维的逻辑性就出大问题了，文理也就自然不对路了！

在寻常的工作生活中，当面对尚不知其"表"的某事物时，人的正常反应总是力图率先搞清楚"'某'是什么"，或者"'某'怎么样"，然后才可能开启"'某'为什么是这样的"，或者"'某'为什么会是这样"的思维活动。教辅书也实在太过性急了，那由表及里、由具体现象到抽象本质的，以探究或揭示"或异二者之为"之深层原因的发问，固然有之，但分明还在文章的后面。即第三度设问："是进亦忧，退亦忧。然则何时而乐耶？"

对"不以物喜，不以己悲"的解读，现存两种主导的形态：其一，"不因外物（好坏）和自己（得失）而或喜或悲"；其二，"不以外界事物的影响而悲哀欢喜，也不因个人的处境好坏而欢喜悲哀"（郭锡良版《古代汉语·选文·〈岳阳楼记〉》P49注译）。二者之语言形式有别，但逻辑意义完全等值。

与上述主流解读大相径庭，笔者对"不以物喜，不以己悲"的理解是，（他们）不会因为外物的美好而高兴（得意气洋洋，忘乎所以），（也）不会因为个人的不幸而哀痛伤心（得难以自持）。何以如此理解，如此不合潮流呢？

请恕直言，两种主流解读，都堕入了望文生义的泥淖。导致其貌似真理而极具迷惑性的因素在于：第一错解了"其喜洋洋"与"感（hàn）极而悲"；第二割断了前后文的内在联系；第三对"物"与"己"的意义关系，认识模糊；第四以内涵少而外延广的"喜""悲"概念，直接偷换了内涵多而外延窄的、"隐"于前文"宠辱偕忘，其喜洋洋者矣"与"满目萧然，感极而悲者矣"中的"喜""悲"概念，违反了逻辑规则；第五其所表达的思想认识，跟文本主旨相去甚远；第六作为思想理念，没有丝毫生活基础，不具任何可实践性，毫无积极教化的社会价值。

"不以物喜"，不是石头里蹦出的孙猴子，而是直接从前文母体脱胎而来的。

"不以物喜"，与"至若"文段所形象示意的"以物喜（以己喜）"，虚实互见（由实入虚，由虚悟实），前后照应，直相对比，是对"以物喜（喜而宠辱偕忘，得意扬扬）"的正面直接否定。"不以己悲"也不是孤立的，它与"若夫"文段所形象示意的"以己悲（满目萧然，憾极而哀痛伤心得不能自持）"，虚实互见，前后照应，直相对比，是对"以己悲"的正面直接否定。用副词"不"字所结组的两个分句，使用否定陈述的语言形式，承藉前文，既简洁明快地初步回答了"何哉"所问，从性质上"抽象"断定了"异"（截然不同）的表现，又隐隐地暗示着读者，请君自去联系"若夫"与"至若"两个文段，准确把握那"二者"形"异"而实"同"的表现。

不仅如此，"不以物喜，不以己悲"，还极自然地埋设伏线，牵引下文，使用肯定陈述句——"居庙堂之高，则忧其民；处江湖之远，则忧其君。"从正面具体展示"或异（于）二者之为"的"或"之"异为"（截然不同的表现），从而既圆满地回答了"何哉"所问，又完整地示现了"异于二者之为"的"或"（有的古仁人）的鲜活形象，并在逐层铺垫的基础上，不露声色地遥应前文，给了"览物之情，得无异乎"的"设问"，以最为完美周详的终极性"自答"，更为自然开启三度设问"然则何时而乐耶"以推出"其必曰先天下之忧而忧，后天下之乐而乐"，揭示"为什么'异'"之深层次的原因，奠定丰厚坚实的物质基础。

前文多次言及"以物喜"就是"以己喜"，"以己悲"就是"以物悲"。为什么会那样讲呢？"物"与"己"，究竟是什么样的逻辑关系呢？至此，这两个问题，已经无可回避，必须摆在台面上说道说道了。

"物"，汉字反映华夏农耕文明的典型代表。"物，万物也。牛为大物。天地之数，起于牵牛。"（《说文·牛部》）那意思是说：物，就是万物，牛是万物中最重要的物，天地间大事的命术（意即国脉民命），产生于牵牛而耕。"勿"，象形字，意指竖立的旗子；"彡"表示有多条缀在旗帜边缘上飘悬的游帛（"旒"的本字、古字，指旗子上的垂饰、飘带），而游帛的颜色杂驳不纯。"物"，会意兼形声字，本义为杂毛牛，引申指牲畜的种类、品级。进而指杂色旗、杂色帛。由各种形色引申指所有客观存在的物体，如"暴殄天物"。又引申指具体的物产、产品，如"物美价廉"。再引申指个体生命之外的事、物，包括社会环境的与自然环境的，如"物我两忘""超然物外"。

"不以物喜"之"物"、与"不以己悲"之"己"，在结构上，对举而出，在意义上，则相关相融而"互见"，犹如一枚硬币的两面。"物"，是与"己"之"物理性"存在息息相关的"物质性"的（生活物质资料、自然环境）、"精神性"的（社会环境派生）东西之总和。富贫与尊卑、进退与得失，以及密切相关联的身份阶序、礼义廉耻、荣辱毁誉等纯社会性的理念、认知与道德伦理规范，无不存在于其中，可概括性地讲为"外物"。"己"之作为特殊的高等生物，既具自然属性即动物性（如"饮食男女"），更兼容着社会属性，而"己"之所以成其为"人"，则从根本上决定于社会属性，而"人的本质不是单个人所固有的抽象物，在其现实性上，它是一切社会关系的总和"（《马克思恩格斯选集》第2版第1卷P60）。因而社会化了的"己"（人），自觉或不自觉地追求着"外物"，以满足"己"之欲望（物质与精神的），自觉或不自觉地被"外物"所"物化"，在其作为生物之"物理性"存在所必需的生活物质资料得以基本保障的情况下，就特别关注"精神性"（因不同的社会身份，而以不同标准、不同程度、不同方式）的社会评价与自我价值评价（现世的、甚至身后的）。正是从这个意义上讲，"物"

与"己"是一体的两面,难以切割。"人"与"己"之所谓高下优劣的分野及其道德评价标准,则既取决于对"欲望"(对"外物")追求的正当性与合理性,又取决于该追求之自主、自觉、理性节制的"度"。

准确把握"不以物喜""不以己悲"的意涵,必须忠实不苟地联系上下文,对其展开必要的、基础性的、缜密的逻辑思辨,否则,就极易迷失于文,自陷断章作解(望文生义)的泥沼而无从自拔。

"不以物喜""不以己悲",语言形式相同,"喜""悲"词义相反,对比强烈,但是,其"在文中",即在"同一性"的语境里,它们所表达的思想意义,在本质上,则是完全一致的。不难确认,前文"若夫"文段中,那"去国怀乡,忧谗畏讥,满目萧然,感极而悲"所呈现的,恰是"以己悲"者(亦即"以物悲"者,实指"迁客骚人",暗指并非"先忧后乐"的古仁人)的思想情感,而"至若"文段中,那"心旷神怡,宠辱偕忘,把酒临风,其喜洋洋"所呈现的,则是"以物喜"者(亦即"以己喜"者,实指"迁客骚人",暗指并非"先忧后乐"的古仁人)的思想情感,二者在对待或处理"物我"关系时,所秉持的价值标准、所怀抱的理念之思想情感的基础,是共同一致的,即完全以"小我"的进退得失,或者说完全"以外界事物的影响与个人处境的好坏"(此语意出郭版《古代汉语·选文·〈岳阳楼记〉》)为中心,为转移,为依归。因而不难感悟,主倡"先忧后乐"之范文正的、鲜明而否定性的认识评价,分明就渗透在"若夫"与"至若"两个文段的字里行间。这是不容无视,却偏偏是"主流解读"者所严重忽视了的!

"不以物喜,不以己悲",是《记》文厚积薄发、虚实互照

《岳阳楼记》正义

而顺理成章的自然产物。其貌似抽象"骨感"实则形象"丰满"的语义,早就已经深深根植于"若夫"与"至若"文段之肥沃的土壤中了!正是由于有着"若夫"与"至若"两段文字,以浓墨重彩所做形象示意的厚实铺垫,作者才能够在议论的主体部分中,用"不'以物喜'"(亦即"不'以己喜'")、"不'以己悲'"(亦即"不'以物悲'")之高倍浓缩、直接呼应,且断然否定前者的语言形式,从正面初步回答"何哉"所问,陈述"或异二者之为"(有的古仁人的"览物之情"),与"二者之为"(有的古仁人的"览物之情")相"异"的本质所在。

理清逻辑结构,侦破"潜伏"照应,吃透"虚实相生",则"不以物喜""不以己悲"在文中的意义实质,就只当是,"有的古仁人之心",能够等闲面对"外界事物的影响与个人处境的好坏","悲"必有"度",不丧其"志","喜"则守"节",不改"初心"(心系天下),绝不会以"自我"(小我)的进退得失、荣辱毁誉为中心,为转移,为依归!

"景物无自生,惟情所化,情哀则景哀,情乐则景乐。"(吴乔《围炉诗话》)"若夫"文段所创造的"樯倾楫摧,薄暮冥冥"之"阴景",与"去国怀乡,忧谗畏讥"者的客观"悲境"(境况)、主观"悲情"(心境),相生相成而水乳交融。"阴景"不过是"悲者"现实境况(或"退"或"失")的载体,即象征体而已。范文正公运用比兴象征手法所创造的"意境",以高度的艺术概括所塑造的一喜一悲的典型形象,既给滕子京以及命运与之相同的"仁人"(士大夫),也给后世读者留下了无尽的、可以密切结合现实生活展开想象与联想的广阔空间。

"至若"一段,在达意方面,比之"若夫",似乎有点儿玄"虚"而模糊,其实不然。那令人赏心悦目的"晴景喜境",

比之"若夫"创设的、让人意冷心灰的"阴景悲境",富含着更浓烈的象征意义。什么"春和景明,波澜不惊"、什么"皓月千里,静影沉璧",无一不是"把酒临风,其喜洋洋"者,现实的官场生活境况之象征。至于"宠辱偕忘"一语,则言简意丰而"点到为止",葆有弹性,直接传递出了几多消息,可让读者能够凭借既有的生活阅历,去延伸展开丰富的想象与联想,去进行丰富生动的补充与再创造。

"宠辱偕忘",看似轻描淡写,实则"响鼓不施重锤"。其被语境赋予的意义,虽是被强力"压缩"了的,令喜而"宠辱偕忘"者,"昔日龌龊不足夸,今朝放荡思无涯。春风得意马蹄疾,一日看尽长安花"(孟郊《登科后》)的放浪形骸,仿佛翩然活跃纸上。"宠",上对下的偏爱溺爱,"宠幸",君王对臣子的偏爱溺爱,让被爱者备感"荣宠"。自然,那登楼而忘"宠"的士大夫,就绝不可能是"左迁者"者了,是不存在所谓"退""失"一说的。自然而然,那受"宠"而"喜"者,或为"汨罗遇风"之柳宗元辈,或为赴京述职的封疆大吏,或为"尚方剑"在手的湖广钦差……也是未可知的。然而,假道旅游,痴迷美"景",纵情放歌,竟至于"忘宠",竟至于把"赐宠"所天然派生的、必定得超价交换的"尽忠",都一股脑儿忘弃九霄云外了!这可如何使得,又将如何了得呢?

蒙"宠",就在"登斯楼也"的当下,是正在进行式,受"辱",已成"明日黄花",是过去式。那已成过去的"辱",既珍藏着今之"喜"者亲手创作而当永为鉴戒的故事,更生动地注释着"知足不辱""知耻不辱"的谆谆圣训,居然也都弃之如敝屣,忘它个干干净净了!恃宠而骄,天奈我何?眼中不见了"红线",心中失去了"规矩",于是乎良辰会美景,春风醉茅台，"沉鱼"妒"飞燕"，楼头笑"蓬莱"——那"以物（己）喜"者（"进"者、"得"者），能不血脉贲张，能不"宠辱偕忘"，"其喜洋洋者矣"乎？

对"不以物喜，不以己悲"的理解，被表述作"不因外物（好坏）和自己（得失）而或喜或悲"。看似高级模糊，实则与比比皆是的"不因外物的美好而高兴，不因个人的得失而悲哀"之意义实质，在逻辑上完全等值，却远不如"比比皆是"者来得干脆直白，来得痛快淋漓。那高级模糊的意思，其实并不模糊，只是有点儿"绕口"罢了。它分明就是说，"不因外物的美好或自己的得（进）而高兴，不因外物的丑陋或自己的失（退）而悲哀"。不是这样的意思吗？古往今来的人们（无论"古仁人"，还是"今仁人"），真是那样的吗？真能那样吗？

或许课本与教辅之好心的编者知道："己"不是那样的，难以那样的，只可说说而已，是不能当真践行"不因外物的美好而高兴"的。那善意的未尽之言，或者言外之意，究竟是什么呢？莫非那耳熟能详而令人心驰神往的"不以物喜"，与芸芸众生（即"普通人"），真的就毫无关系了么？不知好心的编者，是否认真地追思过，并且严肃地追问过："仁人"（古仁人、今仁人），真的就那样做到了吗？

如果当真破除迷信，解放思想，当真看破了"皇帝的新衣"，那么"普通人"既无须愧疚，也不必讳言，就理当勇敢而实事求是地坦然承认，"我"没有做到，也不能做到，"古仁人"们亦不曾做到，并由此推断，从今往后，也不会有谁能够做到，除非彻头彻尾彻里彻外、货真价实的遁世绝俗之辈！

深究其实，把"不以物喜，不以己悲"理解阐释为"不因外物（好坏）和自己（得失）而或喜或悲"，不仅是忽视文本综合运用了暗伏照应、虚实互见、象征对比等手法的必然产物，而且是完全无视的逻辑规律的自然结果。囿于孤立而非联系，静止而非动态的思维，无视此"不以物喜"之"喜"作为一个特定的概念，"在文中"已经无可改变地、全要素地保有着彼"以物喜"（"宠辱偕忘"而洋洋自得、忘乎所以）之"喜"的内涵，死死盯住那么两句话八个字，机械地依样画葫芦（依字索义），也就自在情理之中了。

那样"没来由"的理解诠释，既割断了文本固有的、内在的逻辑链条，又完全脱离了既有的生活实际，将如何以之引导一代代中华学子，继续与范公之无瑕经典，进行穿越时空的、理性坦诚而卓有成效的精神对话呢？如果说那番一统天下的解读，也是一钵什么"心灵的鸡汤"，那么氨基酸为零毫克的"鸡汤"，究竟能够营卫人们怎样的"心灵"呢？那样的理解诠释，永远不会存有一分半寸的生活土壤，永远只能是"美轮美奂"的空中楼阁，而文本固有的说服力感染力与不朽的思想价值，却在静悄悄与甜蜜蜜的"欣赏"拥抱中，被温柔地销蚀、无情地抹杀得干干净净了。由此而制造出来的、潜伏得"不露形迹"的人文危机则在于，几代"花朵"或畅饮过，或正畅饮着，或将继续畅饮下去，饮下去那样的一钵钵"心灵的鸡汤"！

如此严苛冰冷而近乎愤激的结论，是粗暴的主观臆断吗？是离经叛道的信口雌黄吗？如果说不是，那么究竟源自什么呢？既源自于就捧在我们手中的、范公之《岳阳楼记》白纸黑字的客观文本，也源自于人间的生活实践……

九寨沟的水、张家界的山、黄山的松涛云海（自然物质性的外物），有哪位游客不曾因一偿夙愿而喜从中来，乐而忘返？他或她，是您的或您朋友的子侄，佳音传来，今科高中北大MBA，或者新近晋升阿里巴巴的CEO（社会精神性的外物），您就硬是不会乐在心头，喜上眉梢？这"游客"，这"您"，既可能是"普通人"之一介村夫，也可能是声名显赫、位高权重、廉洁亲民的某位！这可是当代版之"现实主义"的生活啊，真实而又鲜活。这样的生活，正从昨日走来，将伴今夜流逝，且待明朝接续，硬是跟那美则美矣、令人眩晕之"不因外物（好坏）和自己（得失）而或喜或悲"的虚文滑腔过不去，低调唱起"对台戏"。唱过了，正唱着，还会唱将下去！

显然，那洋溢着浪漫主义情调的现代版"古典名言"，完全脱离了既有生活实际，悄然"左"到了、虚无到了极致，没有任何现实的可实践性。它过度"拔高"了古仁人（实则包括今仁人、后仁人）的道德标杆，而貌似被"溢美"的人格，反倒会让"古仁人"不胜其"荣"而尴尬惶恐不已，倘若先贤灵魂有知的话。"人非草木，孰能无情？"无论"仁人"被神化得如何的"高大全"，也绝非什么灵异神怪，到底无不是血肉之躯。因而，"古仁人"也好，"今仁人""后仁人"也罢，怎能少得了那七情六欲、喜怒哀乐？不妨寻思寻思，哪位古今仁人达到过，或者能够达到那样子虚乌有的"高度"？哪位古今仁人，即使杰出得可以被尊奉为"圣"的，不曾因为自我的成败际遇、福祸吉凶而或笑或哭、或叹或歌？

试想一想，如果"不因外物（好坏）和自己（得失）而或喜或悲"，是可以充分肯定而践行、而"弘扬"开去的话，那么，国泰民安的"天下之乐"，本是美好绝伦的外物吧，怎么就可以"后而乐之"，怎么又不可以"后而乐之"呢？那"后而乐之"，不也是一个"乐"，不也是一个"喜"吗？如此"不因外物（好坏）和自己（得失）而或喜或悲"，岂不就是成心跟范文正公抬杠，硬要逼着老先人在天国的"舆论场"，瞎忙个不亦乐乎——一边儿卖矛，一边儿卖盾，还得脚登高台，手持喇叭地"广而告之"吗？

拨云驱雾，探源穷本，实事求是，去伪存真。那"不因外物（好坏）和自己（得失）而或喜或悲"的神曲，不过是遁世挽歌的现代性演绎罢了！

"入世与出世是对立的，正如现实主义与理想主义也是对立的。"（冯友兰《中国哲学简史》）范文正公终其一生，是全心全意不懈追求"修齐治平"的儒家理想（非理想主义），"处江湖之远，则忧其君"而完全"入世"的。

《岳阳楼记》的"不以物喜，不以己悲"是范公在全新的语言环境中，创造性地弘扬了"乐而不淫，哀而不伤"的儒家诗教传统（为孔子中庸哲学所引领。朱熹《诗经集注》："淫者，乐之过而失其正者也；伤者，哀之过而害于和者也。"笔者注："淫"，过甚，无节制的意思），把它所讲求的"中和之美"的思想情感，移植融入了士大夫诚意、正心、修身的道德实践范畴！

诚如王十朋所言之"暇日登临固宜乐，其如天下有忧何"，作者的本意分明是，"以天下为己任"而胸怀无疆大爱的、最为杰出的"古仁人"，应当把（或者会把）个人的达穷进退、荣辱毁誉，等闲视为身外之物而绝不为其所累，不应当（或者不会）因之沉溺或沉沦，不应当（或者不会）恣意放纵自我的情感而不可自拔！"以物（己）喜"（纯粹字面意义的），本是再自然不过的事了，"以己（物）悲"（纯粹字面意义的），又哪里有什么不可以的呢？但是，那可"喜"与可"悲"的情感宣泄，都当有、会有一个理性可控的"度"，不至于、也绝不会"以物（己）喜""以己（物）悲"而"滥情"不已，乃至于失去方寸之据——"进"（得），即"居庙堂之高"，则当"战战兢兢，如临深渊，如履薄冰"，不屑得意扬扬，忘乎所以；"退"（失），即"处江湖之远"，则能"穷且益坚，不坠青云之志"，无暇憾（感）极而悲，自戕肝肠！

正是从这样的意义上去理解、去译讲"不以物喜，不以己悲"，才能够忠实地反映出作者固有的"此志此言高孟轲"的思想意义，才能够令人心悦而诚服之，才富含积极教化的思想意义与永恒的社会价值，也才真正具有现实的可实践性：无论是您，是我，还是他，虽同为平凡的"普通人"，却无不可追求、实践，再追求、再实践！至于已然赫然贵为"仁人"者，不进则必退，万不可荒废那门基础性的功课，绝无毕业可言的"吾日三省吾身"！其志在"欲穷千里目"者，则必须再辛勤劳动劳动两条腿，才有"更上一层楼"的可能！

现实不仅生动注释着"今月曾经照古人"的朴素唯物史观，还极大地给力于把"死"书读"活"。生活再三告诉人们，所谓"仁人"与"普通人"的"名片"，既非上苍"神授"，也非"龙生龙，凤生凤，耗子生儿打洞洞"的血统嫡传，因而绝不可能因袭固化，一成不变！人的身份阶序或曰"社会等级"之相对静止的稳定与绝对运动的变化，是永恒携手相拥而并存于"机遇"伴随"修身"的生命历程，"必然"追随"偶然"之人生苦旅！

范仲淹"先忧后乐"的理念，虽以士大夫为倡导对象，却具有永恒的社会价值。当代"士大夫"的现实生活，就以其无数生动的故事，形象地诠释着、演绎着范公之"不以物喜"：不是象牙塔里形而上学的玄谈，不是自欺欺人的不食人间烟火，不是一概排斥"以物喜"（纯字面意义），而是"喜"当有其"度"，"喜"当不忘"以天下为己任"的初心，"喜"不能逾规越矩跨红线，"喜"当牢记"欢喜老鸹打破蛋"的草根警告。显然，范仲淹公之"不以物喜"，是信念，是境界，是追求，是长效励"志"、永葆"中和"的精神旗帜，是"诚其意""正其心""修其身"而绝无止境的生命实践！正是从这样的思想意义上说，既曾经"以物（己）喜"过，又曾经"以己（物）悲"过的古今"仁人"才无不是"不以物喜，不以己悲"的楷模，才光照千秋，垂范万代！

笔者之所以断然认定，以"不因外物的美好而高兴"之类，译讲范公之"不以物喜"，是极其严重的错误，还因为它完全建立在无视前后文的虚实照应与意义联系的基础上，径直使用"不以物喜"之此"喜"概念，偷换了早已蕴含在前文中的"以物喜"之彼"喜"概念，从而不可逆地毁损了文本固有的、缜密的内在逻辑，亦即破坏了文本前呼后应、一脉贯穿的文理。

承上文已知，"至若"文段所塑造的，是"以物（己）喜"者之血肉丰满的艺术形象（这是不容置疑，却被严重忽视了的）。顺此，如果从全文极其讲求虚实互见、呼应相随手法的运用方面，做全面而深入细致的梳理揣摩，那么并不难感悟，该艺术形象的塑造，是专为、特为满足主体部分的议论需要，所精心"设计"的。文本先期展示那具体的（实的）、可感可触的"以物（己）喜"者的鲜活形象，正是为了方便读者更容易、更准确地把握住后文那个抽象的（虚的）、难以具体真切感触的、概念化的"不'以物（己）喜'"者，是为正确理解"不以物（己）喜"的意涵，直接提供反向比对的直观"参照物"的！正所谓"皮之不存，毛将焉附"。如果没有前文形象示意的"心旷神怡，宠辱偕忘，把酒临风，其喜洋洋"之"以物（己）喜"，那么后文之抽象表意的"不以物（己）喜"，也就自然失去了鲜活生命的根基。在阅读理解范公原著的过程中，或许"主流解读"正是忽视了对文本议论之"整体性一致"的观照，才鬼使神差般片面地、"偶然性"地割断了原本内在于前后文之字里行间的逻辑链条，也才为孤立地、静止地直面"不以物喜"而"以字索义"（望文生义），开辟了"必然性"的道路。

从思维的逻辑形式上讲，"不以物（己）喜"与"不'以物（己）喜'"二者的逻辑意义完全等值，这当是确定无疑的。顺此，就可以继续深化抽象思维，把彼"喜"（即"宠辱偕忘，其喜洋洋"之"喜"）抽象为A1，把此"喜"（即"不以物喜"之"喜"）抽象为A2。这样，就完全可以明确地断定：在"同一性"的语境里，A1和A2原本就是两个等值的全同关系的概念（A2＝A1，A=A），它们内涵较多（大），而外延较少（小），其共同一致的内涵（即内容）中，"洋洋（扬扬）"（即"得意扬扬，忘乎所以"）这一极其重要的属性（即含义），是不可或缺的！

正是由于客观语境的严格制约，因而，在理解翻译"不以物（己）喜"的时候，当其把此"喜"（A2）极其重要的属性"宠辱偕忘，其喜洋洋（扬扬）"，丢弃掉或抽取掉了，就必然缩小（减少）了此"喜"（A2）的内涵，并且同步扩大（增加）了A2的外延（确指的对象范围），即反映所有形态的"喜"。如此"一缩一扩""一减一增"（即反变关系：内涵越少的概念，其外延越大）之后，原来的A2概念就被无情地消灭掉了，不复存在了。伴随着A2概念的被消灭，一个全新的、反映所有形态的"喜"（即无限扩大了外延的"喜"），也就同步诞生了，姑且将其抽象为a（a不是A，a=-A）。

显而易见的是，丧失掉了固有属性"宠辱偕忘，其喜洋洋"，由"革命"一举灭掉A2概念所催生的a概念，与A1概念

（A1＝A2），就不再等值了。a概念即"不以物（己）喜"之"此喜"（反映人世间"所有形态"的喜），就势所必然地与A1概念即"不以物（己）喜"之"彼喜"（即只反映文本语境中"宠辱偕忘，其喜洋洋"这一"个别形态"的喜），悄悄地而又完全彻底地变成两个不等值的、真包含于关系的概念了。

该真包含于关系反映的是：所有的A都是a，但有的a是A，有的a不是A。如果把该抽象的逻辑表达，转用大白话来讲，其具体的意思就是，所有"宠辱偕忘，得意洋洋"的"喜"都是喜，但是，只是有的喜是"宠辱偕忘，得意洋洋"的"喜"，有的喜却不是"宠辱偕忘，得意洋洋"的"喜"。把原本等值的两个全同关系的概念，变成了两个不等值的真包含于关系的概念，这就是标准的、不折不扣的"偷换概念"了！

毋庸置疑的是，原A概念一经被偷换成了a概念，也就不可逆地、势所必然地违反了逻辑。如此一来，"记"文固有的逻辑链条，不就被无端斩断了，其固有的思想价值，不就被无情阉割了，"仁人"与"普通人"，无不可尊奉的理念、无不可追求之境界，不就"堂而皇之"地化作虚假"美丽"而绝无信度、绝难实践的道德"乌托邦"了吗？

深探《记》文，思路觅踪，剥去"模糊"的言语外壳，审视思维的物质内核，在历经一番番"正本清源"的劳作后，那"不因外物（好坏）和自己（得失）而或喜或悲。"（等值于"不以外界事物的影响而悲哀欢喜，也不因个人的处境好坏而欢喜悲哀"）的逻辑错误，当是昭昭然无可遁形的了。然而，"冰冻三尺，非一日之寒"，拨其乱而反其正于天下，还公道与"正义"给范公之"不以物喜，不以己悲"且昭告四海，或许是遥遥而不可期的吧。呜呼！

承上文"不以物喜"（部分涵盖"不以己悲"）的逻辑思辨可知，由于此"不'以己悲'"与"若夫"文段中具体而形象示意的"以己悲"（"去国怀乡，忧谗畏讥，满目萧然，感极而悲者矣"），一脉贯通，互为呼应，两个"悲"字的逻辑意义，是完全等值的，因而，此"不以己悲"绝不包含"无有悲哀"的意思，即绝非（有的古仁人）遭逢"失"（退），受挫蒙耻，却麻木呆僵，俨然"金刚不坏身"，竟全无伤痛哀戚的情愫。

显然，该"不以己悲"的意涵应当是，也只能是，有的古仁人（最杰出的古仁人）不会因为个人的不幸（无论是外物的"坏"，还是个人的"失"），而哀痛伤心得不能自持（方寸大乱，顿失"初心"）。至于"己"字，也诚如前文所言，其意义实质仍然既指个体生命之外的"物"，又是对于承荷背负"冰冷"外物影响之"悲"主的定向指代。

再者，"悲"因"感（憾）极"而生，所憾者自当是令人极不满意的生存状态（即困扰"己"，并且与"己"之生存息息相关而无从全然超脱的外物），当是生悲之因，而"不幸"一词，正能概括反映出令人极不满意的"生活"的方方面面。一些译文以"得失"为生悲之因，并非错误，却不免偏狭，因而未为允当。"得失"，如同"是非""好歹"一样，系偏义复词，其词义的重心，落在"失"字上。结合语境，联系滕氏与范公各处贬地而相距千里的当时情境，"失"字所指，当是仕途上的"退"即遭逢贬谪无疑，但仕途的"退"，虽是"令人极不满意的生存状态"的极重要的外延，却绝非其外延的全部。文本的主观主旨，固然必须切实尊重，但包孕其中的客观意旨，也是万不可忽略，而理当尽心发掘、竭力读"活"的。

司马迁在《报任安书》中，有这样一段名言："古者富贵而名摩灭，不可胜记，唯倜傥非常之人称焉（笔者注："称"，意即被后人所称道）。盖文王拘而演《周易》；仲尼厄而作《春秋》；屈原放逐，乃赋《离骚》；左丘失明，厥有《国语》；孙子膑脚，《兵法》修列；不韦迁蜀，世传《吕览》；韩非囚秦，《说难》《孤愤》……"这一段简约的史传性叙事文字，既满腔热忱地称颂了许多境遇凄悲，却能终成伟业之非凡的"古仁人"，又刚健雄辩地阐明了"艰难困苦，玉汝于成"的深刻道理，以自勉而勉人，更在不经意之中，为一千一百多年后范文正公笔下有的"古仁人"之"不以己悲"的立论，提供了一组最为确凿而经典的系列证词，或者说为范公之"予尝求古仁人之心，或异二者之为"，展示了一轴壮阔恢宏的历史画卷。

周文王、孔夫子、屈大夫、左丘明、孙膑、吕不韦与韩非子之属，堪称华夏"古仁人"的杰出代表。面对被拘禁、困顿不得意、被放逐、被剔去膝盖骨、双目失明、遭贬谪、被囚禁等个人的大不幸，他们何尝不曾悲戚萦怀？何尝曾经"不以外界事物的影响而悲哀，不因个人的处境坏而悲哀"？他们确曾涕泗滂沱，确曾短吁长啸……他们所确曾饱尝过的苦痛"悲哀"，既是毋庸讳言文饰，更是无可非议责难的。只因为他们能够从惨苦的"悲哀"中浴火重生，只因为他们能够饮大悲而"初心"不改，化大悲而淬炼成钢！

比之于自我礼敬尊崇的前贤，司马迁则"青出于蓝而胜于蓝"，不失为民族史上"不以己悲"的光辉典范。顺此不妨重温他自述其所亲历的、深刻而恒久"悲哀"的文字：仆以口语遇遭此祸，重为乡党所笑，以污辱先人，亦何面目复上父母之丘墓乎？虽累百世，垢弥甚耳！是以肠一日而九回，居则忽忽若有所亡，出则不知其所往。每念斯耻，汗未尝不发背沾衣也！（语出《报任安书》。试今译作：我因为说话而遭遇这场灾祸，更加被邻里、乡人所耻笑，以致玷污辱没了祖宗，还有什么脸面再到父母的坟墓上去祭扫呢？即使过了百代，耻辱只会更甚罢了！因此，痛苦之情在一天当中，要在肠子里来回倒腾个无数遍，坐在家里，恍恍惚惚的，（总）好像丢失了什么（东西），（明明是已经）离开家门了，却不知道自己要到什么地方去。每当想起这件耻辱的事儿，（我）未尝不汗流浃背，沾湿衣裳！）

值此重读太史公浸泪滴血的"生命实录"之际，抚今追昔，难禁思潮翻卷，感喟良多。诚不知"放之四海而皆准"的"不以物喜，不以己悲"（"不以外界事物的影响而悲哀欢喜，也不因个人的处境好坏而欢喜悲哀"暨"不因外物（好坏）和自己（得失）而或喜或悲"），比之宋人王十朋"暇日登临固宜乐，其如天下有忧何"的《读〈岳阳楼记〉》心得，究竟是前进了一小步，还是倒退一大步？

徒叹无多益，且当再续前言。

"知死必勇，非死者难也，处死者难。"（《史记·廉颇蔺相如列传》）这句话意译作：真正懂得赴死（之意义与价值）的人，必定（会更加）勇敢，（这也就是说）赴死并非就一定是件很难的事，（而是说）当一个人处在（面对）死与不死的两种选择，（必须极早）做出重大决断的时候，却一定会经受异乎寻常的"智与勇"的精神磨难。司马迁此番颇富哲理的言语，固然是盛赞赵国使者蔺相如（"引璧睨柱，及叱秦王左右，势不过诛，然士或怯懦而不敢发"）之大智大勇的，但其自身为捍卫神圣高远的理想，含垢忍辱，不惜毁身泣血的壮举，则无疑是为"知死必勇"的确切意涵，提供了最为鲜活、最为生动、最具权威性的注解！

为完成"究天人之际，通古今之变，成一家之言"的宏伟事业，给后世奉献出一部反映三千年古中华（汉武帝太初元年以前）之辉煌信史（《史记》），司马迁在被李陵之祸而下死狱后，直面或者爽快一死，以免终身受辱，或者惨遭宫刑，悲辱永伴的选择。他不移其志，不改初心，威武不屈，痛苦而又从容地选择了后者（果断拒绝毫无价值的死，敢于终生承受巨大的屈辱痛苦而有价值的生），真可谓惊天地，泣鬼神。在生理上，他固然被强权与暴虐，打入了男人的"另册"，但在精神上，却成就了中华文明史乃至人类文明史上，铁血男儿最为光辉的榜样！自然而然，司马迁秉烛难明长夜天，锻造卓绝人格的伟大实践，确也穿越千年时空，给范文正公笔下之有的"古仁人""不以己悲"的科学论断，实实在在地提供了光照人寰而永垂不朽的佐证！当然也给今人准确理解范公之看似空洞无物，实则内涵极其丰富生动的"不以己悲"，提供了宏大的文外语境。那宏大语境的窗口一旦被开启，"不以己悲"的志士英烈，便会络绎不绝地朝我们走来。

虽说是"观今宜鉴古"，却不妨观照现实，正视生活，再品"今月曾经照古人"吧。能够让"己""憾极"的，排除掉官场的"失（得失）"即"退"，诸如地坼天崩、房倒屋塌、子死娘丧之类的大"不幸"，不也时有发生吗？2008年"5·12"八级强烈地震发生后，汶川某副县长七位亲人罹难，可谓人生之"憾极"，但"憾极"者悲而有其度、化悲壮其志，悲增大爱情怀，积极组织救灾而指挥若定的史实，不也是心忧天下而"不以己悲"的绝好明证吗？诸如此类的"憾极"，可不是"失"即仕途上的"退"，就能够涵盖得了的。

　　"不以己悲"之"主流解读"同样存在"偷换概念"的问题，上文已作较为详尽的逻辑辨证，故此从略。

　　有必要再度强调的是"不以物喜，不以己悲"，固然回答了"何哉"所问，但仅仅只是初步的，"异于二者之为"的"异"即"不同"，究竟是怎样的，还没有予以真切的、具体的反映，正如我们说"A不是B"，就仅仅只说明了"A不具有B的属性或特征"，却丝毫没有涉及到"A具有怎样的属性或特征"，亦即"A究竟是什么或怎么样"。正是思维的逻辑惯性力，顺势推动作者下笔"居庙堂之高则忧其民，处江湖之远则忧其君"，以肯定陈述句表意，与否定陈述句之"不以物喜，不以己悲"，达成无缝链接。

　　"庙堂"即"宗庙明堂"。庙，也作"廟"或"庿"，本义指旧时供祀祖宗的屋舍；堂，本义"殿"，古时多指正房而言，特指"明堂"（古代帝王宣明政教的地方）。古代帝王凡遇大事，必告之于宗庙，议之于明堂，因而"庙堂"一词，也就化作了朝廷的代称。

　　"忧"，动词，担心、发愁（犯愁）、担忧的意思（《说文》"忧，愁也"）。"忧其民"的"忧"，属古汉语动词的特殊用法之一种：为动用法。为动即"为……而动"，主要有三种结构方式。其一，表施事，如《左传·僖公三十三年》"文嬴请三帅"（文嬴替三帅请求）；其二，表目的，如陶渊明《咏荆轲》之"君子死知己，提剑出燕京"（君子为知己者赴死）；其三，表对象，如《史记·魏公子列传》"公子为人仁而下士"（"下士"即"对士下"，对士人谦下）。"忧其民""忧其君"的"忧"，都是表对象的为动用法。"忧其民"即"为

（替）其民忧"。"其"，代词，他的，翻译可忽略。"民"，百姓，此处特指百姓的生计疾苦，联系范仲淹丰富和发展孟子"民本思想"的诸多著名言论，"仁及天下，邦本不摇""天下无恩，则邦本不固""民为邦本，不可侵扰""厚民力，固邦本之道""致君之功，正在乎固本""固邦本者，在乎举县令"等，以把该"民"字，讲作"民生"为宜。

"江湖"辨义与"之高""之远"。

一、（一）"江湖"一词，义项较多：①古指四方各地，如"流落江湖"（"四方"，东、西、南、北，泛指各处，如现代流行歌词《走四方》）；②指旧时各处流浪，靠卖艺、卖药解决生计的人，或指这类人所从事的行业，如"江湖术士""江湖郎中"。以上①②是一般工具书的解释。其实，在实际的语言运用中，它至少还有以下几种意义：③远离朝廷的民间；④泛指不受行政权力控制指挥和法律约束的社会历史环境，并由此引申出"黑社会"的意义；⑤隐士的隐居地，由此，再引申出"退隐"的意思。

在对文中"江湖"一词的目标义项做出选择时，如上之②④两项，被所有译文正确地排除掉了。一些译文却偏偏选择了⑤，把该"江湖"讲作了"退隐"或"隐居"，是极为不妥当的，因其完全背离了文本意旨。封建士大夫因仕途受挫失意（或士人因不得志）而选择"退隐"，以追求远离世俗尘嚣的生活，不是"入世"的，而是"出世"的。却与范公"处江湖之远，则忧其君"，即"穷也"胸怀家国天下的理念情怀，格格不入。范仲淹的圣心仁骨与高风峻节之所以光照千秋，正在于他以自己的生命实践，书写下了一份无声的宣言：穷，固当善其身；穷，也不可

147

《岳阳楼记》正义

不力济天下！其实，只要不违逆"先天下而后个人"的文意主旋律，该"江湖"目标义项的选择，应当是比较宽松的。

"穷"，是形声兼会意字，小篆从穴，从躬（躬），会"达到洞穴尽头"之意，躬兼表声。隶变后楷书写作"窮"，汉字简化后写作"穷"。"躬"，也是会意兼形声字，小篆从身，从吕（脊柱形），会"人身"之意。"躬"的异体从"弓"，会"曲身"之意，"弓"兼表声。隶变后楷书分别写作"躬"和"躬"。如今规范化，以"躬"为正体。"窮"造字的初始本义，是指人身居洞穴，肢体被迫弯曲蜷缩，活动不得自由，并由此引申出困顿的、不得意（多指政治境遇）的新义。"穷"字，最初与"无钱"没有关系，表"无钱"的意思用"貧（贫）"（会意字：分、贝——原始货币的极小单位）。"穷"与"达"对应，则意指仕途（或政治）境遇糟糕（包括没有官职、功名）。后来，"穷"字由精神上的困顿、不得意，经再度引申，才有了表达物质上困顿的意思，"贫"与"穷"，也才得以成为一组同义词，并进而衍生出同义互训的合成词"贫穷"。

（二）任何现成的、以基本静态为其特征的语言类工具书，对现实鲜活语言的反映都是滞后的，不可能穷尽实际语言运用中的语词意义。比如当今流行的"小姐""美女""同志""任性"等语词的时鲜（或者说是"已经异化了的"）意义，就是《现代汉语词典》所尚未录入，或许很久以后也很难全部录入的。古代典籍中，基本静态的"江湖"一词，就在特定的语境中，活出过新面，再生过新意。王安石"赫赫之家，万首俯趋。独绳其私，以走江湖"中的"江湖"，与"庙堂"所在地直接对应，所表达的意义就分明是，驱使已被罢免"参知政事"职衔的范仲淹，离开京城开封，到边远苦寒的基层任职。不任"京官"

而下放、外放作"地方官",就是特殊语境临时赋予"江湖"的动态义即临时义。

（三）"居庙堂之高"与"处江湖之远",是士大夫宦途命运的两种形态,今日"居庙堂之高",明朝未必不会"处江湖之远"。"处江湖之远"既与"居庙堂之高"互成对举,又遥应"迁客骚人,多会于此",还跟应嘱作《记》者（范公）与"属予作文"者（滕子京）,同遭贬谪的境遇相吻合,加之预设读者明其身份,务求用语"得体"而不露形迹的苦心经营,内外语境的共同制约,决定着此"庙堂""江湖"的语境义。昔日,范公与滕氏,曾是"高高在上"的"京官","而今",则同为"犯了错误,被降级处分"而"低低在下"的"地方官",滕氏还被挪窝,愈挪窝,愈其偏远,愈其苦寒。从这样的大小语境之实际出发,去斟酌研判此"处江湖之远",把它理解作"在偏远苦寒的基层任职",才是既合逻辑,又合事理的。

（四）正是基于如上诸多考量,笔者才认为:此"处江湖之远",不宜作"不在朝廷做官"理解。柳宗元谪任永州十年,好不容易才"右迁""庙堂",半年不到又被逐离长安,永谪柳州刺使,真可谓"处江湖之远",却绝不可谓之"不在朝廷做官"。滕氏迭遭贬谪而至"巴陵郡"任"厅级干部",也可谓之"处江湖之远"的,却不可谓之"不在朝廷做官"。因而,笔者在如上今译文中,做出了"在僻远的地方漂泊"的模糊处理,以葆有解读的弹性空间。用"在……漂泊",译讲"处江湖之远",既可不失"江湖"所含的基本义,又能暗合"不以己悲"者,"左迁"落魄而远离繁华都会的种种窘况。

二、"之高""之远"的"之",是定语后置的标志,"高""远",则是极其重要的形容词性修饰语。

　　诸多今译文，完全忽视了此虚词"之"字的用法，忽视了形属性实词此"高"、此"远"的重要作用及其意义。"之"字在文言文中，是使用频率最高、意义用法最多的虚词。此处两"之"，则是古汉语特殊句式"定语后置"的标志之一。如"蚓无爪牙之利，筋骨之强"（《荀子·劝学》，笔者译作：蚯蚓没有锋利的爪子和牙齿，也没有强健的筋骨），"之"字提示，"利"、"强"分别是"爪牙"、"筋骨"的定语。又如"人又谁能以身之察察，受物之汶汶者乎？"（语出司马迁《屈原贾生列传》，今译作：作为人，有谁能够以自己的洁白之身，去蒙受世俗偏见的玷污呢？）"之"字提示，"察察""汶汶"分别是"身""物"的定语。作者以"高""远"，分别修饰对举而出的"居庙堂""处江湖"，对比强烈，所表达的意义，不仅是十分丰富的，还为读者留足了个性化解读的广阔空间！

　　"之高""之远"，是不应在理解中缺位的，更是在理当"字字落实"的译义中，不能缺席的。教辅的今译文，却存在着"缺位缺席"的问题："在朝廷做官就为平民百姓而忧虑；不在朝廷做官就为君王而担忧。"

　　"普天之下莫非王土，率土之滨莫非王臣。"在所谓"君权神授""朕即天下"的封建中央集权制下，忠君与爱国是一体的。"君"，常常作为国家社稷的代称。因而"忧其君"的意义实质是，为国事的艰危发愁，诸如忧君王用人失察，忧吏治腐败，忧农桑不举，忧武备不修，忧社会动乱等等。

　　"亦"，语气词，表语气的加强，可不译，讲为副词"也"，亦可。

　　"不以物喜，不以己悲"的否定陈述，对于"何哉"（怎么样）的设问，并非交出了完整的答卷。于是乎，"居庙堂之高，则忧其民；处江湖之远，则忧其君"。便接踵而至，以肯定陈述句的语言形式，既圆满作答"何哉？"具体说明了"异"（或异二者之为）的表现，还隐隐点露了暗设的伏线：前文"若夫"段之"去国怀乡，忧谗畏讥"（以己悲）者，分明就是"处江湖之远，则'忧乎己'"者；前文"至若"段之"心旷神怡，宠辱偕忘"（以物喜）者，分明就是"居庙堂之高，则'不忧其民'"者。《岳阳楼记》既非鸿篇巨制，也非叙事性文本，但暗线伏脉，遍布全文，照应周全，不着斧痕，恰如脂砚斋之评《石头记》所云"草蛇灰线，伏脉千里"，犹如"常山之蛇，击首则尾应，击尾则首应，击腹则首尾俱应"。然而，范公伏线笔法之出神入化的运用，在阅读《岳阳楼记》的既有实践中，确是被严重忽视了的。或许，这也是导致系统性错误解读的一个重要原因（该系统性误读涉及："得无异乎""宠辱偕忘，其喜洋洋""满目萧然，感极而悲""或异二者之为""何哉""不以物喜""不以己悲"与"其必曰"）。

"进"呼应前之"居庙堂之高"，"退"呼应前之"处江湖之远"，前后共成对举。"退"，离开的意思，如"退席""退堂"。此"退"字，意即离开"庙堂"，亦即"执政的人被迫下台"，因而笔者将此"退"字，译讲作"下野"（不等于一撸干净而为庶民）。

[原文] 然则何时而乐耶？其必曰"先天下之忧而忧，后天下之乐而乐"欤？

[今译] 那么，什么时候才会快乐呢？他们必定会说"在天下人犯愁之前犯愁，在天下人快乐之后快乐"的吧？

"然则"，可以理解为"既然如此，那么"，译文则可以只译为"那么"。前文"然则北通巫峡，南极潇湘"句中的"然则"与此同。

"其"，代词，"回指上文提及的事或人"（同见于《辞源》《辞海》），他（它）或他（它）们。"其"字的意义和用法不少，也确有作副词用，表示推测、估计而可讲为"大概""或许"的，但严审《记》文语境，该"其"字在逻辑结构上所指向的，分明是"曰"这一行为的主体。"其"字既回望指代着"不以物喜……处江湖之远，则忧其君"者，又与"尝求"之果——"或异二者之为"的行为主体"或"（即"有的古仁人"）遥相呼应，且一脉相承，因而，该"其"字理当讲作代词"他们"，逻辑意义是"有的古仁人"。课本将"其必曰"注释作"那一定要说"，总让人有些不明不白。因为排除"那"作连词"那么"讲的可能性（必须排除），"那"字就只能被视作远指事或人的代词了，而作为远指代词的"那"字，"在文中"所"指代"或"指示"的对象，究竟是什么，或者是谁呢？在《记》文"卒章显志"的紧要关头，范公怎能再玩"模糊"的把戏呢？虚幻缥缈、似有若无的"曰"之主人公——"那"（其）——是"云中之龙"吧，却为什么既不见首，又不见尾呢？如此毛病的制造者，或许正是"表委婉的语气"的、那个"或，近于'或许''也许'的意思"吧。

另有权威著作说，该"其"字应当作表揣测的语气词讲，是"大概"的意思。这恐怕太有些离谱了，大概是极难自圆其说的。在全文核心议论的"收官"处，在就要脱口"必曰"的关键时刻，"必曰"的当然主人公，是不是缺席了"必曰"的"世纪大讲堂"呢？如果说主人公真就缺席了，那么究竟是他主动缺席的，还是他"被缺席了"呢？为什么就非得让他缺席不可呢？如果说并非真的缺席了，那么主人公到底是何方神圣，为什么既讳避了尊姓大名，又隐去了面容形骸呢？莫非那样的全讳全隐，就无须向忠实的"听众"或"看官"，给出一点儿说法的么？呜呼！

所见译文，均把"其必曰"之"必"，讲成了"一定"。"一定"，无论是作为形容词，还是作为副词，都有"确定"的意义（《现代汉语词典》第6版），而《记》文中"必曰"的具体内容，是"求（探究、探求）"的终极性成果（固含主观见之于客观的推导性质），是"叙述人"拟问作答、实则权代"异（于）二者之为"之"古仁人"立言的，因此，用"一定"诠释此"必"字，未必允当。其近义词"必定"，有"确定"的意味，更有表"判断或推论的确凿或必然"的意义，因而选用"必定"诠释该"必"，才不失《记》文固有的推测意蕴，又可葆引发读者思考认同的情味。

郭版《古代汉语·文选·〈岳阳楼记〉》（P49）对"其必曰"的注释是："大概一定会说……其：表揣测的语气词，略等于'大概''恐怕'。"

单从形式逻辑角度审视，郭版《古代汉语》该注译之"大概一定会说……"，无疑是对思维对象——（X君）"会说'先天下之忧而忧，后天下之乐而乐'"的情况趋势（模态），所做出的肯定性判断。姑且不论对"其"字的注解本身有无问题，该判断对于"（X君）'会说……'"的情况趋势，既使用了表示"可能性"的模态词"大概"，又使用了表示"必然性"的模态词"一定"，这大概是不妥当的吧。"大概"，副词，意即"可能"，在表示推测估计时，带有较强的客观判断性，虽然其肯定意味较重，却根本消除不了"（X君）会说……"的不确定性。

　　因而在解读《记》文之"其必曰"的思维过程中，既然肯定了"（X君）会说……"（S）的"可能性"（抽象作"S可能是P"。其判断的力度小，信息量小，消除不了"（X君）会说"的不确定性，价值小），就理当排除掉"（X君）会说……"（S）的"必然性"（抽象作"S必然是P"。其判断的力度大，信息量大，消除了"（X君）会说"的不确定性，价值大）。这是因为：其一，同S素材的"必然是P"和"可能是P"，在逻辑上具有从属（差等）关系；其二，根据模态判断推理的逻辑规则，如果"S可能是P"为真，则"S必然是P"真假不定，如果"S可能是P"假，则"S必然是P"必假。然而《岳阳楼记》之"必曰"的内在逻辑昭昭："S必然是P"只能为真，"（X君）会说……"的不确定性，是必须彻底消除干净的！

　　从语法角度研判，"大概一定会说……"，无疑是对"大概会说"和"一定会说"两个短语的兼容并蓄与简化。如此兼容并蓄而简化的表述，恐怕是不能"模糊"掉该"注译"的毛病。倘若当真接受"（X君）大概一定会说……"，那么还有什么理由可以断定，"明天大概一定会地震"是十足的病句呢？

　　"钦"，中华书局依据映雪堂点校出版的《古文观止》（1959年新1版）用的是该"钦"字，而现行课本（选自《四部丛刊》之《范文正公集》）则用的是"乎"字。作为句末语气词，"钦""乎"，都可表达疑问或感叹语气。不过，"钦"比"乎"的语气和缓些，此其一；其二，"钦"表疑问，往往兼带着推测、估计的语气，可译作"吧"，"乎"字则没有这样的功能，因而两者不能互换（请见《通释》）。诚如此前所述，"其必（必定，表推论的确凿或必然）曰……后天下之乐而乐"全句终了，应带些推论（推测）的意味，才能与前文"予尝求古仁人之心"的"求"（探究，即探索研究）字所蕴含的、不乏推论性质的主观认识一脉贯通，否则，未免有点儿武断，毕竟作者是"在文中"，权且代表"有的'古仁人'"（"异二者之为"的"或"）"曰"（立言）而已，虽然该"曰"不失"推论的确凿或必然"。

议论，是《岳阳楼记》的主体与魂魄。由低调平和的首度设问"览物之情，得无异乎"而水到渠成的"其必曰……"，逐层蓄势，厚积薄发，丝丝入扣，逻辑精密。谨试将《岳阳楼记》议论的结构层次，汇总梳理如次。

设问"览物之情，得无异乎"→花开两朵，各表一枝：览物而"以物（己）悲"（满目萧然，感极而悲），览物而"以物（己）喜"（宠辱偕忘，其喜洋洋）→"予尝求古仁人之心（览物之情）"（既承上暗示那洋洋洒洒、铺陈象征的文字，正是对于"尝求"之旅的艺术概括，而"悲""喜"两情则"形异实不异"（尚未作答设问），又下启核心议论之发轫）→"或异二者之为"（既坐实那"悲""喜"两情的内在实质"非异"，而遥应"览物之情，得无异乎"的设问以作答，又直陈"予尝求"的成果——有的古仁人之心，跟上述"悲"者、"喜"者的"览物之情"迥"异"——借以奠定议论的基础）→"何哉？"（设问"或""异"的具体表现是什么，以夯实基础）→"不以物喜……处江湖之远，则忧其君"（以否定、肯定句式，由抽象而具体地递进陈述"或""异"的"表现"，承上圆满作答"何哉？"）→既然进退皆忧，那么"何时而乐耶"（递进设问"或异二者之为"者，实现借题"重修岳阳楼""作文以记之"的、权代最杰出的"古仁人"立言之出发点与终极归宿的同一）→其必曰（拟代"或"者作答，且遥应"尝求"，深层次回答进退皆忧的原因（揭示"有的古仁人'异于二者之为'"的思想根源）——全心系于家国天下（先天下之忧而忧，后天下之乐而乐）——虽具肯定认同的强烈倾向性，却仍然不失推导的意味（意在引发思考互动，触生共鸣）。

正是基于如上对《岳阳楼记》议论之结构层次的认知，笔者才自信地认为，"其必曰"句用"欤"字煞尾、且以使用表示商榷语气的问号为宜。顺此之便，聊备一说，祈与方家商榷。

[原文] 噫！微斯人，吾谁与归？

[今译] 唉！假如没有这样的仁人君子，我跟谁同道前行呢？

"微斯人"，微，连词，常用来表示一种否定性的假设或条件，提示下面的分句表示结果，可译作"假如没有"。"斯"，代词这，这样。"斯人"，这样的人，即这样的仁人君子，承上指代"必曰先天下之忧而忧，后天下之乐而乐"的"曰"之主人公"其"。如果顺文理上溯，则同步指代着"或异二者之为"的"或"，即"有的古仁人"。归，"向往，归附，归依。《广雅·释诂一》：'归，往也。'又《广雅·释诂三》：'归，就也。'……郑玄笺：'归，依归。'"（《汉语大字典》P608释归④）此"归"字可融合"往"与"依归"义作如上今译。"谁与"，即"与谁"，系疑问代词宾语前置句式；"与"，介词（次动词）；"谁"，疑问代词。

（五自然段）评赞曰：层层蓄势去，三问三答来；"心"羞"二者为"，志高圣孟轲；"必曰"全小"记"，"忧乐"造华章！"微斯人，吾谁与归？"——轻唤滕子京，敬叩士大夫；省行己有耻，励百代过客——言已尽矣，意无穷也。

[原文] 时六年九月十五日。

[今译] 作记于庆历六年九月十五日。

《岳阳楼记》今译（二）

　　庆历四年的春天，被降职的滕子京，来到边远的岳州担任知州。过了第二年，（岳州便呈现出了一派）政治清明，人心和睦（的局面），许多荒废了的事情都兴办起来了。于是重新修建岳阳楼，扩大它旧有的规模，准备在楼上镌刻一些诗歌和辞赋——有的选自唐朝贤士，有的出于当代名家。（他）托付我写一篇文章来记录（这一）盛事。

　　我看那巴陵郡优美的景色，全在洞庭湖上。（湖水）环拥着远处的君山，吞吐滚滚长江，浩浩荡荡，辽阔无边；早晨（还是）阳光明媚，晚上（却又）云遮雾障，（一日之内）景色壮丽多变。这就是岳阳楼上所看到的景象，美好繁多（应接不暇）；前人的描述（已经）很详尽了。那么，（巴陵郡）往北通向三峡以远的地方，朝南直达潇水、湘江的源头，降职远调或赴京履新的官员，客串作江湖诗人，大多在这（水路交汇的）地方邂逅聚会，（他们）观览洞庭风物触发的情感，会不会有所不同呢？

　　说到豪雨纷纷，久久不停，一连数月，天不放晴（的季节），太阳和星星隐没了光辉，丘峦和高山藏匿了形骸；寒风大声叫唤（着），浑浊的浪涛（竞相腾起），（势将黪黑的）天幕撕扯开。桅杆倒塌了，船桨折断了，商贾和旅客啊，（都）不能上路了。快到黄昏的时候，天黑地暗，老虎长声吼叫，猿猴悲伤哭号，（声声入耳，令人魂惊胆战）。（在这样的时候），爬上这座楼哟，就会生发逐离京城，眷怀故乡，担心别人说坏话，害怕受到指责（的情感），两眼充盈寂寞凄凉（的神色），憾恨不满到了极点，哀痛伤心（得不能自持）。

至于春风和煦、日光明丽（的时节），（湖面）波平浪静，一色水天，无边碧蓝；沙鸥啊，有的（于蓝天）盘旋（竞羽），有的（在绿）树上聚会（歇息）；岸上的白芷，湖滩上的兰草，繁茂青翠，沁鼻幽香；美丽的鱼儿时而蹿出水面，时而潜行水底。有时（入夜后），弥漫云天的雾气完全消散了，明月朗朗，普耀千里湖疆。涟漪拥抱月华，金色的光波闪烁跳荡；圆圆的月儿（恬然）倒映，恰似玉璧静静地沉坠；渔夫的歌谣，（也正）此唱彼和——这样的乐趣，哪有个尽头啊！（在这样的时候），登临这岳阳楼头，就会迸发出令胸襟廓大、愉悦舒畅、恩受荣宠、羞蒙耻辱的那些事儿，一并忘掉（的激情）；把盏美酒，笑迎清风，那更会高兴得意气扬扬（忘乎所以）了！

唉！我曾经探究过古代仁人君子的览物之情，（其中）有的（就）跟上述两种人的表现不同。有什么不同呢？不会因为外物的美好，就高兴得意气扬扬（忘乎所以），（也）不会因个人的不幸，就哀痛伤心（得不能自持）。身居当朝为官的高位，就（当）为民生犯愁；在僻远的山乡漂泊，就（会）替君王担忧。（他们就是）这样，在朝时犯愁，下野了担忧。那么，什么时候才会快乐呢？他们必定会说：在天下人犯愁之前犯愁，在天下人快乐之后快乐的吧。唉！假如没有这样的仁人君子，我跟谁同道前行呢？

作记于庆历六年九月十五日。

【译后说明】

　　此译文为求畅"达"，在如上陪伴"正义"逐句求
"信"直译的基础上，对骈俪风格的原文部分句子的句序作
了一些必要的调整。被调整后的句序为：淫雨霏霏，连月
不开；日星隐耀，山岳潜形；阴风怒号，浊浪排空；樯倾楫
摧，商旅不行。

《岳阳楼记》今译（三）

　　庆历四年春天，降级的滕子京，被调边远岳州任职知州。到了第三年，岳州便呈现出了一派政治清明、人心和睦的局面；很多荒废了的事情，都兴办起来了。于是重新修建岳阳楼，扩大它原有的规模，准备在楼上镌刻一些诗歌和辞赋——有的选自唐代贤士，有的出于当今名家。他托付我写一篇文章，来记录这一盛事。

　　我看那巴陵郡的优美景色，全在洞庭湖上。湖水淼淼，环拥着远处的君山，吞吐滚滚长江；浩浩汤汤，辽阔无边。（有时候），早晨（还是）阳光明媚，晚上（却又）云遮雾障，（一日之内），壮丽的景色千变万化。这就是岳阳楼上所看到的景象——美好繁多，应接不暇——前人的描述（已经）很详尽了，（我该说些什么，才是个好呢）。那么，巴陵郡朝北，通往三峡以远的地方；向南，直达潇水、湘江的滥觞——降职远调或赴京履新的官员喔，客串作江湖诗人，大多在这水路交汇的地方，不期邂逅，联谊唱和。（他们）观览洞庭风物所触发的情感，恐怕会有所不同的吧？

　　说到豪雨纷纷、久久不停，一连数月，天不放晴的季节，太阳和星星，隐没了光辉；丘峦和高山，藏匿了形骸；寒风大声叫唤着，浑浊的浪涛（竞相）腾起，（势把黢黑的）云天捅开；桅杆倒塌了，船桨折断了，商贾和旅客哟，谁也上不了路啊！快到黄昏的时候，天更昏黑哟，地更幽暗；老虎拖着长长的声音吼叫，伴着猿猴悲伤的哭号，令人毛骨悚然哟，魂惊胆战。在这样的时候，爬上这座楼哟，那心海，就禁不住——禁不住翻涌起——逐离京华，眷恋故乡，担心别人说坏话，害怕受到非难的不息波潮；两个眼眶盛满了、盛满了寂寞伙同凄凉，催生的泪水汪汪；茕茕孑立，恓恓惶惶；怅恨啦，怨愤啦，一股脑儿，填堵胸腔——惨兮兮，真个儿哀痛伤心、伤心得寸断肝肠！

　　至于春风和煦、日光明丽的时节，湖面浪静波恬，一色水天，无边碧蓝。那沙鸥，精灵啊，有的在蓝天盘旋，竞翅翩翩；有的于绿树同乐，会歌哑哑。美艳的金鲤、银白的鳍豚，时而蹿出水面，顽皮戏浪；时而潜入水底，尽兴躲猫猫。岸上的白芷，湖滩上的兰草，繁茂青翠，沁鼻幽香。有时入夜后，弥漫云空的雾气，完全消散了，明月朗朗，普耀千里湖疆；涟漪拥抱月华，金色的光波哟，闪闪烁烁，微微跳荡。圆圆的月儿倒映，酷喔——酷似玉璧自中天沉坠，轻轻，悄悄，硬是没点儿声响。渔夫的歌谣啊，这方刚刚唱罢，正余音袅袅；那边立马应和，又天籁悠悠。这样的乐趣啊，哪里有个尽头！在这样的时候，登临这岳阳楼头，不禁会、不禁会喷发出——令胸襟廓大、愉悦舒畅，恩受荣宠、羞蒙耻辱的那些事儿哟，忘它个干干净净的激情；把盏玉液琼浆，笑迎徐徐清风，那更会高兴得意气扬扬、忘乎所以了！

　　唉！我曾经探究过古代仁人君子的览物之情，有的就跟那二位仁兄不同。有什么不同呢？他们不会因为外物的美好，就高兴得意气扬扬、忘乎所以；也不会因为个人的不幸，就哀痛伤心得肝肠寸断，凄凄惨惨戚戚。身居朝廷高位，自当为民生犯愁；漂泊僻远山乡，却不忘替社稷担忧。他们就是这样，在朝时，殷殷犯愁；下野了，还耿耿担忧——那么，什么时候才会快乐呢？他们必定会说：在天下人犯愁之前犯愁，在天下人快乐之后快乐的吧？唉！假如没有这样的仁人君子啊，我跟谁同道前行呢？

作记于庆历六年九月十五日。

【译后说明】

前之"今译（二）"以"正义"为据，系直译，力求"信、达"；此"今译（三）"，则试图以如上直译为基础，辅之以"意译"，力求增其"雅"，故而对原著"览物"的场境等，尝试性地做了一点具象化的扩展。这样的过程，还真让人感受了点儿"戴着镣铐跳舞"的味道。唯愿不致画虎类犬，则幸甚。

后　语

　　对现行教材所选《岳阳楼记》的多处注译，表示质疑的人不在少数，其中就有一些学生。不久前，邻家一个念初三的小女孩，拿来课本"请教"间，有这样一支小插曲——"爷爷老师您看，'南极潇湘'翻译成的'南面直到潇水、湘水。'想来想去，我总觉得不对。问老师，老师说我乱操心。我真搞不明白，那两条河那么长，光说直到潇水、湘水，究竟到了潇水、湘水啥子地方啰？好比说……"叫人禁不住泪花儿幸福绽放……

　　质疑者以教龄较长的中年教师居多。他们更多关注的是：怎么会出那样多的问题？这可是不容小觑的课题啊，不是我辈真能说得清楚，道得明白的。谨愿顺此机会，试谈几句肤浅的认识，权当是对于曾经"请教"过我的同仁，做个迟到的交代，并借以说明我之所谓"正义"的"写作时代背景"。

　　《岳阳楼记》是中学《语文》的传统选文，属于比较浅易的文言文。它是范公思想成熟且达至极高境界，对文字的驾驭臻于炉火纯青之晚年期的作品。其讲求虚实藏露（虚实互见）、伏脉照应的技法，尤其象征（比兴）手法的重用，确实给"现代人理解"《岳阳楼记》"造成"了一些困难。

《齐桓晋文之事》《离骚》《逍遥游》《滕王阁序》等高中课文的难度，都远在《岳阳楼记》之上，但课本的注释乃至相关今译，却绝少错误，是不争的事实。而初中课文《岳阳楼记》之解读注译，出现的问题之多、之严重，问题持续存在的时间之久长，在现当代初高中《语文》的所有文言文课文中，绝无仅有，也是不争的事实。这样两个"不争的事实"，是客观存在，而这样的"客观存在"本身，就具有极高、极重要的认识价值。

《齐桓晋文之事》《离骚》《逍遥游》《滕王阁序》等课文的注释解读绝少错误，功在历史，功在先人，是"古人阅读理解"成果的有序传承。古人是在文言文的语言环境中传承经典的，《齐桓晋文之事》等诸多名篇，更是经过无数代学人注疏考辨，乃至争鸣的长期艰苦劳动，才获得那些成果而遗赠后世子孙受用的。

《岳阳楼记》之于现当代人，就远没有那样幸运了。在宋、元、明、清先人看来，《岳阳楼记》确乎浅显易懂，因而没有对它做过什么系统的注疏之类的工作（南宋初年王十朋的七言绝句《读〈岳阳楼记〉》，虽然颇有价值，却未曾引起重视；清康熙中期吴楚材、吴调侯所选编的《古文观止》，仅留下了一点儿点评文字）。前人哪能料想得到，"浅显易懂"的美文，时过境迁之后，竟会变得并非"浅显易懂"了。也许正是由于古人未能供足"奶水"吧！"拓荒"于现代汉语的语言环境中，学人不够慎、不够严、不够实地解读《岳阳楼记》，伴之以匮缺百家争鸣、集思广益的"大气候"，才出现了，并旷日持久地存在着、传承着那样"扎堆连片"的问题（或曰"系统性"误读）。

正是这样的"时代背景"，才给痴爱《岳阳楼记》已逾一轮甲子，仍不懈尝试读懂"范公"命意而长怀乡愁的遂宁岳阳人，提供了主动自觉参与"拓荒"的机会，也才可能让一生恩受《岳阳楼记》滋养的退休老者，产生为之"正义"的冲动。虽然那冲动的产物，未必尽合"正义"的内涵。

始于明末清初的"西学东渐"，民族灾难之甲午惨败、庚子赔款等诸多因素的共同作用，引发了新文化运动的爆发。传统学术的基本框架"经、史、子、集"，完全被打破。儒家思想反复受到猛烈的冲击，甚而遭到"彻底打倒在地，再踏上一只脚"的"革命"。白话文顺应时代进步，登上了汉语书面语的中心舞台——挞伐"桐城妖孽，文选谬种"，以否定文言文的风潮，在积极作用于白话文普及的同时，也消极影响到了文言典籍的整理研究及其相关人才的后续培养。积弱积贫的国势所消极孕生的历史、文化虚无主义，长时暗流汹涌，都给那"理解拓荒"的事业，增加了很多困难。困难还在于，数十年间，超级"重理轻文"的社会氛围与实践，造成了相关研究人才的稀缺与断层；匮乏学术争鸣，迷信权威，"为尊者讳"的精神藩篱未能突破；严肃的人文学科之学术价值，未能得到应有的珍视；学术造假抄袭剽窃的违法成本低，甚而无须成本，致使绝少有人甘愿"低收益"伺候"冷板凳"，一门心思"做学问"。

毋庸讳言，"现当代人阅读理解"《岳阳楼记》所产生，并存在着的严重问题，有的直接源自某些颇具影响力的大学中文专业教材——我所尊崇礼敬的老师。"人非圣贤，孰能无过？"他们（它们）是"现当代人阅读理解"《岳阳楼记》的先驱与导师，在拓荒中出现一点偏差，本属自然而在所难免的。极严肃的问题反倒是，先驱与导师的学生，作为接棒人，当以怎样的态度和方式，去接力完成交棒者的未竟事业。先驱与导师，是在艰难的历史条件下工作的，我们既不能因个别瑕疵的存在，而小觑其辉煌业绩，而忘却其引领之功滋养之恩，也不应因其业绩的辉煌，因其引领之功滋养之恩，就讳言文饰，甚而痴忠传承其"现实存在"着的瑕疵。如果没有"实事求是"的科学态度，不破除迷信解放思想，那么，研究"国学"经典之事业的继往开来，就并非一定是坦途在前！

如今国运昌隆，"国学"复苏的春天，真的来了。求真、求实、争鸣的学术环境与学术氛围，也正在创造、形成的过程中。年富力强而以研究国学经典为"衣食"的工作者，是幸运的。想必时下方兴未艾的"国学"闹热，终将回归理性的沉静。想必不久的将来，学界"创收思维"会被冻结，"应试教育"真被废止，在甘于淡泊而潜心研究国学经典的百花园里，定会有无数支像陈寅恪、王力、吕叔湘、钱钟书那样的名花——吐蕾绽放，争妍斗艳！

"现当代人理解"《岳阳楼记》存在的问题，来自课本、教辅、注译的执笔人与审定者的，也确属不少。诸如课本把"览物之情，得无异乎"解作反问句，注译作"看了自然景物而触发的感情，怎能不有所不同呢"？教辅把"猿啼"翻译作"猿猴哀啼"，把"锦鳞游泳"中的古汉语短语"游泳"（"或游或泳"的省略式），混同于现代汉语的双音节合成词"游泳"，进而译作"游来游去"等等，就实在是不应该出现的基础性知识错误了。汉语文教学之所以长期困处事倍功半的状态，教材建设的粗放，或许是重要原因之一吧。怎么办呢？为了孩子，为了民族的未来。

谨此后语。

王安石《祭范颍州文》之注释·今译·赏析

【原文】

呜呼我公，一世①之师！由初迄终，名节无疵。

明肃之盛，身危志殖②。瑶华失位，又随以斥③。治功亟闻，尹帝之都④。闭奸兴良，稚子歌呼。赫赫之家，万首俯趋⑤。独绳其私，以走江湖⑥。士争留公，蹈祸不栗。有危其辞，谒与俱出⑦。风俗之衰，骇正怡邪。謇謇⑧我初，人以疑嗟。力行不回，慕者兴起。儒先酋酋，以节相侈⑨。

公之在贬，愈勇为忠。稽前引古，谊不营躬⑩。外更三州，施有余泽。如醨江河，以灌寻尺⑪。宿赃自解，不以刑加。猾盗涵仁，终老无邪。讲艺弦歌，慕来千里⑫。沟川障泽，田桑有喜。戎孽猘狂，敢龁我疆⑬。铸印刻符，公屏一方。取将于伍，后常名显⑭。收士致佐，维邦之彦。声之所加，掳不敢濒⑮。以其余威，走敌完邻⑯。昔也始至，疮痍满道。药之养之，内外完好。既其无为，饮酒笑歌。百城宴眠，吏士委蛇⑰。

上嘉曰材，以副枢密。稽首辞让，至于六七。遂参宰相，厘我典常⑱。扶贤赞杰，乱冗除荒⑲。官更于朝，士变于乡。百治具修，偷堕勉强㉑。彼阋不遂㉑，归侍帝侧。卒屏于外，身屯道塞㉒。谓宜耆老，尚有以为。神乎孰忍，使至于斯。盖公之才，犹不尽试。肆其经纶，功孰与计㉓？自公之贵，厩库逾空。和其色辞，傲讦以容㉔。化于妇妾，不靡珠玉㉕。翼翼公子，敝绨恶粟㉖。闵死怜穷，惟是之奢。孤女以嫁，男成厥家㉗。孰埋于深？孰锲乎厚㉘？其传其详，以法永久。硕人今亡，邦国之忧㉙。矧鄙不肖，辱公知尤㉚。承凶万里，不往而留。涕哭驰辞，以赞醪羞㉛。

【注释·今译之说明】

新近读罢王保华先生主编之《唐宋八大家大全集》（北京外文出版社，2012年5月第1版P274）所载《祭范颍州文》之时鲜今译文，震恐不已，唏嘘不迭。

"讲艺弦歌"，绝非冷僻，典出《论语·阳货》。"艺"即"六艺"，指古代教育子弟的"礼、乐、御、射、书、数"六种技艺，又指《诗》《书》《礼》《乐》《易》《春秋》六部儒家经书。"弦歌"，则代指用礼乐对平民施行教化。王安石所撰祭文，分明化用寻常典故，称颂范仲淹"退""处江湖之远"而心忧天下，竭力兴校、办学、育才的业绩，概述求学如渴的青年不远千里，慕名投奔的盛况。译者不知所云，竟把"弦歌讲艺，慕来千里"，翻译成了"千里之外的人都仰慕您，为您唱赞歌"！至于"乱冗除荒"，更被胡诌作什么"开拓没有治理过的地方"。范仲淹没有踏入颍州的土地，就不幸病逝于赴任的中途（徐州），"译文"却硬塞进了这样的内容："后来您来到颍州，那里破败不堪……"

而今"国学"大倡，经典走红，注家蜂起，译作缤纷。大潮涌来，鱼龙混杂，本属自然，见怪不怪。然而，作为范公、荆公的老牌铁杆粉丝，手捧精美装帧的"《祭范颍州文》注释·译文·赏析"，瞠目之余，胸中波澜，究竟难平。于是乎一头扎进蒙尘书架的故纸堆，克敬克畏，旧课重温，细研原作，翼翼下注，惴惴斟酌。尔后，梦穿时空隧道，神游半山书斋……归去来兮，悲恸稍息，泪痕犹在，激情难消，便一鼓作气，敲毕译文如下。聊尽捍卫偶像名誉的责任，且献诸同好。顺便给披着"国学"专家外衣的混混，泼上一瓢凉水，并呼吁有关当局设立"国学"市场的"3·15"，也维护维护国学经典消费者的合法权益！如是而已，而已。

【注释】

①"世"，古称三十年为一世，引申指父子相继为一世，与"代"字义同，如"世世代代"、"百世其昌"。"师"即师表，指品德学识上值得学习效法的榜样即楷模，如孔子被尊为"万世（万代人的）师表"。作者尊范公为"一世之师"，与其当时的年龄、地位、影响，以及范公去世时，仍属贬谪外放的政治身份诸因素直接相关。范仲淹去世后被谥为"文正公"，是有宋一朝至清代谢幕千年间，共二十几位"文正公"中，难得从未受到过訾议的政治家。司马光说，文正"是谥之极美，无以复加"，"文，是道德博闻；正，是靖共其位，是文人道德的极致"。对于"文正公"这一极品谥号，范公是受之无愧的。他极大地丰富和发展了孟子的"民本"思想，其"先忧后乐"的思想，不仅是廉政文化的经典，还为当今廉政文化的建设提供了借鉴，其数十年清廉为官的不懈实践，致个人生活十分清贫，未给子孙留下什么财产，却给中华民族留下了一笔宝贵的精神财富。从这个意义上讲，范仲淹是完全配得上"万世师表"之称谓的！

②交代范公临难主持行政改革、堪当大任的素质条件，是对逝者政治素养、思想品格的高度概括。"明"，"修明，严明。指心地光明，政治或法纪清明。"（《汉语大字典》缩印本P627），此处宜讲作光明磊落。"肃，持事振敬也。……战战兢兢也。"（《说文》）肃的本义是恭敬，引申庄重、威严（见《汉语大字典》P1320）"之"，到。"盛"，极点、顶点的意思，如王安石《九变而赏罚可言》："尧者，圣人之盛也。""明肃之盛"，意即光明磊落、庄重威严达到了极点。"身"即自身、自己，引申指自己的品德、才力、行为（王力等编撰之《古汉语常用字字典》P340）。"危，正也。"（《广雅·释诂》）本义端正，如熟语"正襟危坐"。"志"，本义意念、心意，此处引申讲作思想。"殖"，滋生、生长、繁殖，引申讲作丰富、发展，含有思想认识与时俱进的意思。"身危志殖"的大意是：自己的品行端正，思想丰赡并不断发展。

③"瑶华"，本指传说中服食后可致长寿的仙花，又指美玉"瑶英"，比喻珍贵（据《辞源》），此处喻指被传统文化所崇尚称颂的以"仁"为核心、举贤任能的尧舜正道。"位"，本义指朝廷中群臣排列所处的序列或地方，引申指所处官职、级别，特指君主的统治地位，此处意指尧舜之道在国家统治思想中的正统地位。"随"，本义跟从，引申顺从，再引申听任、任随。"斥，开拓。"（《汉语大字典》P848）如"除边关，关益斥。"（《史记·司马相如传》）"斥地千里"（桓宽《盐铁论·非鞅》）。"斥"，是一个较早简化的汉字，小篆从广从屰（不顺），本义指将房屋向外拓展、拓大，如陆游《严州重修南山报恩光孝寺记》："广灵庵，庆历中始斥大之为广灵寺。"泛指开拓、扩大，结合祭文语境，当由开拓、扩大引申讲作滋蔓、

蔓延、恶化。此句概略介绍了庆历新政所以启动的客观背景，大意是：尧舜正道失去了应有的地位与影响，主政者听凭沉疴滋蔓、政风恶化。此句承上之对逝者思想道德、素质品性的总体评价，领起对逝者宦海生平的追忆，因而句前必须做出必要的补充，以使上下文衔接过渡自然。

④"治"，治理、管理，于此实指肇始于庆历三年，由范仲淹主持的"新政"改革。"功，以劳定国也（功，用尽力量建立和稳定国家）"（《说文·工部》），引申指做事的成效、效验。"亟"，赶快、急迫地，引申很快、迅速地。"闻"，听说，此处意指让皇上知道或报告皇上。"尹"，会意字，甲骨文从又（手）从丿（针），会"以手持针治病"的意思。《说文·又部》："尹，治也。从又、丿，握事者也。"（尹，治理。由又、丿会意，表示用手掌握事物的意思）"尹"字的本义是拿针治病，治病就是将身体调理好，由此引申泛指治理、主管。负责管理一方百姓的人是长官，故而"尹"由治理引申为长官，如"令尹""县尹""京兆尹"。"帝之都"，即"帝都"，也叫"帝京""京华"，此指首善之区汴梁（今河南开封）。"尹帝之都"既是"闻"的内容，又是对"治功"的具体落实。"尹"字，本含动词"治理"的意义，于此，则分明是对推行"新政"后，"帝之都"社会情势的概述，词性发生了变化，表达着诸如安定繁荣、祥和之类形容词性的意义。因其下文偶句"稚子歌呼"的"呼"字为u韵，故而为押韵上口考量，作者便把上文偶句本应是一般次序的主谓结构"帝之都尹"，倒装变形为特殊次序的谓语前置结构"尹帝之都（u韵）"了。

⑤承前文，照后文，此两句意指庆历新政受挫后不久，范公贬知河南邓州而举家离开京城时，万民获知而争相送别的

盛况。原文是四字韵文，多有词语的省略、倒装、错位，如恢复为完整的文言常态句式，则当为：（朝廷）使家之，万首俯趋，赫赫。"之"字的本义是"出"（《说文·之部》："之，出也。"），与"入"字的意义相对。"出"，是离开的意思（见《汉语大字典》P129）。又，"出，去也，远也"。（《玉篇·出部》）"之家"的"之"，为动词的使动用法，表"使家之"，意即朝廷让范公举家远离（京城）。"赫赫"，显著盛大的样子，文中指送别的场景盛况空前。"万首"即万民。"趋"，快走。"俯"，在古汉语中是一个常用的敬辞，尊称对方的行为。祭文以"俯"修饰"趋"，充分流露出了作者对"万民"自发"趋"送范公这一社会行为，极度珍视与由衷礼敬的真情。"俯"字可不译。

　　⑥直承上句，简笔交代范仲淹被迫离京的原因。"独"是"獨"字的简化。"獨，犬相得而鬥也。从犬蜀聲（声）。羊爲（为）羣，犬爲獨。"（《说文解字》）"犬相得而鬥（斗）也。鬥各本作鬭，今正。犬好鬥，好鬥而不羣（群）。引伸叚（假）借爲專壹（专一）之偁（称）。小雅正月傳（传）曰：獨，單（单）也。"（《说文解字注》）《汉语大字典》"独①"则承上释之曰"孤单"（当属形容词）。作者遣此"独"字，既呼应对比着前之"万首"（万民），又处在陈述语"绳其私"的陈述主体（主语）的位置上，因而具名词性且隐含着"二三宵小"的意思，并浸透着轻蔑、愤懑的主观情感。"绳"，"绳墨，俗称墨斗，木匠用来正曲直的工具。"（《汉语大字典》）由此引申出标准，法则的意思，进而再引申出按一定的标准去衡量，纠正。此"绳"，属于名词的以动用法，是"以其私为绳"的意思。

　　"以走江湖"的"以"字，通连词"而"，提示其前表条件或原因，其后表结果或情况，可译为"就""才""因而"等，也可不译。"走"字后面省略了代词"之"（代范仲淹），属于动词的使动用法，"走江湖"即"使之走江湖"。此句中的"江湖"一词，其义与"庙堂"即京城（代指中央政府）相对，实指偏远之地的行政基层。"独绳其私，以走江湖"的大意为：二三宵小，把捍卫既得私利作为行动指南，因而处心积虑，强力驱迫范公远离京师，到边远苦寒的基层任职（以杜绝其东山再起）。

　　⑦大意是：当范仲淹遭到苛辞弹劾面临极度危险的时候，众多朝臣或登门拜访以慰安，或朝议时公开肯定其德才而予以声援，给了必欲置范公于更大险境而后快的既得利益集团以有力回击。"谒""与"是两种不同的行为方式。"谒"，进见（地位或辈分高的人）、拜见。"与"，赞成、赞许、赞扬的意思，如"吾与点也！（我赞成曾皙的主张）"（《论语·先进》），又如"朝过夕改，君子与之。"（《汉书·翟方进传》，意思是：早晨犯的过错，晚上就改正了，君子是赞扬的。）。

　　⑧蹇，跛（拐脚）、迟缓不顺的意思。文中"蹇"字叠用，强化了范仲淹主持行政改革与治理颓败政风之初，工作展开的艰难不顺。

　　⑨"儒先"，读书人的前辈。"酋"即首领，领袖，"酋"字叠用，意指前辈中领袖人物众多。"以"，介词因、因为，可不译。"节"，节操。"相"，表示一方对另一方有所动作，兼有指代接受动作一方的作用，如"以礼相待""好言相劝"的"相"，可不译。"侈"，广、大的意思（《汉语大字典》P64），于此，形容词活用为动词，有看重、尊崇的意思，宜引申

讲为"景仰"。"以节相侈"即"以节侈相（之）"，大意是：（因为）节操高尚，（士人）莫不景仰（范公您）。

⑩"稽"，考证、考核、查考。"引"，持取，引申汲取（见《汉语大字典》P462）。"谊"与"议"同音通假，议论的意思（见《汉语大字典》P1662）。"营"，谋虑、思虑。"躬"，自己、自我。"不营躬"，即不考虑自身安危与家人祸福。范公生性直率，以"直谏"名重当世（曾因奏请刘太后撤帘罢政而酿祸）。全句大意是：查考历朝兴废的史实，从中汲取经验教训，率直议政，概不考虑自身安危、家人祸福。

⑪"酾"，疏导（河渠），引申指被疏导后的河渠或江河毫无阻滞地畅流。"寻尺"，代指细小、细微的地方。此句紧承"施有余泽"，比喻受惠于范仲淹仁政恩泽的人无所不在。

⑫"讲艺"即传授讲习六艺。"艺"，即"六艺"，古代教育子弟的六种技艺：礼、乐、射、御、书、数（礼节、音乐、射箭、驾车、写字、算数）。"六艺"，还特指诗、书、易、礼、乐、春秋（《诗经》《尚书》《易经》《礼记》《乐记》《春秋》）六部儒家经典。"弦歌"，弹琴唱歌，特代指用礼乐施以教化。《论语·阳货》篇记载孔子学生子游，任武城宰时，以弦歌（音乐）作为教化的工具，因而后世常借以代指教育、教化百姓。"来"，动词的使动用法，"慕来千里"，意即（使）千里（之外的）慕（者）（前）来。这句话的意思是：兴建学校，大办教育，培养人才，使千里之外的人们纷纷慕名投奔。

⑬"戎"，我国古代对西北民族的统称。"孽"，灾祸、罪恶，此处引申讲为祸害。"猘"，疯狗（《广韵·祭韵》："猘，狂犬"）。"齮"，咬，嚼（《说文》："齮，齧（啮）也"），引申指侵犯、侵扰，如清人薛福成《浙东筹防录序》：

"纵横南洋，齮我海疆。"

⑭ "伍"，古代军队编制，五人为一伍。此句概略陈述史实：康定二年（1040）接任陕西经略安抚副使，即副帅兼知延州不久，面对西夏入侵屡遭败绩的危局，范公厉行边防军事、军制改革，从士兵或低级军官中提拔的种世衡、张去惑、狄青等人，经血火淬砺，都成为了赫赫名将，脸上黥字、低贱猛勇的狄青，经由范公教读《左氏春秋》而苦研兵法，成了杰出的军事家，官至枢密使（北宋最高军事机关"枢密院"的掌门人）。

"后常名显"意即"后，（其）名常显"。"常"，永久的，固定的，如"不期修古，不法常可。"（《韩非子·五蠹》）于此，引申"远"（空间或时间广、长）、"久远"。"显"，显扬，传扬。

⑮ "掳"通"虏"，是对当时敌人（西北少数民族耶律氏建立的辽国即契丹）的蔑称。"濒"，接近、靠近，文中引申指侵扰边境地区。

⑯ "走""完"，分别是动词、形容词的使动用法，该句意即"使敌走，使邻完"。"走"，本义跑，引申逃跑。"邻"，相邻、邻近，此处实指边疆的土地和民众的生命财产。"完"，全的意思，引申指……得以保全或毫发无损。

⑰ "百城"即州府所辖的各城，引申代指范公为任一方时，其主政地域内的百姓。"宴"，安乐、闲适。"宴眠"，以安乐地进入梦乡喻指或代指社会治安良好，百姓的生活安乐闲适。"委蛇"同"逶迤"，本义形容道路、山脉、河流等弯曲而长，引申比喻对人假意敷衍、应酬，多含贬义。文中"委蛇"不含贬义，意指曾经横行乡里作威作福的官吏，经过"政为民所设"的吏治整顿教育后，作风大变而恭谨、驯良、亲民了。

⑱ "遂"，顺、遂心、遂意，有称心如意的意思。前文之"副枢密"即"枢密院"副职"副枢密使"，宋王朝兴起于拥兵夺权（赵匡胤陈桥兵变，黄袍加身），坐定天下后，总担心"故事"重演，因而所设最高军事机关"枢密院"有调兵权却无统兵权，将帅有统兵权却无调兵权，刻意致二者相互掣肘。履"副枢密"之职，确难有大的作为，当是范仲淹"稽首辞让，至于六七"的重要原因（王氏的客观简述，悄然蕴含着对宋王朝军事国策的讽谏）。"参宰相"，意即加入了宰相的行列。有宋一朝，宰相并不是官职名，而是除皇帝外的最高领导层。范仲淹在其宦海生涯中的最高职务名为"参知政事"，是众多副宰相之一员。"参知政事"，是为加强皇权、削弱宰相的政治权力而设置的，依分工直接掌管国家行政权，而赋予庆历三年该职务的核心任务是改革行政、整肃吏治。对于精忠报国的范公而言，这才是可为振兴国家干一番事业的理想平台，因而颇感"心满意遂"。"厘我典常"，是"参知政事"者的权力范围与职责所在。"厘"，治理、整理、厘定的意思。"典常"，则指国家的常法、常规。

⑲ 推行行政改革所必需的干部队伍的组织建设。"扶贤"，指的是从既有行政团队内部扶持、提拔竭诚拥护并遂行改革的干才。"赞杰"，则指从其他部门引进积极推行改革的干才。"赞"，引进、选拔的意思（见《汉语大字典》P1522 释"赞"③）。"乱冗除荒"，是两个支配式（动宾式）短语的合成。"乱"是"亂"字的简化，"亂，治也。"（《说文解字》）其初始的本义是整理乱丝，由此引申为治理，如《尚书·泰誓》："予有乱臣十人，同心同德。"现在常说的"乱臣"指的是朝廷里作乱的人，而在先秦时期，"乱臣"本指善于

治理政务的人。由蚕茧缫出的丝线原本是混乱不顺的，因而秦汉以后，"乱"字由"治理"反训讲成了动荡、不安定的意思，进而引申出了叛乱、造反等诸多意义。此"乱冗"的"乱"字，用的则是其初始的本义治理。"乱冗"就是"治冗"。"冗"，本字"宂"，如今规范写作"冗"，本义闲散，引申为多余的、过剩的，进而引申出庸劣、烦琐等义，于此用为名词，兼指行政部门的冗员以及不少"公务员"慵懒、庸劣的积习（见《汉语大字典》）。"除"，去掉、清除的意思。"荒，芜也。从艹，亢声。一曰：草淹地也（一说：杂草掩覆田地叫荒）。"（《说文·艹部》）"荒"字的本义是荒芜，因田地荒芜对于农耕文明而言，是很不正常的，故而引申指不合情理的、不正确的，如"荒诞"、"荒谬"。这句话高度概括了"庆历新政"整肃吏治的一系列措施：裁减冗员，精简机构，整治官场慵懒、庸劣等不作为、乱作为的积弊，清除掉那些不合情理的乃至错误的政令、条规。

⑳是由两个主谓分句构成的承接性复句。"百治"，偏正性名词短语。"百"，极言"多"，可讲为"各种"。"治"，由动词"治理"活用为名词，表"进行治理的政令措施"的意思。"修"，本义编纂、书写，又有美、善的意思。结合上下文，"具修"宜综合引申讲作"……都制订完善了（并得以很好地贯彻落实）"。"偷堕"、"勉强"分别为同义互训的并列组合。"偷"，本义苟且、怠惰、懈怠；"堕"通"惰"，懒、懒散、懈怠的意思。"偷堕"，形容词活用为名词，意指"偷堕者"。"勉"，努力、尽力；"强"，勉力、勤勉。"偷堕勉强"，系主谓结构，意指过去那些慵懒懈怠的"公务员"都勤勉地工作了。

㉑"阏",阻塞、止的意思。如今表达此义则用"遏"字（见《汉语大字典》P1791）。此处宜引申讲作"……被废弃"。"遂",就、成功的意思,如"功成事遂,复于泥土"（柳宗元《瓶赋》）。此句的意思是:那些曾经颁行天下的政令被废弃了。

㉒这是"身屯于道塞"的省略。"身",自身或自己,于此指代"范公您"。"屯",驻扎,引申指居处或处于。"道",古代行政区域名,汉代于某些少数民族聚居区所设的县被称之为道。"塞",边界上险要的地方,"道塞",意指远离京城之水瘦山寒的基层行政所辖地域。

㉓既是特殊疑问句,又是假设复句。"肆",放开、不受拘束,如"肆笔而成书"（《法言·五百》）。"经纶",本义整理丝缕,引申为治理国家大事,常多指政治才干。"功",贡献、功业、功勋。"孰与",表比较的文言虚词结构,一般用于前后两项进行比较或抉择的问句里,可根据上下文意灵活译为"比……怎么样"或"哪里比得上"。本句中并没有用以表比较或抉择的两项,"功孰与计"似宜作"功孰与（之）计"解读。"孰",疑问代词"谁"。"之",承前复指"功"而可不译。"与",介词"给"。"计",计量,此处引申指估量。此句的大意是:假如能够提供必要的条件（或平台）,让（您）放开手脚施展政治才干,那么,先生所能建树的功业,谁人估量得了呢? 意即功业之大,将是不可估量的。

㉔"傲",兼有傲岸、傲骨意,指不随和于世俗,不向邪恶势力低头。"讦"字的本义,指攻击别人的短处或揭发别人的阴私,含贬义,此处当是褒义的"讦直"或"讦扬"的意思,指揭发斥责他人罪过而不徇私情。"容",本义指面貌或神态,引申指脸色,此处特指跟"和其辞色"截然相反的脸色、神态。

㉕"化",教化,用教育感化的方法改变人心与生活习惯,此处可讲为"耳濡目染"。"化"的行为主体是范公,他以自身的节俭行为垂范,潜移默化地影响家人。"靡",浪费、奢侈,"不靡",即开支节俭,不奢侈。

㉖紧承上句,与之共同反映范仲淹节俭为本的个人品性及其优良家风。"翼翼",敬貌、恭慎貌。敬、恭为同义词,"敬"着重在内心方面,"恭"着重在外貌方面。使用"翼翼"一词,意在说明"公子"们平素"敝绨恶粟"的节俭朴素的生活行为方式,绝非一时作秀或刻意为之,而是自幼养成的极自然的习惯使然。"敝绨""恶粟",名词活用为与之相关的动词,是"衣(穿)敝绨""食(吃)恶粟"的意思。"敝",坏、破旧;"绨",粗糙的丝织品。"恶粟",代指粗劣的饮食,犹寻常所谓"粗茶淡饭"。

㉗"孤",本义指幼年失去父亲的人。"厥",代词,表他的,或那个的意思。句中男女对举,似均指孤儿,或可略微展开去,理解为幼年失去父亲或双亲的小孩。但是,根据北宋钱公辅《义田记》(见《古文观止》)提供的史实,其实际意思当是:范公长期疏财,扶济贫弱的族人,帮孤苦的女孩男子成婚,助窘困的寡妇再嫁、鳏夫续弦。两岁丧父,母因至贫而再嫁长山朱家,遂改姓朱,名说,至大中祥符八年(1015)26岁进士及第,才复本姓的人生经历,在相当程度上,玉成了范公怜悯弱者、扶危济困的人格品性。《义田记》中的一段话,对准确理解"孤女以嫁,男成厥家"提供了极大的帮助:"公虽位充禄厚,而贫终其身;殁之日,身无以殓,子无以为丧;惟其施贫活族之义,遗其子而已。"(试今译作:他虽然地位高贵,俸禄丰厚,然而一生贫穷;死的时候,连殡殓的衣物也没有,子女没有钱给他办理丧事。他只是把布施穷人和养活族

人的义举，传给他的子孙罢了。）。

㉘从立意谋篇角度审视，这两个特殊疑问句是对本段乃至全文叙述性"立传"文字的有力收束，是作者对范公非凡才德所做出的总结性评价。"孰埋于深"，直接呼应"上嘉其材……功孰与计"？侧重表达作者对范公卓然大才却未能尽其用的深重惋惜。"孰"，疑问代词谁、谁人。"埋"即"湮"，二字同音通假，埋没的意思。"孰锲乎厚"，则直接呼应"至公之贵……男成厥家"。乃至全文表现范仲淹"仁德"的叙述性文字，侧重表达作者对范公超凡的仁心厚德的由衷礼赞。"锲"，本义用刀刻，可视为"锲而不舍"的简化，指坚持不懈。在此特定语境中，"锲"字，实际意指范公终生不懈地刻塑灵魂，追求人格的自我完善，严以修身，即严以仁心厚德的自觉修养，从而达到了极高的人生境界。

㉙即"邦国忧"，主谓结构。"之"，助词，取消主谓句的独立性，化主谓句为主谓短语。"忧"，古代汉语中特指父母的丧事，如"丁忧"（丁，遭到）。"忧"，此处活用为动词，是治丧、致哀的意思。范公作为北宋文坛领袖，首开"豪放词"的先河，对苏轼、辛弃疾等大家产生了巨大影响。主持庆历新政，深孚民望，被贬后，辗转多地，长期担任州府一级的"父母官"，关注民生，多有善政，因而被谥为"文正公"的史实，以及曾屈从于既得利益集团而贬谪范公于他乡的皇帝赵祯，为范仲淹墓碑亲笔篆书"褒贤之碑"的举动，都为当时何以举国致哀做出了最好的注解。

㉚"矧"，况、况且（见《汉语大字典》P1079）。"鄙"，恶的意思（见《汉语大字典》P1578），此宜讲为歹毒、凶恶。"不肖"，多指品行不端的弟子。"知"，表现、显露（见《汉

语大字典》P1079）。"尤"，特异的，突出的或格外、更。

㉛"赞，见也。从贝，从兟。"（《说文·贝部》）徐锴进而解释说："进见以贝为礼也。"（《说文解字系传》）"赞"字的本义为谒见、进见。作者不能前往徐州吊唁逝者，祭文送达，权当是亲往拜祭。"醪"，酒的总称。"羞，进献也。"（《说文》）"羞"字的本义是进献食品，又指美味的食物，而表后一意义的"羞"，则另写作"馐"。此"醪羞"即"醪馐"，指进献的用以祭祀的酒肉类食品，可以讲作美酒佳肴，但笔者以为"醪羞"既用于祭文以呼应"驰辞"，又是当时的专用名词，为葆简洁而不失肃穆庄严虔诚的情感色彩，在译文中当以保留为宜。此句承前省略了一个"之"字，"之"指代"驰辞"即经驿道快传的专递函件——"祭范颍州文"。"之"字后又省略了一个"为"字。如果把此句恢复为完整形态，当是——"以（之为）赞醪馐"。其大意当是：（姑且）把"驰辞"当作进献的、用以祭祀先生您的醪馐吧。

【今译文】

哎呀呀——心——疼喔，安石我最崇敬的先生——走了——先生您，可是一代人的楷模啊！自担责公职之初，到撒手履新的风尘路上，几十年了，先生的名誉和操守喔，没有污点！

先生您啊，光明磊落、庄重威严，已经达到了极点；您品行端正，思想丰赡啊，始终不断发展。（追思那早年的情景，一幕幕哟，清清楚楚，如在眼前）天下为公的尧舜正道，没了应有的地位和影响；主政的大佬哟，尸位素餐——听凭沉疴滋蔓，政风恶变。先生您，担纲行政改革，雷厉风行啊，成效立见；龙心大悦啊，帝京祥和一片！您堵毁狗苟蝇营的暗道机关哟，奸邪失去了市场；您表彰倡导好人好事喔，良善的春风骀荡。那感人的事迹桩桩件件喔，化作了悦耳赏心的童谣——巷尾街头，久久欢唱。先生遭逢贬谪、举家离京的日子，闻讯送别的人哟，竞相奔走，纷至沓来——那场面，才真叫万人空巷啊！哼——二三宵小！把捍卫私利哟，当作行为指南，硬是上蹿下跳吧，迫使先生早出京华，只怕您老哟，迟走他乡；正直的同朝君子喔，几曾争相挽留嘞，慷慨陈情、殷殷上表；硬是没人退缩啊，哪怕列名"朋党"、遭蒙祸殃！但凡劲辞器器，危您身家，就有良臣喔，或登门拜望以安慰，或庙堂执言而相抗的情景，就一同出现了——遗憾啦，太遗憾了——局面没能逆转！想当初——世风衰颓、官场腐败，清正廉洁的君子喔，一天天少了；怕吃亏倒霉的人吧，逐流随波，笑嘻嘻、迎污纳秽。当您直面现实，艰难启动整治的时候，那关注的目光，满是怀疑哟，人们的叹息，传达的是惊惧呀！您先生啰，真真不简单——兢兢执着于理想，孜孜奋力于拓荒，从不回头，一往无前！仰慕先生的人啊，多了，又多了——一天更比一天前。那学界前辈，多之又多吧，文坛领袖，真真不少——唯有先生您啊，节操最为高尚，儒生莫不景仰！

先生屡遭贬谪喔，胆愈壮，情更炽；丹心一颗，只为社稷跳荡！查考历朝兴废，以古鉴今哟，您率直议政，知无不言——概不考虑自身安危、家人福祸！先生长期外放，历任三州首长，为官一方啊，您就殚精竭虑，全为民生着想。走马他乡了，那利民的措施啊，还在故地造福发酵！先生之恩，厚重喔——浩荡喔，就像那畅流的江河水啊，汩汩滔滔——泽润干涸的土地。窝藏赃物的人犯自首了，您就不作刑罚追究；狡猾的盗贼哟，被您仁心感化了，终老到死，硬是没有再生邪念。您兴建学校，大办教育，培养人才；千里之外的学子啊，闻风奔来，呼朋引伴。先生狠抓水利，不遗余力喔，疏浚河道水网，那庄稼的长势——好喜人啰，丰收连年；蚕桑应时吐翠啊，叶茂枝繁！戎敌祸害哟，像疯狗一样——龇牙奋爪；大宋边疆，频遭侵扰。皇命飞传，兴师靖边；授符拜将，您就雄镇一方，威风八面！先生您啊，慧眼独眸，陈规劲破；士卒挑大梁，血战拔猛将——屡建奇功名远扬！您广纳学子，辅佐帐前；为国培养喔，才智出众的青年。您的名气越来越大，戎敌不敢再扰边关！借重先生的余威震慑啊——顽敌逃跑了，疆土无损喔，百姓安康。遥想当初啊，刚到贬任知州的地方，先生您啊——揪心喔，揪心——凋敝满目，残破一派。于是乎，先生对症下药，整肃吏治；薄赋轻徭，重施教化。无为而治——好梦成真了，您才饮酒咏歌，啸傲山林，偷得片刻的逍遥。经由先生的治理啊，州域治安良好——老百姓哟，安乐闲适，口碑载道；那些士吏喔，也都恭谨勤政，一新面貌了！

　　皇上夸奖您吧，是难得的人才，钦命先生做枢密院副使嘞，您却叩头推让，六七次之多哟。不久，先生遂心如意啊，加入了宰相的行列，专责掌管行政改革喔，整理制定国家的常法。您扶持引进啊，德才出色的干员——同心同德喔，裁减冗员，整治慵懒庸劣，清除不合理的法令条规。自此哟，朝中官员革除陋习，乡间士吏也转变了作风。各种政令措施，都得到了完善和落实啊，那些慵懒怠惰的人儿，也开始勤勉工作了。哎——后来——颁行天下的政令，废除了！行政改革哟，没能——善终；先生您老，被留在皇上身边，做了无权的陪臣。最终啊，最终——先生被摒弃在京城之外，长期履职哟，在那边远苦寒的基层。先生呀先生，您常常对人说——我老范也许上了年纪，还有心力嘞，能做一点儿工作。神灵啊神灵，谁忍心让事态——演变到——这步田地的呀？先生的才华，还远远没有展示出来的呀！假如给予机会、提供舞台，让先生您啊，放开手脚，施展才干——先生所能建树的功业，谁人估量得了呢？自从先生您哟，地位优越了，家里的钱财，就日不敷出了。平日里的先生，言谈，是那样的温和嘞；面相，是那样的慈祥嘞——一旦揭斥邪恶哟，您就声色俱厉，怒目金刚！先生垂范，耳濡目染哟，妻妾开支节俭，珍珠美玉的首饰，概不置办；孝敬恭慎的子女吔，安享粗劣的衣食，早就养成了习惯。先生怜悯死者、同情穷人喔——对他们，只有面对他们哟，您老才舍得——舍得大把大把地花钱！先生啊先生，是您老成全——孤苦的姑娘风光出阁哟，小伙儿体体面面有了一个家；是您老帮助——伶仃的鳏夫寡妇喔，或者续弦，或者再嫁！哎呀呀，有谁的才能埋没——如先生这样的深久哟？有谁的仁德修养——同您一般的富厚？给先生立传，安石不厌其详啊，惟殷殷祈愿我辈——我辈久远师法——师法您的光辉榜样！伟人您老——溘然长别了，举国上下吊丧，那哀哀戚戚之声哟，正云空低回悠悠。而况一帮歹毒的家伙，把脏水哟，正起劲儿——泼向先生——安石那个锥心的痛啊，真真难以，难以——向您老言表！万里迢迢，乍闻噩耗，竟不能飞奔灵前，伏柩号啕哟；只得席地含悲，垂泪挥毫，朝着先生英魂的所在，遥寄一纸泣血的祭文——就权当是后生王安石我，策马驿道，驰越关山，拜祭于香烟袅袅的灵堂，虔诚进献给先生——敬献给先生您老的——一份醪馐吧。

【赏析】

作者少范公31岁，作此祭文时31岁，正在舒州（今安徽潜山）通判（相当于知州副职）任上。祭文深切缅怀了范仲淹作为庆历新政主持者的丰功伟绩。追怀叙事的字里行间，流淌着悲恸、景仰、礼赞、颂扬，交相互融的激情，对逝者光明磊落、疾恶如仇、勤勉不辍、公而忘私、廉洁亲民、严以修身、简朴治家、济困扶贫的清风峻节与圣心仁骨，对逝者在政治、军事、经济、文教诸多领域之杰出贡献！

祭祀文系四字韵文，韵为情设，情韵相谐，抑扬跌宕，上口朗朗，文笔奇崛，悉去陈言——"哀哉""尚飨"。着力于史笔立传，精实叙事，仅以寥寥五百余言，既勾绘了逝者宦海生平的全貌、概述了朝野正邪之纷纭评品，又寄情、明志于其中，可谓言简义丰，而如行云流水，殊为不易！

祭祀文囿于庆历新政毕竟早为王朝否定的大势，难以正向着墨于其主要内容及过程，便从整肃吏治的启动背景、各方反映诸方面，撮要精撰，含蓄讴歌。后文所记履职三州的业绩，似多寻常小事，实则统关国运民命，其匠心所在，既以小见大，为范仲淹所倡导的、并以其漫漫人生所践行的——"居庙堂之高则忧其民，处江湖之远则忧其君"、"先天下之忧而忧，后天下之乐而乐"之全新的士大夫人生理念，做出了极为精准妙绝的诠解，又借以宣泄了作者对于庆历新政流产的深重遗恨，一代名臣宗师，过早淡出中心舞台的莫大惋惜，传达出师从前贤，革新变法的崇高理想与矢志不渝的坚强决心。

祭文外显哀戚至深之阴柔，内蕴热忱至大之阳刚，情真意切，高昂低回，悲怆多思，触人共鸣而难遏泪垂！"以史为镜，可知兴废；以人为镜，可明得失。"在"打虎拍蝇"、整治"四风"、强力政改正风生水起的当下，被列宁誉为"中国十一世纪改革家"王安石的《祭范颍州文》，对于心系黎民苍生、怀抱"治国平天下"之崇高理想的执政党党员干部，切实提高仁心厚德，"诚意，正心，修身，齐家"的自觉性，对于整肃党风、政风、吏治而言，或许不失为一篇极好的辅助性读物或者教材的吧。

岳阳楼景区诗词楹联札记

（一）

七绝·读《岳阳楼记》

宋·王十朋①

先忧后乐范文正②，

此言此志高孟轲③。

暇日登临固宜乐④，

其如天下有忧何⑤。

【注释·赏析】

　　①《读〈岳阳楼记〉》，是中国文学史上可考的、解读范仲淹《岳阳楼记》主旨的首篇（也是迄今为止，所见到的唯一一篇）古诗文。自王十朋《读〈岳阳楼记〉》问世，直到清康熙年间，吴楚材、吴调侯选编《古文观止》，古人才又留存下了一点儿点评《岳阳楼记》却无关宏旨的文字。因而《读〈岳阳楼记〉》诗，在正确把握、准确理解范仲淹"先忧后乐"的思想、

"不以物喜，不以己悲"的意涵等方面，对于"拓荒"解读《岳阳楼记》的现当代人而言，具有不容忽视的指导性价值。然而遗憾的是，《读〈岳阳楼记〉》备尝寂寞。

②七绝首联首句，落笔入题，平中寓奇：范文正先忧后乐。径直以《岳阳楼记》为本、范仲淹宦海平生史实为据，平实客观地直陈，前无古人的、"先天下之忧而忧，后天下之乐而乐"的理念，既是范文正公在《岳阳楼记》中提出的，也是为他所终生践行的。朴素简约而不失浑厚的诗语，浸润着诗人由衷礼赞的情愫。

范仲淹"名片"多多，如"参知政事"之类，诗人偏以谥号（皇家发放的"亡人名片"）出之，透漏几多消息。"文正"，是宋王朝对范仲淹一生业绩与道德文章的盖棺定论。司马光说：文正"是谥之极美，无以复加"。文，是道德博闻；正，是共靖其位。文正是文人道德的极致。对于"文正"这一极品谥号，范公是受之无愧的。范仲淹"先忧后乐"的生命实践，既为王十朋得以精准理解《岳阳楼记》要义，提供了宏大的文外语境，又为他激情赋诗言志，提供了极其丰富生动的素材。毕竟只有知其人，才可论其文，也才可能有《读〈岳阳楼记〉》诗的创作。

范仲淹倡导的"先忧后乐"，是"言"，"范文正先忧后乐"，则是"言"与"志"、知与行的和谐统一。既是对范文正以"言"为"志"、抓铁有痕之生命实践的高度概括，又是对于作为"言"的、"先忧后乐"的思想理念，所给出的最为准确周详的诠释。"先忧后乐范文正"，是高度浓缩的诗语。"言"为"实"，在《岳阳楼记》中；"志"为"虚"，在《岳阳楼记》外。真可谓虚实相生，虚仗实行，只在不言中。

③下句"此言此志高孟轲"，承上之客观陈述，转入主观的评价。

"志"，志愿或志向。如"盍（何不）各言尔志？"（《论语·公冶长》）"燕雀安知鸿鹄之志哉？"（《史记·陈涉世家》）。志向，不只是、也不再是单纯的理念，而是"立志要实现的理想"。"高"，在某等级之上的、超过某水准的。孟轲非等闲之辈，分明"邹国公"，其名著《孟子》，还是王十朋科举考试的重要科目（孟子地位提升晚。宋熙宁四年，即1071年，《孟子》首次列入科举考试。神宗元丰六年，即1083年，首次被官方追封为"邹国公"。元文宗元年，即1330年，被封为"邹国亚圣公"，直至明嘉靖九年，即1530年，才被世宗封为"亚圣"，也才有了"孔孟之道"的说法）。"此言此志"何其了得，究竟高于孟轲的什么言，超过了孟轲怎样的志呢？

范文正"此言此志"，高于"得志，泽加于民；不得志，修身见于世。穷则独善其身，达则兼济天下"。此言此志，极大地超越了孟轲"穷则独善其身"的道德标杆！"穷"，即"窮"也。"穴""身""弓"三字合成，审其形，便可会其意，"处境窘困"也。该"穷"意指仕途（或政治）境遇糟糕（包括没有官职或功名）。

范文正"此言此志"，它就是"一根筋"，是完全"入世"的，不是时刻准备着"穷"则悠然旋身，"归去来兮"终南林下，全身避祸，洁身自好，乐尽天年。"此言此志"是"私心克尽道方大"（王十朋《谒白帝祠十二绝》），是"言"与"志"、知与行的精诚合一，是"以天下为己任"的义无反顾，是"穷则固善其身，穷亦心忧天下"！

中国传统文化，对于人的称谓，是颇为讲究的。王十朋是如何讲究的呢？楷书亮眼的"文正"，行草无华的"孟轲"。似乎有点儿不太对劲儿，莫非有点儿啥子名堂？"孟轲"固然姓孟，名轲，字子舆，但因其道德文章了得，"胸膛"早就挂上了硕大的、闪光的、被叫作"子"的金质徽章，趄趄翘翘，行进在"子"们的第一方阵。对于尊者长者，当讳称其名，是尧天舜土的礼仪伦常。王十朋既然学富五车，怎可不讲规矩，行草尊者"大名"？何况是对于颇有些分量的"邹国公"，何况是在同一个"社交"场合，更何况对老范使用了极品谥号！这是不是有失厚道？俗话说"不比不知道，一比吓一跳。"王十朋刚直率性搞惯了，他可不管哪个跳也不跳，不顾啥子厚道不厚道，愣是轻弃"孟子"，牢抓"孟轲"。细细想来，玩味再三，那以"轲"代"子"，固然有其押韵合辙的考量，不也多少折射出了诗人旷达不羁而质朴务实的个性人格，不也反映了在士大夫人生理念的问题上，王十朋"抑孟扬范"之极其鲜明的态度么？

④明承"此言此志"而来，暗呼《岳阳楼记》之两"登斯楼也……"而至。那"迁客骚人"或喜或悲的情感宣泄，是昔日"登斯楼也"所生"览物之情"的文字遗存。"暇日登临固宜乐"，才是诗人对今人明日"登斯楼也"将生的"览物之情"，所启动的理性思考。

"暇日登临固宜乐（喜）"的咏叹中，本已寄寓着"暇日登临固宜忧（悲）"的意蕴。"固"，本来也；"宜"，应该也；"固宜乐"者，"外物"美好本来应该快乐之谓也！王十朋让人分享他的读《记》心得："以物（己）喜"、"以己（物）悲"是正常的、应该的，有机会登临岳阳楼的话，无论触"景"而抒"忧（悲）"之情，还是"览物"而发"乐（喜）"之慨，无不可的，"人非草木，孰能无情"呢，"情郁于中，而发之于外"嘛，本来就未可厚非的。那语调何其平和，那温情何其脉脉。然而"平和"与"脉脉"知道，她们正孕育着万顷波潮。

⑤笔锋陡转，突起波澜。由一般转个别，由人之"览物之情""固宜"之温文尔雅的评说，转向"先忧后乐"者"其如天下有忧（乐）何"的强势诘问。问声乍落地，回音戛然止，卒章显志，隽永悠悠！全诗由起而承，由承而转，至此而合，跌宕多姿，朴质浑厚，情浓意切。

"其"字义，一说犹"殆"，表示拟议论或揣测，相当于"大概""也许"，一说表疑问的语气词（参见《辞源》《辞海》《汉语大字典》）。鉴于该句既是一般疑问句，又是设问辞格的运用，因而以视作疑问语气词为宜。"如……何"，是文言文的常用句式，当中插入代词、名词或短语，意思是"把（对）……怎么样（怎么办）"。例如："人而不仁，如礼何？人而不仁，如乐何？"（《论语·八佾》）此句试译作：一个人（如果）没有仁德，怎么能用礼仪（去规范他）呢？一个人（如果）没有仁德，怎么能用音乐（去教化他）呢？"有"，广义的表存在或存现的动词，此语境中，可讲为"处于"。"忧"，"忧患"，而忧患犹"患难"，此处宜讲作"困难和危险的境地"为妥。"其如天下有忧何"句，经补足省略、调整语序后，可直译作：（你）对天下处于困难危险的境地，（打算）怎么办呢？该"忧"，实露虚藏，是不可僵解作忧的，它关照了并指向着"乐"，以携手表达"高梦珂"之士大夫全新的"忧乐"观。

"其如天下有忧何？"既是设问，又是诘问，既是深刻的反省，又是严肃的拷问。那反省的主体与被拷问的对象，都是自我的灵魂。倘若他日登临岳阳楼的，正是素以"先忧后乐"为"志"的我王十朋，不是因为国泰民安，而是由于个人仕途光昌流丽，恰如"皓月千里，浮光跃金，静影沉璧"，因而"心旷神怡，宠辱偕忘，把酒临风，其喜洋洋者矣"！或者不是因为天下处于困难危险的境地，而是由于个人仕途荆棘泥泞，恍若"山岳潜形，薄暮冥冥，虎啸猿啼"，因而"去国怀乡，忧谗畏讥，满目萧然，感激而悲者矣"。那么，我为何如人也？那不正是对"高孟轲"之"此言此志"的背弃吗？决意师从范文正的我，步入庙堂之初，不是庄严宣誓过"以天下为己任"吗？我当扪心自问喔，那或喜（而忘乎所以）或悲（而难以自持）的情感宣泄，还是不是初心（誓言）的回响？究竟还能不能跟"先忧后乐"的理念合流？诗人问而不答，他不是不答，也不是没有答。诗人知道，"此言"的价值在于化作"此志"，"此志"的价值在于躬行，躬行就无需鸣鼓张扬，"先忧后乐"的旋律既在心中奏响了，就当忠诚于既定的乐谱，去完成生命的乐章！

王十朋《读〈岳阳楼记〉》心得，以对"先忧后乐"思想的认识评价为基点，借助对"登斯楼也"忧乐悲喜之"览物之情"的人之"固宜"，与"先忧后乐"者"并非固宜"的议论，表达了师从范文正、践行"先忧后乐"的人生理想。王十朋以议论入诗，语言质实，蕴藏富厚，鞭辟入里，情蕴其中，颇耐咀嚼。

诗歌是形象化的语言艺术，要求具有强烈的感情与丰富的想象，而形象的塑造与意境的创造，往往决定着诗作的命运。寓藏于《读〈岳阳楼记〉》的联想之丰富、流露的感情之强烈，是不待言说的，却似乎匮有可感可触的形象，似乎没有渺远的意境。或许，这是她备尝寂寞的原因吧。是啊，鲜活的形象固"藏"诗中，寄生形象里的意境美，也就似乎无从品鉴了。不过，既然是读书心得，那欣赏"读书心得"的基础性条件，就是欣赏者必须亲近热爱谙熟"心得"之母的。熟谙《岳阳楼记》的人们，在与《读〈岳阳楼记〉》进行穿越时空的精神对话中，脑海能不二度创造"心旷神怡，宠辱偕忘，把酒临风，其喜洋洋"者的音容笑貌？心中就会不对"阴风怒号，浊浪排空；日星隐耀，山岳潜形"的铺陈描绘，打上个小小的问号，那莫非是范公以"比兴"、"象征"手法创造的意境？深谙"虚由实生"、"实仗虚行"、"以虚为用"的状元郎啊，给《岳阳楼记》的情人大片"留白"，又何尝未曾寄寓拳拳尊重与殷殷关怀？

《读〈岳阳楼记〉》不朽！

（二）

念奴娇·过①洞庭

宋·张孝祥

洞庭青草，近中秋，更无一点风色②。玉鉴琼田③三万顷，著我扁舟一叶④。素月分辉，明河⑤共影，表里俱澄澈。悠然心会，妙处难与君说。

应念岭表经年⑥，孤光自照⑦，肝胆皆冰雪⑧。短发萧骚⑨襟袖冷，稳泛沧溟⑩空阔。

尽挹西江⑪，细斟北斗⑫，万象为宾客⑬。扣舷独啸⑭，不知今夕何夕⑮。

【注释】

①访问或探望洞庭湖的意思。不少注家，或者将此"过"字解作经过，或者予以回避。解作经过，无疑是错误的；予以回避，或许因为不知个中滋味。"过"字的本义是经过，所引申出的拜访、探望，则富含着或心仪，或礼敬对象物的情感色彩。如《史记·魏公子列传》："臣有客在市屠中，愿枉车过之。"

（我有一个朋友在街市的肉铺里，想劳驾您驾车送我去拜访他）再如孟浩然的《过故人庄》，诗题用一"过"（拜访或探望）字，与"故人庄"组合，就概括提示了全诗内容要素：人物、地点、活动性质。本词与之如出一辙。

词题中的"过"字，是全词的"诗眼"所在，既寄寓深情于其中，又将"自始至终"的活动空间，全部界定在了洞庭湖。"念奴娇"是词牌，是形式，是依声填词所采用的调式，"过洞庭"，是词题（又叫题目，展开讲，就是指全词的"额头和眼睛"），是具有高度概括性的内容，是词文极其重要的组成部分。"题，额也。从頁，是声。"（《说文解字·頁部》）"题"字的本义就是额头，引申泛指诗文的标题、题目（頁字的初始本义是头）。

②洞庭、青草，原为两湖。青草湖因水邻青草山而得名，又名巴丘湖，南接湘水，北连洞庭，水涨时则与洞庭相接，因而"洞庭青草"又得名"重湖"（洞庭湖的别称）。此处的洞庭青草，为同义互文，所实指的就是洞庭湖。以"洞庭青草"代称洞庭湖，则平添了几多自然人文信息，引人遐思。如杜甫《宿青草湖》："洞庭犹在目，青草续为名。"白居易《送客之湖南》："帆开青草湖中去，衣湿黄梅雨里行。"

"风色"，一般指天气或风势，如"今朝好风色，延瞩极天庄"（卢照邻《至陈仓晓晴望京邑》）。又如"地白风色寒，雪花大如手"（李白《嘲王历阳不肯饮酒》）。"风色"在此语境中，则意指天气晴好无风。"近中秋，更无一点风色"，分明交代了"玉鉴琼田三万顷，著我扁舟一叶"以及"素月分辉，明河共影，表里俱澄澈"的条件。

③鉴，铜镜，泛指镜子；玉鉴，玉镜，比喻湖水波平如玉

镜，辉映一空温润的月华；琼，美玉；琼田，犹言玉田。"琼田""玉鉴"义近互补，呼应"中秋""素月""更无一点风色"，形容月下洞庭波恬浪静，水天一色。

④与"着"同，即"附着"，意指较小的物体黏着在较大的物体上。扁舟：也作"偏舟，小船"。

⑤本义银河，于此却是绝不可以讲作"银河"的。词人深谙"虚实相生，实仗虚行，以虚为用"之道，故说明河，促人遐思，实指月空，是借银河意象代指月空（夜空）。词作点明了的时令是"近中秋"，天文月相就必定不是初七或初八傍晚就当头、夜半已全然"落下"的上弦月，也不是十一或十二上半夜可见到的凸月，而只能是农历八月十四或十三的月亮。既然是"素月分辉"（银白柔和的光辉，正无疆普泻），月空也就投入了无垠洞庭的怀抱。"月到中秋分外明"，"月明"，必然"星稀"，银河必然"躲藏"，这是自然造化的铁律。不少方家拘泥于词语的静态意义，未能体察"近中秋""素月分辉""玉鉴琼田三万顷"，对于"明河"语境义的强力制约，去做出合理的动态理解，把"明河"直接坐实成"银河"，是完全错误的。中秋月明而又"星汉灿烂"的天象奇观，是永远不会出现的。因而民间才会有"七夕"（七月初七）牛郎织女"鹊桥相会"的美丽传说，曹孟德也才会诗云："月明星稀，乌鹊南飞。"

⑥过片句，由上片的写景过渡到下片的抒情。"应念"，不是表推测的，请见⑧。岭，指五岭；表，本义指毛翻在外边的皮衣，由此引申指穿在外面的衣服，进而引申出抽象的"外"的意义，岭表，就是岭外，即五岭以外的地方；由于它地处中原南端，因而秦汉时期就有岭南的称谓了。经年，过了整整一年。

⑦实有"光自孤照"与"孤光照自"两重意味。孤光，不

应简单理解作月光，"孤"字，极富情感色彩，既修饰"光"，还特别指向"自"，凸显"自"的孤单寂寞。"自照"，语带双关。"自"，独体象形字，本义"鼻子"。远古时期，不同地区的先民相见，交流存有语言障碍，要向听不懂自己方言的人，表达"我"的意义时，就往往用手指按鼻子。这就是"自（鼻）"表自己、表"我"义的由来（这一表"我"的方式，不失为民族的非物质文化。在表"鼻"的意义上，"自"与"鼻"是一组古今字，后来为方便区分，创造了形声字"鼻"字，让"自"与"鼻"各司其职。"自（鼻）"，作为表意的形旁，还保留在会意字"息"、"臭"等形声字中）。由于"孤光自照"句充分体现了汉语特别讲究词序的特点，四字可拆解重组，含蓄表达着多重意思，似乎很费解，因而所见相关注释，对此句多持回避的态度。其实结合词的特定语境，"孤光照自"是双关语：既有"（月）光照孤我"的意义，又有"光自孤照"（月亮自己孤独地照耀）的意思，而词人复杂微妙的内心情感深蕴其中。

⑧比喻真心诚意。如《史记·淮阴侯列传》："（蒯通曰）臣愿披腹心，输肝胆，效愚计，恐足下不能用也。"此外，肝胆还常用以比喻关系好、比喻豪情壮志。词中"肝胆"，实为借代修辞格的运用，是借"肝胆"代指抒情主人公的内心世界。

冰雪：比喻晶莹洁白，此处比喻真心诚意（自己于公于私无愧）。《庄子·逍遥游》："藐姑射之山，有神人焉，肌肤若冰雪，绰约若处子。"在以具体事物做比喻对象的基础上，进而有了以抽象事物为对象的比喻。如陈江总《再游栖霞寺言志》："净心抱冰雪，暮齿通桑榆。"（怀着真心诚意，净化尘俗残滓；珍惜晚年梵寂的生活，就跟珍惜落山的太阳光辉一样。）

⑨短发：指稀疏的，或者稀少的头发，此"短"字是少、

稀少、稀疏的意思，与长短的意义毫无关系。"身体发肤，受之父母，不敢毁伤，孝之始也。"（《孝经·开宗明义章第一》，另见《论语》。）从秦汉以前，直到辛亥革命，中原男女均不得主动剪短头发的。《三国演义》中，曹操军前"割发代首"以明军纪的故事，是有生活基础的。"短"，本义为两点之间的距离小，引申指时间不长。由此再引申指不足、缺少，如"缺斤短两"（又作缺斤少两），再如古诗句"白头搔更短，浑欲不胜簪"（杜甫《春望》）。又如《红楼梦》第六十三回："我亲自来请昨日在席的人，今日我还东，短一个也使不得。""短发"，绝不是如今之"短头发"的意思。对此"短发"理解的错误，直接导致现当代不少方家错解，并连带错注了"萧骚"一词。

萧骚，绝不是"萧条稀少"的意思。"'萧'，一作'疏'"的说法，也是不能成立的。这实际上是把"萧骚"混同于"萧疏"了。"萧骚"，跟"轰隆隆"一样，只含一个词素，不是合成词，而是单纯词。它是单纯词中的象声词，即模拟声音的词，属形容词范畴。"短发"，已经表明了头发的稀疏或者稀少，因而，作为高度凝练的诗词语言，是不可再用表达"疏、少"的语词，去啰唆重复的。"应念岭表经年"，词人正"悠然心会"，正陶然沉醉于洞庭美景中，那遭谗被贬、被迫离开岭南的事儿，却不禁袭上心头，于是乎顿感一股寒意袭来。这就是"萧骚"一词生活的特定语境，是心理状态的突然改变，所诱发的生理上的应激反应。"萧骚"，此处实指秋风吹动稀疏长发的声响，这固然不乏文学性的夸张，但夸张自有其真实的物质基础——词人精神的痛楚，所诱发出的不适或异态的生理反应。如郑谷《灯诗》："萧骚寒竹南窗净，一局闲棋为尔留。"其中的"萧骚"，就分明是模拟窗外秋风吹拂竹林所产生的轻轻的"飒飒"声。诗人摹写窗外"萧骚寒竹"之"有声"，意在反衬窗内之"无声"，进而反映主人公内心的孤寂。又如罗隐《经耒阳杜工部墓》："紫菊馨香覆楚醪，奠君江畔雨萧骚。"其中"萧骚"一词，则分明模拟"淅淅沥沥"的真切雨声，以反衬祭奠者肃立的杜工部墓前，周遭环境的静穆。只有弄清"短发萧疏"的语义，才能给"襟袖冷"的理解，提供合理的根据。

⑩大海。诗人在神思激情中，把洞庭湖拟作大海，或想象中自己正置身于大海。大海的水是不能饮用的，因而才顺势有了"合理"的"尽挹西江"，而不是"尽挹沧溟"。

⑪挹（读若"义"），舀。西江，有两解：一指作者刚离开不久的广西境内的西江（珠江干流），呼应"岭表"；一是泛指西来的大江。词中当指前者，而又不宜太过坐实。诗词语言的美，是少不得几许朦胧与模糊的。"尽挹"是"挹尽"的倒装变形，意即"舀尽，舀光"（西江水）。这是词作遣词造句的亮点之一。它不仅是奇特的想象、浪漫的夸张，要舀光西江"酒池"，还隐隐传达着要用"岭表"美"酒"，去浇灭"岭表经年"块垒的意蕴。

⑫北斗：北斗七星，其状如长勺。古人把天上的星斗想象为人间的酒斗。屈原《九歌·东君》："操余弧兮反沦降，援北斗兮酌桂浆。"词中不是简单地静态借用，而是直承"尽挹西江"的瑰奇创造而来，在飞扬神思中，自九天摘来北斗，作为华贵的酒器。

细斟：细，慢慢地，轻轻地之意思，如杜甫："随风潜入夜，润物细无声。"再如汤显祖《紫钗记·佳期议允》："灯轮细转，月影平分，笑处将人暗认。""细斟"与"尽挹"对举。"尽挹"，是那样的豪放雄健；"细斟"，则是如此的婉约优雅, 留下多

岳阳楼记正义

少想象空间！

⑬有"宾客"就有"主人"；万象，世间万物；"主人"，抒情主人公。

⑭啸，撮口发出清越而悠长的声音，如岳飞《满江红》："抬望眼，仰天长啸，壮怀激烈。"这里指诗人轻轻敲击船舷作节拍，连连（撮口）发出愉悦舒畅的感慨声。

⑮典出《诗经·唐风·绸缪》："绸缪束薪，三星在天，今夕何夕，见此良人？"表达的意思是：今晚上是哪一天的晚上，指值得珍惜的夜晚。"今夕何夕"化作成语后，则主要表示由于过于兴奋，以至于忘记了具体的日期。作者以"今夕何夕"绾结全词，既传达出了"乐而忘返"的意蕴，又呼应并深化了上联结句"妙处难与君说"的意旨。

【赏析】

乾道二年（1166），三十四岁的张孝祥，遭谗言免职静江知府，自广西桂林北归，途经洞庭地区。羁旅劳顿，稍驻小歇。于是乎戴月荡舟，造访心仪的重湖：洞庭青草。心灵度假归来，便留下了旷达空灵的《念奴娇·过洞庭》。

上阕重在写景，景寄哲思，空灵蕴藉。

起笔径直扣题，以"洞庭青草"落墨，别开生面。"近中秋"，交代造访（"过"）时令。"更无一点风色"，点明天气晴好。平淡自然之中，为"腾蛟起凤"，下足铺垫功夫。唯其"无风色""近中秋"，才有"素月分辉，明河共影，表里俱澄澈"，才会波恬浪静，也才可扁舟夜访。"玉鉴琼田"，惊艳突起，而又从容大方。淼淼洞庭，美比玉镜；昊昊月空，润追琼玉。月华映带清波，"澄澈"空灵，一色水天，何其富丽宏阔！

正所谓"一切景语，皆情语也"（王国维《人间词话》）。如此平台"三万顷"，偏偏"著""我""扁舟一叶"！相反相成，互拥增辉，和谐怡然，暗寄哲思于其中。这是造化弄人，还是人弄造化？是自然之神，在随意驱遣她的臣民，还是不安分的臣民，正忘乎所以、君临天神的领地？是"悠然心会"啊，是"心会"物我同化，人天合一！是伟大与渺小、神奇与平庸、高贵与卑贱，统统抛弃了话语权！是造化之子，超越了"小我"情怀，超脱了凡尘俗虑，是心海与镜湖、与月空，浑然同一，"表里俱澄澈"！于是乎，诗人欣欣然，陶陶然，洞庭秀色，还需细细地品哟，悠悠地餐。于是乎慨然申明：胜境妙不可言也，惜乎"难与君说"！"难与君说"，可就真的没有说，只给奇美的洞庭青草，悄悄地插上了梦幻的翅膀。

下阕重在抒情，情缘境生，旷达隽永。

"应念"，续"妙处难与君说"，承转从容，由洞庭绝美，而"岭表经年"，可谓异峰突起，却不著锋芒。身处神仙境，到底凡界人。尘俗烦恼，突袭心头，架不住那景那境，倏忽褪减几多成色！到底是"景物无自生，惟情所化……情为主，景为宾"（吴乔《围炉诗话》）。"分辉"的"素月"，不过是"孤光自照"，就自个儿去照吧。慈善温良的玉兔，无从抚慰孤寂的灵魂，就没了粉丝的怜爱，也就只好"返璞归真"，归真于孤独的自然了。一霎间，胸涌"岭表"波涛，四顾"三万顷""玉鉴琼田"，茫茫然，无觅亲朋踪影，唯"我"茕茕孑立，形影相吊，在"扁舟一叶"上，能不备感孤独凄凉？词人借助无边的静寂清冷，打理"经年"旧事，躬省"岭表"新辱，禁不住慨然剖白，"肝胆皆冰雪"——无愧天理良心！然而炎凉世态，冷暖人情，"剪不断，理还乱"，个中滋味，着实不妙。固然洞庭"妙处难与君说"，但"不妙"的胸中块垒啊，可就真真"难与君说"了！这不妙的"难与君说"一经发酵，就酿造出透心的凉啊——"短发萧骚襟袖冷"——乍觉飒飒秋风，拂乱了稀疏长发，顿感寒气逼袭，劲灌胸襟两袖。好啊，眨眼间，寒凉尽退，情复泰然！于是乎，方寸乱既去，"稳"从心中来，"稳泛沧溟空阔"——"稳"重千钧，一"稳"定乾坤。"稳"镇住"沧溟"细浪，"稳"荡起一叶扁舟，"稳"酿着逸兴翩翩！"尽挹西江，细斟北斗，万象为宾客。"词人要设宴洞庭，邀来万物做客，要手摘北斗为器，舀尽西江作酒，要与众宾同乐，"会须一饮三百杯"！于是乎，神思与豪情齐飞，化作了频斟的美酒杯杯，醉成了"扣舷"击节的清响，醉成了"不知今夕何夕"的独啸，交响在空蒙辽阔的洞庭青草。

上下阕，景情映带，互成关照。上阕之"玉鉴琼田三万顷，著我扁舟一叶"，与下阕的"短发萧骚襟袖冷，稳泛沧浪空阔"，对比鲜明，而关照备至。前以"著"、后用"稳"，系牵"扁舟"，意味有差，而神聚共主，颇耐咀嚼。上阕"素月分辉，明河共影，表里俱澄澈"三句，映带着下阕"应念岭表经年，孤光自照，肝胆皆冰雪"，情与景生出了变化，但变中自有其不变者。至于上阕结句"悠然心会，妙处难与君说"，与全词结句"扣舷独啸，不知今夕何夕"，呼应唱和，更令上阕之绝尘胜境，与下阕之超凡胸臆，璧合珠联，交辉升华，合奏成一阕涤尽尘滓的千古绝唱！

词作殊为浪漫豪放，却不失曲折婉约，意境宏阔深邃，触人幽思共鸣。在物我同化、超凡绝俗的境界创造中，蕴藉哲理感悟，酝酿情感升华。魏了翁《鹤山大全集》评曰："洞庭所赋，在集中最为杰特。"王闿运《湘绮楼词选》则说："飘飘有凌云之气，觉东坡《水调》犹有尘心。"前人点赞，绝非溢美。问君犹记否？苏子词曰："故国神游，多情应笑我，早生华发。人生如梦，一樽还酹江月。"尘虑尚不净，郁闷犹长存，自失几多旷达！在同类题材的作品中，张词艺术成就之高，上下千年，未有出乎其右者。信乎？信夫！

（三）

水调歌头·题岳阳楼图①

清·纳兰性德

落日与湖水，终古岳阳城②，登临半是迁客，历历数题名③。欲问遗踪何处，但见微波木叶，几簇打鱼罾④。多少离别泪，哀雁下前汀⑤。

忽宜雨，旋宜月，更宜晴⑥。人间无数金碧，未许著空明⑦。淡墨生绡谱就⑧，待俏横拖一笔，带出九嶷青⑨。仿佛潇湘夜，鼓瑟旧精灵⑩。

【注释·赏析】

①中国画是融诗文、书法、篆刻、绘画于一体的综合艺术，文人画又是中国画的最高境界，而对该境界起主导作用的则是诗歌。"题"，即以精美的书法，在画面上题写诗文。中国画上题写的诗文与书法，不仅有助于补充和深化绘画的意境，而且能丰富画面的艺术表现形式，是题款者借以表现个性，抒发感情，增强绘画艺术感染力的重要手段之一。《题〈岳阳楼图〉》当属"画赞"体裁，可谓清词中的极品。惜乎未见赏析文字。谨尝试

为之，权当补阙。

②词的上片，径直就该画作的核心构件即"主图"落墨，揭示其主题"岳阳楼夕照"。提示画面左（西）侧空间，是图之"主"而"实"、"黑"多而"白"少的所在，右（东）侧空间面积大于左侧，是图之"宾"而"虚"、"黑"少而"白"多的所在。

"古岳阳城"，虚实携手，坐实"岳阳楼"。"古"，即悠远的过去，透漏千年历史沿革。公元220年前后，鲁肃始建"阅军楼"，西晋南北朝建巴陵城，"阅军楼"原址变身"巴陵城楼"，中唐始称巴陵城楼为"岳阳楼"……"终"，是象形兼会意兼形声字，本义为纺线结束后将线头打结（冬为岁终）。引申泛指终了、结束。这里是"……止（步）于"的意思。"落日与湖水，终古岳阳城"，那意思是说，《岳阳楼图》画面中，落日斜悬岳阳楼西，晚霞映照岳阳楼周遭，暮色渐次苍茫，八百里洞庭，似已失去傲人的辽阔，只剩了楼之右下方不小的一汪。促人"计白当黑"，遐想联翩。

③由岳阳楼"古"之实，入"岳阳楼图"中之虚，而虚中有实，暗称斯楼为天下之文化名楼。"登临半是迁客"，化用范仲淹《岳阳楼记》"迁客骚人，多会于此"句。"历历"，清楚分明的意思。该句是说古往今来，文人墨客在岳阳楼上题撰的诗文，何其多多，能够清楚点名计数的作者，就是一串串。

④续接"历历数题名"，由实入虚。读画思人，赏图生情：到哪儿去寻觅代代"迁客骚人"的些许"遗踪"呢？唏嘘再三，徒叹无奈，遗墨依旧在，"几度夕阳红"！可怜的"登临"者啊，无从寻觅迁客遗踪，只见得：楼外金风残照里，枯叶飘飘，清波粼粼，三五渔人操罾忙。

"木叶"，秋后枯萎飘零的树叶，又作"落木"，如屈原

《九歌·湘夫人》："袅袅兮秋风，洞庭波兮木叶下。"又，谢庄《月赋》："洞庭始波，木叶微脱。"杜甫《登高》："无边落木萧萧下，不尽长江滚滚来。""罾"，捕鱼之网，形似仰伞，用木棍或竹竿做支架，多呈方形。既是使用渔"罾"捕鱼，就只得在浅水区作业，就必须给支架以相对稳定的支点，船儿自然是泊航的。美图施墨，写真生活；词人题画，何其精准！由图而人，伤今吊古：骚人遗踪无从寻觅了，那弄罾的人儿，莫非"迁客"的遗族？

⑤直承"遗踪"难觅而来，"多少离别泪"，词人感慨万千，仿佛"迁客""去国怀乡"的点点泪滴，就浸渍弥散在《岳阳楼图》里，仿佛那"满目萧然"肝肠寸断的形象，正栩栩如生而流连于脑际。几句词文一路"虚"来，虚中有实。"哀雁下汀州"由实入虚，"实"在图中淡染的汀洲，闪现着孤鸿的身影；"虚"在凄美的意象，倍增意境的邈远。"哀雁"即孤鸿。鸿雁忠贞爱情，至死不渝。岁岁年年，南来北往，若"一半"失群，另一半就会告别队伍，盘桓在爱侣失踪的地方，寻寻觅觅，惨惨戚戚，直至无果而哀鸣气绝。

⑥下片开首九字，是承上启下的"过片"句，自然机巧，极见功力。"忽"、"旋"都是表时间变化快的副词，"更"表程度递升（愈加）的副词。一气连用"忽""旋""更"三字，极言多变。但变中自有其不变者。"宜"，合适、适宜的意思。词人钟情"宜"字，三用不舍，极尽夸赞"无不恰到好处"之能事。"忽宜雨"、"旋宜月"、"更宜晴"，是承上对画作"主图"之"笔墨"多变而触处皆妙的点评。赞赏图作对物象之明暗、向背等的用墨设色，所给予的或干或湿，或涩或润，或浓或淡，或隐或显的处理，已达到了出神入化的境界。其中"雨"与

"晴"（湿、润与干、涩），"落日"和"夜月"（阳、显与阴、隐），都是借喻"墨法"的喻体（借喻的本体是不出现在实际文字中的）。

⑦续承前言，再从比较的角度切入，评赞《岳阳楼图》的艺术品位极高，在相同题材的金碧山水画中，无有出其右者。俗话说："不怕不识货，就怕货比货。"词人说世间无数精美的金碧山水画，如果要跟此画相比的话，那么，就其空灵明澈而言，都会逊色多多的。"金碧"一词，指明了所题《岳阳楼图》，属于中国山水画之一种的"金碧山水画"（以泥金、石青和石绿三种颜料做主色，比"青绿山水画"多泥金一色。泥金用于勾染山廓、彩霞、沙嘴以及宫室楼阁等建筑物）。不仅如此，词人还借"金碧"一词，既喻指他乡的临水楼阁，又喻指岳阳楼及其毗邻之洞庭湖，借夸赞《岳阳楼图》，而称颂岳阳楼为"天下第一楼"，可谓一石三鸟！"许"，这样，"未许"，未能这样或者未能如此的意思。"著"，表现或显露的意思。"空明"，通明透彻，多指湖水或天空，语境中以作空灵明澈理解为宜。

⑧悄然转笔，开启对《岳阳楼图》为"宾"、为"虚"、为"白"部分的介绍和点评，直至全词终了。虚中有实，实中有虚，以虚为用，指点空灵画意，题寄隽永诗情。"绡"，生绡，即未漂煮的丝织品，古代多用以作画。"谱"，"布也，列其事也"（《汉语大字典》缩印本P1673）。如纳兰性德《东风齐著力》："欲谱频年离恨，言已尽，恨未曾消。"结合上下文字，此当由"布列其事"，临时引申讲作"准备好了"。大意是说：或许在主图完成后，画师休息沉吟片刻间，构思好了对大片"留白"（空白）空间的处理方案，调配好淡淡的墨彩，用镇纸平实好作画的生绡（以待作品最后完成）。

词人深知，中国画尤其文人山水画，极其讲究"虚实藏露"，而以虚为实的"空白"处理，最见画师的功力。"淡墨生绡铺就"，反映词人由欣赏静态的《岳阳楼图》"主图"，转而想象画师拟待完成宾图的动态情景。词人品鉴主图，被无与伦比的精妙笔墨、邈远意境所震撼之际，不禁把"画赞"的关注点，转向了《岳阳楼图》"宾图"。在词人的驰骋想象中，画作者从容不迫地结束"主图"创作后，旋即稍事小歇，便井井有条地选好画笔，调配好清淡的墨彩，用镇纸把画绢铺压平实，只待沉稳挥毫，就让"宾图""露一爪以示云海神龙，流片霞以呈天宇空阔"。

⑨紧承上句而来，在词人的想象中，只见画作者气定神闲少顷，便迅捷地横向拖锋施"墨"，眨眼间，就完成了最佳预案，成就了"主""宾"交相辉映的《岳阳楼图》。"拖"，即拖锋用笔（中国画技法之笔法，分侧、中、逆、散、拖。拖锋也叫拖笔、露锋。笔头侧卧于画面顺毛而作，笔痕舒展流畅，自然松动）。"九嶷"即九嶷山，湖南境内，传说帝舜南巡，过度辛劳，猝死而葬于此山之南。"青"，黛绿色，此当作浅淡的黑绿色解。"九嶷青"，浅淡朦胧的、黑绿色的山形图像，是"实"；"九嶷"即九嶷山，合理的主观认知，是"虚"。虚实相生，以虚为用。赞美《岳阳楼图》对大片"空白"的简约处理，收到了"以不全求其全"，把广袤洞庭之万千气象压缩于尺幅的艺术功效。

⑩化用典故传说，由图中"九嶷青"之"实"而入"虚"，以读图自然联想到的、奇幻凄艳的爱情传说，赞许《岳阳楼图》幽婉的意境美：好像湘水女神，正在潇湘夜色中，弹奏着夫君钟爱的古瑟曲。"潇湘"，二妃即姊妹花娥皇、女英以洞庭山（又名湘山，后名君山）为中心，追寻丈夫舜帝期间的居处水域（包

括流经湘阴，名叫"三十六湾"的一段险峻湘江）。"精灵"即寻夫未果，泪尽而自沉洞庭的"湘水之神"湘妃（又称湘君、湘灵、帝子）。

纳兰性德的题图"画赞"，在对《岳阳楼图》之主宾虚实的构图布局、中侧散拖的"笔法"以及浓淡干湿的"墨法"，给予肯定性评价的过程中，以画图内容为据，由实而虚，生发开去，以虚为用。信手拈来与岳阳楼有关的史传经典、人文掌故，在不经意中，既令画意诗情水乳交融，又让既有的线条墨彩，平添文化的厚重，倍增意境之幽婉与邈远。词作跌宕多姿，辞采瑰玮，一透"清丽婉约，格高韵远"的词风。

（四）

题君山屈原湘妃祠

清·张之洞

九派会君山，刚才向汉沔荡胸，沧浪濯足。直江滚滚奔腾到，星沉凫赭，潮射钱塘，乱入海口间。把眼界洗宽，无边空阔。只见那庙唤鹧鸪，落花满地；洲邻鹦鹉，芳草连天。只见那峰回鸿雁，智鸟惊寒；湖泛鸳鸯，文禽戢翼。恰点染得翠霭苍烟，绛霞绿树。敞开着万顷水光，有多少奇奇幻幻，淡淡浓浓，铺成画景。焉知他是雾锁吴樯？焉知他是雪消蜀舵？焉知他是益州雀舫，是彭蠡鱼艭？一个个头顶竹箬笠，浮巨艇南来。叹当日靳尚何奸，张仪何诈，怀王何暗，郑袖何谗，宋玉何悲，贾生何太息。至今破八百里浊浪洪涛，同读招魂呼屈子。

三终聆帝乐，纵难觅伶伦截管，荣猿敲钟。竟响飒飒随引去，潭作龙吟，孔闻鼍吼，静望波心里。将耳根贯彻，别样清虚。试听这仙源渔棹，歌散桃林；楚客洞箫，悲含芦叶。试听这岳阳铁笛，曲折柳枝；俞伯瑶琴，丝弹桐柏。将又添些帆风橹雨，荻露葭霜。凑合了千秋韵事，偏如许淋淋漓漓，洋洋洒洒，惹动诗情。也任你说拳推黄鹤，也任你说盘贮青螺，也任你说艳摘醴兰，说香分沅芷。数声声手拨铜琵琶，唱大江东去。忆此祠神尧阿父，癸比阿母，傲朱阿兄，监明阿弟，宵烛阿女，鼓首阿小姑。亘古望卅六湾白云皦日，还思鼓瑟吊湘灵。

【注释】

楹联，尤其长联，语言多变形。这种变形，在语音方面，助力于构建平仄格律，以造成抑扬顿挫的音乐美；在遣词造句方面，则常常表现为改变词性、颠倒词序、省略句子成分等等。诸多样式的语言变形，打破了人们已经习惯的汉语常规，而对奇、巧、新、警的追求，则强化了语言的暗示性，增加了语言的容量和弹性。长联句子的组合，主要靠意合，而非形合。这不仅增加了意象的密度与多义的效果，而且使楹联的意义更其含蓄，更具跳跃性，从而给欣赏者留下了更多想象补充、进行二度创造的空间，当然也就增加了理解的难度。"得意忘言"，固然是欣赏长联的法门，但突破词语障碍，弄清主要意象、典故的意涵，毕竟是欣赏长联的重要基础。这也正是本注释说明的出发点。

上联吊屈原

"九派会君山，刚才向汉沔荡胸，沧浪濯足。"

"向"，会意字。甲骨文像屋墙上有窗户之形。金文、小篆承接甲骨文，变化不大。隶变后楷书写作"向"。"向，北出牖也。从宀，从口。"（《说文解字·宀部》）本义指朝北的窗户，如："穹窒熏鼠，塞向墐户。"（《诗经·豳风·七月》，译作：堵住朝北的窗户，用泥巴涂实门缝。）引申泛指窗户，再引申指方位、朝向……往另一方向引申，则有爱、钟爱的意义，如"总是向人深处，当时枉道无情"（陆游《朝中措·代谭德称作》）。由爱、钟爱再度引申，又有了偏袒、偏爱的意义，如"官向官来民向民，穷人向的是穷人"（贺敬之等《白毛女》）。此联中的"向"字，当取表示人的行为"爱、钟爱"的意义。如此判定的重要根据在于，"刚才向"，与下联的"纵难觅"，结构位置对应，直接构成对仗，直接对应的"向"与"觅"两字，都处在重要的节奏点位上，而"觅"字属于一般动词，表人的行为。"会"，联中用其本义"会合、会聚"。

该组变形句，如果按照现代汉语的常规词序进行调整，大致当为：向（钟爱）荡胸汉沔、濯足沧浪的九派，刚才（一道）会聚君山（欣赏，只当会其大意而已）。"荡胸""濯足"，意涵丰富，具多解性，但基本指向是明确的。

首句径直扣题，点明撰联立足地：君山。君山，仅仅只是屈原、湘妃合祭祠所在地，因而，在主吊屈原的上联，自当涉笔专祭屈原的屈原庙。专以祭祀屈原的庙有二：一在屈子故里湖北秭归；一在屈子自沉地，即湖南岳阳洞庭湖左近的汨罗。该组句用比较含蓄的方式，虚笔"点名"，指出了两庙，并着重指向了汨罗屈原庙。

"九派"即九江。《尚书·禹贡》：荆州，"九江孔殷"。九江或九派，究竟指的什么，众说纷纭。著名诗人、学者、教育家公木先生，经考证认为："最通常的解释，以为水的支流叫派，相传长江在湖北江西一带，分为九个支派，称九派，也叫九道、九路。"（见2001年长春出版社之公木《毛泽东诗词鉴赏·珍藏版》）。张之洞笔下所反映的"九派"，正合此意，而毛泽东笔下的"九派"，又与张公如出一辙（见《菩萨蛮·登黄鹤楼》："茫茫九派流中国，沉沉一线穿南北。"《七律·登庐山》："云横九派浮黄鹤，浪下三吴起白烟。"）。

"汉沔"：即汉水、沔水（汉水支流），古指整个汉水、汉水流域，又指汉北地区。汉水为长江最大支流。公元前304年，屈原被小人谗害，第一次流放的所在地，正是汉水流域的北部地区。"汉沔"，浓缩的信息十分丰富。它既是屈原"九死其犹未悔"，屡遭放逐的第一站，也是锻造屈原精神的第一座熔炉。"汉沔"还与"直江"呼应，暗指英魂的故里湖北秭归，比邻长江岸头的屈原庙。

"沧浪濯足"，化用《楚辞·渔父》典故，有两层意义。其一，呼应"汉沔荡胸"，指明屈原放逐的最后一站，亦即生命的终结地，暗指汨罗屈原庙。其二，礼赞屈原"正道直行"之光辉精神的伟大"完成"。在《渔父》中，渔父规劝"行吟泽畔，颜色憔悴，形容枯槁"的屈原："世人皆浊，何不淈其泥而扬其波？"意即不要自讨苦吃了，应放弃自己的改革主张，与世俗同流合污。屈原毫不迟疑，慨然答道："宁赴湘流，葬身于江鱼之腹中！"渔父"莞尔而笑，鼓枻而去"，歌曰："沧浪之水清兮，可以濯吾缨；沧浪之水浊兮，可以濯吾足。"（试译作：沧浪之水清又清，可以洗我帽上的带子；沧浪之水浑又浑，可以洗我的泥脚。）渔父倡导苟且偷生的歌唱，正反衬了屈原以身殉国的高风峻节。

"直江滚滚奔腾到……乱入海口间"句，大意是：滚滚长江奔腾不息……直到汹涌波涛汇入东海。"直江"，一直（或径直）奔流的大江，指长江，并非指"笔直的江流"。"直"字的本义为直视，引申为不弯曲，与"曲"相对，经多次引申后，表示"一直到"或"不经周转"的意思，如"直拨电话""直辖市"。直江与汉沔、洞庭、钱塘、彭蠡携手，共同呼应"九派"；为江南五月初五端阳水祭屈子，设置广阔的空间背景。

"星沉夈赭"。夈赭，即夈山、赭山。因地质、水流的自然作用，两山早已不复存在。原夈山在今浙江萧山县东，其形如夈，故得其名，古时与赭山夹钱塘江对峙，后江流北移，两山之间形成了陆地。《西溪丛话》有云："夹岸有山，南曰夈，北曰赭。二山相对，谓之海门。"刘禹锡描写钱塘江大潮的《浪淘沙》曰："八月涛声吼地来，头高数丈触山回，须臾却入海门去，卷起沙堆似雪堆。""星沉"并非成语"月落星沉"（意指天快亮了）的省略式，它实际上是借"晖照夈山、赭山的星光消失了"，意指星移斗转，沧海桑田，夈山、赭山当年的形骸虽然不见了，但那故地永在人们的记忆里。此句携手"潮射钱塘"的作用大致有二。其一，互文见义，呼应"九派"，指"九派"临海的广袤地域；其二，"移花接木"，借名震天下的汹涌钱塘潮，渲染"直江"入海的水势。钱塘江不是长江的支流，却毗邻长江，而南北向的京杭大运河，则连通了两江。它发源于安徽南部黄山地区的青芝埭尖，流经十四个县市，注入杭州湾，其古代称名，则有浙江、淛江、罗刹江和支江。

"潮射钱塘"，与前句"星沉夈赭"，结构对称，语义相关，又与下联"潭作龙吟，孔闻鼍吼"，直成对仗，是原本"射钱塘潮"之词序结构的错位变形，因而，当作"射钱塘潮"理解。传说五代时期吴越王钱镠，在杭州用弓箭劲射钱塘潮，力战凶猛海神，才成功修毕海堤。又，苏轼有诗云："安得夫差水犀手，三千强弩射潮低。"（《八月十五看潮》）此其一。其二，正是上下联结构、语义的对应，致"潮射钱塘"一语多义，既借之比喻长江直入东海的汹涌水势，又借之比喻长江以及湘、资、沅、澧的洪涛，齐注洞庭的浩荡。其实际的作用和意义则主要在于，借自然之潮，喻指亿兆斯民追怀屈子的精神之潮。

"把眼界洗宽，无边空阔"，承上启下，由放而收，由开转合，自然过渡。

"只见那庙唤鹧鸪……铺成画景。"由相对宏阔而虚的写意泼墨，转入相对精微而实的工笔绘图。"庙"，集虚实于一字，虚中有实，实中有虚，虚实互见，义含君山、秭归、汨罗，而主要指向的，则是汨罗。正是汨罗波涛，玉成了屈原以身殉国、永垂青史的爱国精神，正是屈子悲壮的汨罗自沉，才有了屈原庙不熄的香火……才有了张公的撰联挥毫。究其笔下之景，素材也分明主要取自汨罗及汨罗所汇入的湘水、湘水的归宿地——洞庭湖。作者移植整合两庙一祠，把它们集中于"一地"，艺术地重构出了源于生活、高于"生活"之屈原庙的绝美环境。

"洲邻鹦鹉，芳草连天"，化用唐人崔颢《黄鹤楼》诗句"晴川历历汉阳树，芳草萋萋鹦鹉洲"，其作用和意义，如前所述。

"庙唤鹧鸪"，是省略兼主谓倒装的变形句，实则"鹧鸪于庙唤"——鹧鸪正在屈原庙的周遭凄厉地鸣叫。此句托鸟寄情，直接反映了千百年来，人们吊祭屈子的惋惜之情。鹧鸪，不是寻常鸟，在中国古代文学中，如同杜鹃（杜宇、子规）一样，早已成为了重要的文学"意象"。鹧鸪啼声凄切痛楚，听起来，仿佛"行不得也哥哥"的谐音，因而古代文人便常借以表达相关的情感，如"青山遮不住，毕竟东流去。江晚正愁予，山深闻鹧鸪"（辛弃疾《菩萨蛮·书江西造口壁》）。

"焉知他是雾锁吴樯"一组排比，气势淋漓酣畅，概写年年端午祭，华夏万众吊屈原，竞技龙舟的民俗文化活动盛况。笔涉整个江南。虚实兼济，实仗虚行，最终落在实字上。

"彭蠡鱼艖"。彭蠡，江西鄱阳湖的古称。艖（读音若"双"），渔舟。吴樯、蜀舵、雀舫、鱼艖、巨艇同义，代指神州各地各种形制、式样的龙舟，进而用它们代指来自四面八方的龙舟队。实中藏虚，虚中有实。

"浮巨艇南来"，由广袤空蒙的大江南北，到具体而微的君山洞庭湖，由虚入实，写各路龙舟洞庭竞棹。"一个个头顶竹箬笠，浮巨艇南来"，由虚入实，由远而近，来此君山洞庭，何其真切。至此，"焉知他是"，也就自然褪去了朦胧的轻纱。一个"南"字，呼出了北、西、东。一个"来"字，招来各路龙舟队（吴樯、蜀舵、雀舫、鱼艖）报到。

"靳尚……贾生何太息"。靳尚，楚怀王宠信的上官大夫，陷害屈原的凶手之一。郑袖，怀王宠妃，与靳尚结联，谗害屈原。宋玉，屈原弟子，相传为恩师作《九辨》《招魂》，表达对屈原的怀念。

贾生，即贾谊，汉文帝时长沙王太傅，曾上《治安策》，中有"臣窃惟事势，可为痛哭者一，可为流涕者二，可为长太息者三"的文句。后世便以"贾生涕""贾生太息"，表达忧国伤时的情怀。"太息"，大声叹气，如"长太息以掩涕兮，哀民生之多艰。"（屈原《离骚》）"贾生何太息"，更是对贾谊《吊屈原赋》的浓缩与化用，并以之指代千百年来，无数文人墨客对屈子的追怀。《吊屈原赋》有言："侧闻屈原兮，自沉汨罗。造讬湘流兮，敬吊先生。遭世罔极兮，乃殒厥身。鸣呼哀哉！"

"招魂"，有三重意思：特定语境中，以《九歌·招魂》代指屈原爱国主义诗篇；代指屈子以身殉国的爱国主义精神；代指世代缅怀屈子。"同读"，有两重意思：千古炎黄同祭屈大夫；亿兆斯民当共举爱国主义旗帜。

下联吊湘妃

"三终聆帝乐，纵难觅伶伦截管，荣猿敲钟"这组变形句，如果详察其省略，做出必要合理的补充，再按照常规语序进行调整，大致应当是：纵难觅截管伶伦、敲钟荣猿，聆（其奏）三终帝乐。"纵"，表转折关系的连词，相当于"虽""虽然"（见《汉语大字典》），如"纵我不往，子宁不来"（《诗经·郑风·子衿》）。又如"纵江东父兄怜而王我，我何面目见之"？（《史记·项羽本纪》）。

"终"，象形、兼会意、兼形声字（"冬"为四时之末，是为"岁终"，"冬"又作了"终"的声符），其本义为纺线结束后将线头打结。引申泛指事情终了、结束了。"终"字，在作为古代音乐的专门用语时，意指歌乐或奏乐完成了一章。按照礼制，天子赏乐，每次演奏，凡三章，叫作"三终"（可见《礼记》或《汉语大字典》）。"聆"，细听、倾听。在这里，"终"是"章"的同义语。"章，乐竟为一章。从音，从十。十，数之终也。"（《说文解字·音部》）

"帝乐"，即钧天广乐，是湘妃始祖黄帝喜欢听的仙乐（参见《吕氏春秋·古乐》《列子·周穆王》）。在下联的特定语境中，实际上既代指天子舜帝及其后妃（帝子）喜欢的音乐，代指湘妃殉情不久后，人们祭奠湘妃的礼乐，更直接代指四千多年来，世代炎黄追怀湘妃时，所演奏的祭祀礼乐、所举行的一切祭祀活动。

"伶伦截管"、"荣猿敲钟"：传说中黄帝的乐官伶伦，截取竹子作材料，创制了箫、笙、笛一类的管乐器，又与荣猿一道，铸造了十二钟（编钟），以和五音（可见《吕氏春秋·古乐》）。在张公楹联中，其实际的意义是，既代指祭祀湘妃的历代乐工，又代指穿越四千年时空、祭祀湘妃的礼乐。

"竞响沨沨随引去"，承转上句，承"帝乐"之终"难觅"，转"古乐"之犹在耳，与上联"直江滚滚奔腾到"，工稳对仗，领起"潭作龙吟，孔闻鼍吼，静望波心里"。全句大意是：听凭竞赛龙舟的锣鼓声、呐喊声的交响渐次逝去，静静地凝望着邈远的湖心，耳鼓仿佛送入祭祀帝子的乐音，那高低抑扬的和声，是那样的真切，仔仔细细地倾听吧，原来是潭中的（鼍）龙啊、洞穴里的（鼍）龙啊，正低吟应和着长啸，凄婉地合唱。"竞"，"競"字的简化，会意字，《汉语大字典》对其解释说："甲骨文、金文形体象二人竞技形。上部为辛，乃奴隶标志，篆文从言，误。""竞"的本义为角逐、比赛，此指龙舟赛。"响"，是"響"的简化，"響"形声字，本义指回声，如"空谷传响"，引申指发出声音，后泛指声音，如吴均《与朱元思书》："泉水击石，冷冷作响。""沨沨"：沨，读音同"讽"，本义水声（见《玉篇》），"沨沨"，则形容乐声的宛转悠扬。《左传·襄公二九年》："美哉，沨沨乎！大而婉，险（俭）而易行。以德辅此，则明主也。"儒家把这样的乐声，视为最符合儒家哲学伦理的中庸之声（参见《辞源》）。"随"，形声字，本义跟从，经多次引申，又作听凭、放任、随便讲，此处当作听凭解。联中"引""去"两字意义相近。该"引"字，是退的意思，此可引申作消退讲。该"去"字，是离开的意思，此可引申作消逝讲。鼍，就是"龙"，或者说是借实体的"鼍龙"，代指虚拟的"龙"。

"龙"，不是自然物，而是中华民族的精神图腾，是神圣的。"龙"之声为"吟"，如同熊之"咆"、虎之"啸"、犬之"吠"、狮之"吼"一样，是汉语的约定俗成。"鼍（龙）"之"吼"，是切不可作"吼"的本义理解的，因其不合祭祀礼乐的规范。此处的实际意思，仍然是"吟"。"吼"字，有提示声音较大而悠长的作用。从楹联对仗的规矩讲，有三点决定了张公，只能用"吼"字替代"吟"。其一，"潭作龙吟""孔闻鼍吼"两句相邻，并非排比，忌用字重复，而"龙""鼍"正属互文见义。其二，相邻而组、结构相同，表意相关的两句的"对句"（即偶句），"忌三平"，也就是说，对句末三字，不应都是"平声字"。如以"孔闻鼍吟"（仄平平平）对接"潭作龙吟"（平仄平平），显然大有问题，且不说造成了本组句子重要节奏点，偶字点不是平仄相对。其三，如以"孔闻鼍吟"（仄平平平）直接对仗上联"潮射钱塘"（平仄平平），问题就更大了，"三连平"已成次要毛病，关键节奏点的音调，不成"对子"了。以"吼"（仄声）替代"吟"（平声）字入联，是"救场子"的。楹联是特殊形式的诗歌，特别讲究音乐性，既讲求"本句"内部的抑扬起伏，更讲究上下联对应结构之关键节奏点的平仄相反。

"孔闻鼍吼"，与前句"潭作龙吟"，结构对称，互文见义，又与上联的"潮射钱塘"，直成对仗。"孔"，洞穴、洞窟。此句意思是：洞窟里传来了鼍龙的长吟。"鼍"字，读音如"驼"，古时俗名"猪婆龙""鼍龙"，其现代学名叫"扬子

217

岳阳楼景区诗词楹联札记

鳄",曾是长江、洞庭湖中的两栖猛兽。龙是民族精神文化的创造物,张公以"鼍"入联,既有"鼍(龙)"生活的真实,又有"龙"之民族精神文化的真实作为依据。

"芦叶",紧承"洞箫"而来,洞箫是"管"乐器,为避免相邻的文字重复出现"管"字,撰联的张公特用"芦叶"替代"芦管",并携手"洞箫""铁笛",以共同呼应"伶伦截管"。芦管,乐器名,截芦秆制成。白居易有诗:"石楼月下吹芦管,金谷风前舞柳姿。"(《追欢偶作》)由于"管"是用来"吹"的,不是用来"含"的,"吹"与"含"又都是平声字,因而,用"含芦叶"替换"吹芦管",恰到好处。

"试听这岳阳铁笛……丝弹桐柏",概写华夏子民,世代传承,用不同的器材,以不同的调式,不拘形式和规模,演奏寄托缅怀湘妃情思的礼乐。结合语境分析,"试听"所实际表达的,是"初听""乍听""仿佛听见"一类的意思。

"岳阳铁笛",传说吕洞宾海上漫游,吹铁笛以明志。岳阳楼三醉亭有《吕洞宾海上吹铁笛》画像。实际上,"岳阳铁笛"早已化作特殊的、极富地域色彩的文学意象与文化符号。而在该祠联中,其实际作用是借代,借"铁笛",代指富有湖湘地域特色的祭祀礼乐。

"曲折柳枝"(平平仄平),似以改作"曲折杨柳"(平平平仄)为宜。如果这样,"曲折杨柳"与上联位次对应的"智鸟惊寒"(仄仄平平),声调的平仄关系就协调了。此其一。其二,此句承"试听这岳阳铁笛"而来,是必须说明"铁笛"吹奏的"曲"之内容或调式的,而这说明又理当是明快的。古汉语中有"折柳"的典故,有"折杨柳"的汉代横吹曲辞,却不见"折柳枝"的词条。文人因"柳""留"谐音,而刻意以"柳"寓

"留"的意义，唐诗宋词不少名篇，借"柳""折柳"，表达依依惜别之情，如"此夜曲中闻折柳，何人不起故园情"（李白《春夜洛城闻笛》）。此"曲折柳枝"，当是"折杨柳曲调"或"曲调折杨柳"的意思，其所表达的实际意义，则主要代指各种调式的、表达思念追怀湘妃的音乐。

"帆风橹语，荻露葭霜"两句，化用古典诗文，映带后文"亘古望卅六湾……"是对以《卅六湾》《湘妃神·斑竹枝》为代表的、祭悼湘妃之诗文的浓缩。

"荻露""葭霜"同义互文。荻、葭，都是芦苇古名。"荻露葭霜"，化用《诗经·秦风·蒹葭》中的诗句为典——"蒹葭苍苍，白露为霜。所谓伊人，在水一方……遡流从之，宛在水中央。"借以表达人们追怀湘妃的惆怅。

"拳推黄鹤"，相传李白登黄鹤楼赋诗："一拳捶碎黄鹤楼，一脚踢翻鹦鹉洲。眼前有景道不得，崔颢题诗在上头。"此处化用诗文掌故，意味深长。"也任你说拳推黄鹤"一句，其本身蕴含的意思是浅表的：黄鹤楼周遭的景色太美了，崔夫子的夸赞也太绝了，搞得我没有更好的赞辞了，算了吧。撰联者特意化用它的实际作用，则是以之作逻辑类比，以李白之"眼前有景道不得"的彼，类比"我"之"眼前有景道不得"的此。显然，"也任你说拳推黄鹤"与"也任你说盘贮青螺，也任你说艳摘醴兰，说香分沅芷"，所构成的一组、分别化用了掌故诗文的排比句，表达着并强化了相同的意思：这儿（洞庭君山）太美了啊，她的美，老先人都写绝了，我找不出更好的语词夸赞她了（其实上联已经彩绘洞庭君山）。这样既避省了多少再绘君山的笔墨，更凸显了贯串下联的"祭祀音乐主线"，不枝不蔓。"盘贮青螺"，化用刘禹锡描写君山的名句——"白银盘里一青螺"。

"沅芷""醴兰"，典出屈原《九歌·湘夫人》："沅有芷兮澧有兰。""芷""兰"本为芳草，后来化作了喻指高洁的人或事物的文学意象。此"艳摘沅芷""香分醴兰"，既是对湘妃寻夫洞庭的浓缩，更与"盘贮青螺"组合，概括代指历代文人墨客，对洞庭君山之美的歌唱。

"手拨铜琵琶"，系化用典故。苏轼《念奴娇·赤壁怀古》词，有"大江东去，浪淘尽千古风流人物"句，颇为雄健豪放，因而俞文豹《吹剑实录》有云："东坡已在堂，有幕士善讴，因问：'我词比柳词如何？'对曰：'……学士词须关西大汉，持铁板，唱"大江东去"。'公为之绝倒。"作者有意虚藏其意，且暗示此处，是借"浪淘尽千古风流人物"句意，达成楹联前后文字，急速转向的无缝链接，由今而古，由景而人，由赞颂眼前洞庭君山之"景美"，而讴歌长眠君山之"人美"。

"神尧阿父"：指传说中湘妃的父亲尧帝。

"癸比阿母"：指传说中湘妃的母亲。

"傲朱阿兄"：尧帝长子，名丹朱，好争强斗狠，喜漫游。（见《尚书·虞书·尧典》《史记·五帝本纪第一》）

"监明阿弟"：尧帝少子名明。

"宵烛阿女"，是舜帝的两个女儿：一名"宵明"，一名"烛光"（见《艺文聚类》）。

"敤首阿小姑"，"敤首"又写作"敤手"，是舜帝之妹，自然就与舜的妻子"湘妃"，形成了姑嫂关系，因其年少于"湘妃"，因而称作"小姑"。如果稍加追究，其实这是以"小姑"子，代指那曾经十分凶残的、名字叫作"象"的"小叔"子。"敤"字，读音若"可"（见《汉书·古今人表》《辞源》）。

"阿"，名词词头，多用在亲属名称或人名的前面，给人以亲昵、亲切之感。此联一气连用四个"阿"字，致浓情厚意倍增，凸显了湘妃对于所有亲人的真诚、挚爱与多情。

从"阿父"到"阿小姑"，点数"湘妃"父母、同胞弟兄、自家儿女、姻亲（叔子）姑子一节文字，内涵十分丰富，是下联要旨所在。"忆"字，分量极重。"忆"，思念、深情的思念。谁思念？思念谁？为什么那样深情思念？留下一片"空白"，留待读联的人们自己去追寻思考，自己去填充完善。人们深情思念湘妃，久久颂扬她德、仁、孝、恭、悌的品行操守；湘妃的魂灵，还在深情思念亲人，还想克尽孝高堂、相夫君、教子女、爱弟兄、友姑叔的责任！其父贵为天子，公主俩敬奉父命，下嫁苦难中的大舜，"不以天子之女故，而骄盈怠嫚，犹谦谦恭俭，思尽妇道……"（刘向《列女传·母仪传》）不仅妥善处理好了与桀骜弟兄的关系，更以其至诚的心血与非凡的智慧，创造性地调处好了原本险恶的姻亲关系。帝舜幼年失母，瞎子父亲、继母、继母所生的弟弟，曾经合谋杀害舜，未遂而已……后来，阖家其乐融融。湘妃，是父母的好女儿、公婆的好儿媳、丈夫的好妻子、弟兄的好姐妹、叔姑的好兄嫂、儿女的好母亲，是修身齐家的世代楷模，母仪天下的一面旗帜。"民为邦本，本固邦宁。"作为政治家的张公，深知身修"家齐"，是"国治而后天下平"的根基，因而既是题联湘妃祠，就自然切中其肯綮，讴颂"湘妃"的母仪风范。就立意看，上联中心在"国"，意图在于"兴国"；下联要旨在"家"，寄望普天之下，家家"家齐"。

"卅六湾"：即三十六湾，流经湘阴的一段湘江水道，因其蜿蜒曲折而得名。唐人许浑《三十六湾》诗曰："缥缈临风思美人，荻花枫叶带离声。夜深吹笛移船去，三十六湾秋月明。"联中"卅六湾"，系运用典故，既化用湘妃不畏滩险流急，寻夫

"三十六湾"的传说，讴歌其之死靡他的爱情，又借用"三十六湾"，代指湘妃寻夫于辽阔的"潇湘"水域。此"潇湘"，意指二妃以洞庭山（君山原名"洞庭山"，别名湘山）为中心，追寻舜帝的辽阔水域。

"鼓瑟吊湘灵"。"鼓"，由动词击鼓引申出弹奏、敲击乐器的意思；"瑟"，古代一种弦乐器，有二十五根弦，如"我有嘉宾，鼓瑟吹笙"（《诗经·小雅·鹿鸣》）。"吊"，悼念死者（"唁"，则是对那些跟死者有关的亲属活人，表示同情或慰问）的意思。此句是对相关神话传说、诗文史传、民俗文化内容的高度概括。其实际表达的意思是：千百年来，人们世代代祭祀湘君，传颂着那忠贞不渝的凄美故事。例如，刘禹锡贬官至朗州（今湖南常德）期间，依当地的迎神曲之声调，所创制的、用以祭祀湘妃的歌词："斑竹枝，斑竹枝，泪痕点点寄相思。楚客欲听瑶瑟怨，潇湘深夜月明时。"（《潇湘神·斑竹枝》）"湘灵""湘妃""湘君""潇湘女神""帝子"，完全同义，均指帝尧的亲生女儿，亦即帝舜的两个妻子，姐姐娥皇、妹妹女英（见刘向《列女传·母仪传》，王逸《楚辞注》，《史记·秦始皇本纪》）。如"九嶷山上白云飞，帝子乘风下翠微。斑竹一枝千滴泪，红霞万朵百重衣……"（毛泽东《七律·答友人》）传说帝舜巡游南方，死于苍梧。娥皇、女英闻讯，追寻丈夫踪影，便来到以洞庭山为中心的辽阔水域。寻觅终究无果，姊妹俩悲恸挥泪，泪洒湘竹成斑，双双泪尽，殉情投湖，葬于洞庭山。后人为纪念她们，依照屈原在楚辞《九歌·湘君》中的称谓，就把洞庭山改称作了君山，并尊奉她们为湘妃、湘君、帝子、湘水女神，立庙祭祀。其后，三楚灭亡，屈子自沉汨罗，以身殉国。于是，楚人就在湘妃庙中，同祀先烈屈原，也就有了屈原湘妃祠之两千多年的香火。

清光绪二十二年（1889），张之洞出任湖广总督，为巡阅水军，来到洞庭湖，游览了君山，整修了屈原湘妃祠，撰写了这幅长联。全联凡四百零八字。

上联吊屈原，笔力雄健，魂牵一"国"，拳拳于"兴"。

境界寥廓，张弛有致，虚实同辉。不言秭归汨罗地，彩画庙侧与周遭，长江万里之壮美，洞庭八百以瑰丽。浓墨写华夏五五龙舟赛，炎黄水祭慰忠魂。笔涉三江五湖，聚焦洞庭君山。视野宏阔，大气磅礴，细节夺目，形神毕肖。江河滔滔，洞庭森森；红霞丽天，绿树荫地；芳草萋萋，珍禽比翼；舟子弄棹，一湖喧腾，历历栩栩，活跃纸上。在民族迭遭浩劫，外敌频相凌侵，"紫禁城"摇摇欲坠之际，张公撰联明志，"望远登高"，讴中华大好河山，陈"三楚"覆亡故事，其心海波涛，必万顷汹涌。

下联吊湘妃，毫润温婉，情寄万"家"，耿耿在"齐"。

收面之恢宏，落点以精微，锁定洞庭君山。祭祀礼乐作线，串结悠悠古今。帝乐龙吟、渔歌芦管，分奏祀乐；屈子古骚、世代新词，合唱挽歌。箫琴笛琶，千曲同谱，声声犹在耳鼓。一一点数阿亲，字字礼赞姊妹花，仁孝恭悌全母仪。忠贞爱情，之死靡他；泪染斑竹，玉成湘妃。恭吊娥皇女英，敬祈斯民"齐家"，家家"家齐"，众志成城图兴国！

全联以咏史作魂，融史传经典、前贤佳句、逸闻掌故、舜土民俗、洞庭风情于一炉，恰似信手拈来，不著斧凿痕迹，非巨擘椽笔，实不可为。联中"叹当日靳尚何奸……贾生何太息"至"同读招魂呼屈子"，当属全联魂魄。置身三楚地，肃立屈子祠，悲四海兮疮痍，哀大清之式微，想必张公之心，何其苍凉以凄楚，何其痛彻而隐忍。鸦片战争丧权，圆明园劫掠辱国，就在"居庙堂之高"的昨天！"同读招魂呼屈子"，力束上联，悲壮沉雄，分明以封疆大吏之身，呼唤四万万同胞，抖擞精神，高张爱国主义旗帜，共扶社稷之大厦将倾！

张公借题联屈子湘妃祠，畅抒情怀，一泻汪洋，阳刚热血澎湃，阴柔幽思凄婉。

上联呼"兴国"，下联唤"齐家"，家国正对，璧合珠联，联魂共铸，正气浩然。全联寄情于景，寓理于史；文史富集，对仗工稳；一气呵成，跌宕昭彰，堪称千古绝唱！

（五）

望洞庭湖赠张丞相①

唐·孟浩然

八月湖水平②，涵虚混太清③。
气蒸云梦泽④，波撼岳阳城⑤。
欲济无舟楫⑥，端居耻圣明⑦。
坐观垂钓者⑧，徒有羡鱼情⑨。

【注释】

①即时任中书令的张九龄（673—740）。唐玄宗开元二十一年（733），已经四十岁的孟浩然，在举进士不第四年后，西游京城长安时，写下了这首干谒诗，赠给正居相位的张九龄。赠诗目的十分鲜明，希望得到赏识和推荐。

②"八月"，江南秋汛时节，古历正值仲秋。"平"，两相比较没有高低的意思。"湖水平"，省略句，省略了比较的对象"湖堤（岸）"，表达"湖水水面与湖堤（岸）顶部持平"的意思。此句起笔平实，直说汛情，大意是：秋水暴涨，溢满洞庭，几近漫堤。

③"涵"，包容、包含。"虚"，天空，如"剔腹背无益之毛，揽六翮凌虚之用"（《抱朴子·君道》）。再如"浩浩乎如凭虚御风"（苏轼《赤壁赋》）。此句中，"虚"与"太清"完全同义。"太清"即天空（古人认为天是由清而轻的气体构成的）。玉清、上清、太清，合称"三清"。"三清"，既是道教的最高主神，又是道的一体三位。"涵虚混太清"句的意思，如果用现代汉语完整表述，似较繁复：湖水包容了整个天空，天空与湖水完全融合，已经分不清哪儿是天，哪儿是湖了。此句异峰突起，其大意是：（湖面）浩渺无垠，水天相融，浑然莫辨。

④"气蒸"，即"汽蒸"，指水汽蒸腾，湖面大量水汽蒸腾，而可见之为壮"景"，则暗示"秋老虎"肆虐，烈日炙烤洞庭。此句直承"涵虚混太清"而来，全不见"晴"字，而"晴"意分明正在其中，因晴而致水天相映，因烈日炙烤而致水汽蒸腾不已，因水汽蒸腾不已而致水天莫辨。"云梦泽"意涵为何，众说纷纭，但诗题已经明确界定，所"望"既不是长江北岸、湖北东南的那个云梦泽（云泽），也不是囊括云泽、梦泽的云梦泽，而只是洞庭湖（梦泽）。洞庭湖古称：云梦泽、梦泽、九江、重湖。洞庭湖之名，始于春秋战国时期，因湖中洞庭山（后因屈原《九歌·湘君》而改称作君山）而得名。该句大意是：（烈日炙烤下）一湖水汽，蒸腾袅袅，茫茫迷离，眩晕眼目。

⑤"撼"，摇、摇动，引申拍击，拍打。此句大意是：洞庭

湖怒涛拍岸，岳阳城摇摇晃晃。

如果说诗的前三句，着力凸显了洞庭的浩渺辽阔，此句则活画出了水势的汹涌雄健。此联"撼""蒸"两字，新奇警拔，最为后世称道。

首联、颔联四句，浓墨绘"景"，情寓其中，实则交代"欲济无舟楫"的原因，为颈联、尾联的抒情明志，做足铺垫的功课。

⑥"济"，过河、渡水。"楫"，划船的桨，借代指船。颈联首句"叙"事，直承前两联之"景"，意义层次上构成因果关系。此句言在此而意在彼，明说是水势盛极，无船渡湖，实则隐喻求助心切，却深知困难不小。此句大意是：我想渡过浩渺洞庭（直奔丞相府上叩拜）吧，却无从找到摆渡的船儿。

⑦"端居"，与"平居"同义，平时、平素的意思，如"端居不出户，满目望云山"（王维《登裴秀才迪小台》）。引申可讲作一向、向来。不少评注本把该"端居"讲作富含隐居意味的"安居、闲居"，甚而直接讲作"隐居"，是极不妥当的，那大约只是因为孟浩然、王维均系隐逸诗人的缘故，就没有认真审视《望洞庭湖赠张丞相》的客观语境吧。在"学而优则仕"，惟经科举考试步入仕途，才算"体面"的时代，"隐居之士"，绝不是读书人的光荣徽章。当此呈递"投名状"之际，孟浩然作为不甘愿"出世"才急切求仕的后生（即渴望"入世"的落第晚辈），面对将决定自己"命运"的丞相大人，竟主动自报隐居"家门"，或者申明闲居隐士之"出世"者身份，既是颇不得体的，又是极有可能招来"呛声"而自取其辱的——孟夫子自安"出世"，何孜孜以"入世"哉？

"圣明"一词，自汉唐到清末，常用以称颂皇帝，称颂天下承平的时代，也用以敬颂尊者。诗中的"圣明"，几个意思兼而有之，却主要指向求助对象张丞相。"耻"，本义羞惭、有愧。此处活用作使动词，表"使圣明耻"的意义。如果挑破直说，那意思分明就是：我向来觉得就此布衣一生，会让惜才的圣明您老难受。此句直承上句，委婉陈述求助的原因。

⑧"垂钓者"（处主动地位者），暗喻执政者；"坐看"者（处被动地位者），则暗喻求仕的诗人自己。此句隐含的意思是：（我）一向觉得就此布衣一生吧，实在愧对时代，愧对明君，更愧对（爱才惜才的）您老人家。如果直译，此句当是：坐看垂钓的人啊，多么悠闲自在。

⑨"徒"，空的、白白的。"羡鱼情"，想捕到鱼儿的心情。《淮南子·说林训》："临渊羡鱼，不如归而结网。"意思是说，只羡慕他人捕到了鱼，是无助于自己捕到鱼的，自己应该积极行动起来。此处化用典故，其实际意义，语带双关。一面委婉讽喻张丞相，您老既爱才惜才，就动点儿真格吧，另一面则委婉传达了"我"不甘埋没，渴求经举荐入仕的心情。此句大意是：真担心啊，"垂钓者"空怀一腔捕到鱼儿的热情！

孟浩然（689—740），湖北襄阳人。早年隐居家乡鹿门山读书，三十六岁入京应试科考，不第而归。其后，虽"才名日高"，却"终身布衣"。与王维齐名，世称"王孟"，是唐代山水田园诗派的代表作家。孟浩然一生，主要在隐居和漫游中度过，但出仕的愿望，却是十分强烈的。该诗就是通过描写洞庭湖景象，即景生情，希望得到张九龄的引荐，以实现落第入仕愿望的。马茂元先生对此诗意旨，一语道破："托兴观湖，表示自己并不是安于隐居生活，言外之意是希望对方帮助自己，不要使自己的主观愿望落了空。"该诗本不是山水诗，由于它借以表意的载体洞庭湖，得到了泼墨山水般的恣意渲染，呈现出了八百里洞庭的宏伟景观、寥廓景象，因而实际上成了山水诗的绝世杰作。

　　这虽是一首干谒诗，却不卑不亢，气势雄伟，婉转机巧，不落俗套。颔联"气蒸云梦泽，波撼岳阳城"两句，直与杜甫"吴楚东南坼，乾坤日夜浮"（《登岳阳楼》）比肩，成了唐诗中歌咏洞庭的两联千古绝唱。颈联中"欲济无舟楫"一句，从"眼前实景"生发开去，既明说无船渡湖，又暗喻渴望出仕，却苦于无人举荐，委婉含蓄，颇耐品咂。尾联"坐观垂钓者，徒有羡鱼情"。巧妙化用"临渊羡鱼"的典故，丝毫不露寒乞苦相，却又清晰准确地传达出不愿终老林泉，希冀才为世用的急切心情。

　　"冲澹中有壮逸之气"，是孟浩然诗歌的主要风格，《望洞庭湖赠张丞相》，则是其代表作。

岳阳楼景区诗词楹联集萃

岳阳楼诗词集萃

与夏十二等登岳阳楼

唐·李白

楼观岳阳尽，

川迥洞庭开。

雁引愁心去，

山衔好月来。

云间连下榻，

天上接行杯。

醉后凉风起，

吹人舞袖回。

陪族叔刑部侍郎晔及中书贾舍人至游洞庭

唐·李白

（其一）

洞庭西望楚江分，

水尽南天不见云。

日客长沙秋色远，

不知何处吊湘君。

（其二）

南湖秋水夜无烟，

耐可乘流直上天。

且就洞庭赊月色，

将船买酒白云边。

岳阳楼晚望

唐·崔珏

乾坤千里水云间，

钓艇如萍去复还。

楼上北风斜卷帘，

湖中西日倒衔山。

怀沙有恨骚人往，

鼓瑟无声帝子闲。

何事黄昏尚凝睇，

数行烟树接荆蛮。

登岳阳楼

唐·杜甫

昔闻洞庭水，

今上岳阳楼。

吴楚东南坼，

乾坤日夜浮。

亲朋无一字，

老病有孤舟。

戎马关山北，

凭轩涕泗流。

岳阳楼

唐·刘长卿

行尽清溪日已蹉，

云容山影两嵯峨。

楼前归客怨秋梦，

湖上美人疑夜歌。

独坐高高风势急，

平湖渺渺月明多。

终期一艇载樵去，

来往片帆愁白波。

望洞庭

唐·刘禹锡

湖光秋色两相和，

潭面无风镜未磨。

遥看洞庭山水翠，

白银盘里一青螺。

岳阳楼宴王员外贬长沙

唐·贾至

极浦三春草,

高楼万里心。

楚山晴霭碧,

湘水暮流深。

忽与朝中旧,

同为泽畔吟。

停杯试北望,

还欲泪沾襟。

岳阳楼

唐·李商隐

欲为平生一散愁,

洞庭湖上岳阳楼。

可怜万里堪乘兴,

枉是蛟龙解覆舟。

题岳阳楼

唐·白居易

岳阳城下水漫漫,

独上危楼倚曲阑。

春岸绿时连梦泽,

夕波红处近长安。

猿攀树立啼何苦,

雁点湖飞渡亦难。

此地唯堪画图障，

华堂张与贵人看。

岳阳楼

唐·元稹

岳阳楼上日衔窗，

影到深潭赤玉幢。

怅望残春万般意，

满棂湖水入西江。

雨中登岳阳楼望君山二首

宋·黄庭坚

（其一）

投荒万死鬓毛斑，

生入瞿塘滟滪关。

未到江南先一笑，

岳阳楼上对君山。

（其二）

满川风雨独凭栏，

绾结湘娥十二鬟。

可惜不当湖水面，

银山堆里看青山。

岳阳楼

宋·陆游

身如病鹤断翅翎，

雨雪飘洒号沙汀。

天风忽吹不得住，

东下巴陵泛洞庭。

轩皇张乐虽已矣[1]，

此地至今朝百灵。

雄楼岌嶪镇吴楚[2]，

我来举手扪天星。

帆樯才放已隐隐，

云气乱入何冥冥。

鼋鼍出没蛟鳄横[3]，

浪花遮尽君山青。

黄衫仙翁喜无恙，

袖剑近到城南亭。

眼前俗子败人意，

安得与翁同醉醒。

【简注】

①轩皇，人文始祖黄帝轩辕氏。张乐，举行音乐演奏会。

②"嶪"也写作"嶙"，读音若"叶"，高大的样子。"岌嶪"，险峻高大的样子。

③"鼋"，读音若"元"，大鳖，背呈青黄色，头上有疙瘩，俗称癞头鼋。"鼍"，读音若"驼"，一名鼍龙，又名猪婆龙，即如今学名"扬子鳄"的两栖爬行动物。

岳阳楼上再赋一绝

宋·陆游

江风吹雨濯征尘，

百尺阑干爽气新。

不向岳阳楼上醉，

定知未可作诗人。

再望岳阳楼感慨赋诗

宋·陈与义

岳阳壮观天下传，

楼阴背日堤绵绵。

草木相连南服内，

江湖异态栏干前。

乾坤万事集双鬓，

臣子一谪今五年。

欲题文字吊古昔，

风壮浪涌心茫然。

登岳阳楼（二首）

宋·陈与义

（其一）

洞庭之东江水西，

帘旌不动夕阳迟。

登临吴蜀横分地，

徙倚湖山欲暮时。

万里来游还望远，

三年多难更凭危。

白头吊古风霜里，

老木沧波无限悲。

（其二）

天入平湖晴不风，

夕帆和雁正浮空。

楼头客子枚秋后，

日落君山元气中。

北望可堪回白首，

南游聊得看丹枫。

翰林物色分留少，

诗到巴陵还未工。

岳阳楼

元·虞集

落絮飞花点鬓丝，

清湘春晚独归时。

我来不为湖山好，

只欠岳阳楼上诗。

岳阳楼

元末明初·杨基

春色醉巴陵，

阑干落洞庭。

水吞三楚白，

山接九嶷青。

空阔鱼龙气，

婵娟帝子灵。

何人夜吹笛，

风急雨冥冥。

临江仙·巴陵

宋·滕子京

湖水连天天连水，秋来分外澄清。君山自是小蓬瀛。气蒸云梦泽，波撼岳阳城。

帝子有灵能鼓瑟，凄然依旧伤情。微闻兰芷动芳馨。曲终人不见，江上数峰青。

卖花声·题岳阳楼

宋·张舜民

木叶下君山，空水漫漫。十分斟酒敛芳颜。不是渭城西去客，休唱阳关。

醉袖抚危栏，天淡云闲。何人此路得生还？回首夕阳红尽处，应是长安。

水调歌头·过岳阳楼作

宋·张孝祥

湖海倦游客，江汉有归舟。西风千里，送我今夜岳阳楼。日落君山云气，春到沅湘草木，远思渺难收。徙倚栏杆久，缺月挂帘钩。

雄三楚，吞七泽，隘九州。人间好处，何处更似此楼头？欲吊沉累无所，但有渔儿樵子，哀此写离忧。回首叫虞舜，杜若满芳洲。

岳阳楼楹联集萃

　　一楼何奇？杜少陵五言绝唱，范希文两字关情，滕子京百废俱兴，吕纯阳三过必醉。诗耶？儒耶？吏耶？仙耶？前不见古人，使我怆然涕下

　　诸君试看：洞庭湖南极潇湘，扬子江北通巫峡，巴陵山西来爽气，岳州城东道崖疆。渚者，流者，峙者，镇者。此中有真意，问谁领会得来

（清·窦垿　撰）

盘膝曲肱，醉倒檐前君莫笑

明心见性，浪游世外我为真

（唐·吕洞宾　撰）

凭栏五月六月凉，人在冰壶中饮酒

放眼千山万山晓，客从图画里题诗

（清·吴獬　撰）

揽辔登车，一世澄清需满志

读书观政，万家忧乐尽关心

（宋·范仲淹　撰）

我每一醉岳阳，见眼底风波，无时不作

人皆欲吞云梦，问胸中块垒，何时能消

（宋·欧阳修　撰）

吴楚乾坤天下句

江湖廊庙古人情

（明·李东阳　撰）

忧乐是岳阳楼套子

渔樵乃洞庭湖生涯

（明末清初·杨翔凤　撰）

到处有楼，只差八百里洞庭，这湖活水

眼前无地，但拥十二螺君山，那座灵台

（明末清初·杨翔凤　撰）

苍茫四顾，俯吴楚剩山残水，今古战争场，只合吹铁笛
一声，唤醒沧桑世界

凭吊千秋，问湖湘骚人词客，后先忧乐事，果谁抱布衣
独任，担当日夜乾坤

（清·李秀峰　撰）

闲云野鹤自来往

沅芷澧兰无古今

（清·何绍基撰）

顾曲有闲情，不碍破曹真事业

饮醇原雅量，偏嫌生亮并英雄

（岳阳周瑜墓联）

扶帝烛曹奸，所见在荀彧上

侍吴亲汉胄，此心与武侯同

（清·周志德　撰　岳阳"吴鲁公肃墓"前石构牌坊联）

姊妹花残，青草湖边双断雁

佩环月冷，紫藤墙外有啼鹃

（清·吴树楷　题小乔墓）

吕道人太无聊，八百里洞庭，飞过去，飞过来，一个神仙谁在眼

范秀才煞多事，数十年光景，甚么先，甚么后，万家忧乐总关心

（清·李秀峰　撰）

铜雀锁春风，可怜歌舞楼台，千古不传奸相冢

杜鹃啼落月，也为英雄夫婿，三更犹吊美人魂

（清·李秀峰　题小乔墓）

把笔又登楼，愧学逊希文，才非工部

披襟频倚栏，正风来水面，日到天星

（清·何绍基　撰）

雄踞重湖，势凌三楚，目窥云梦，望极潇湘，数千年客
咏人题，几多笔健才宏，岂竞诗文输翰林

烟泛近阁，夕照渔村，雁落平沙，帆归远浦，八百里波
浮影动，无限春光秋色，仅言风月贬江山

（清·何绍基　撰）

四面湖山收眼底

万家忧乐到心头

（明·陈大纲　撰）

十五年胜地重游，云外神仙应识我

八万里长天一览，湖边风月最宜秋

（清·熊少牧　撰）

每眼前望吴楚东南，辄忧防海

祗胸中吞云梦八九，未许回澜

（清·李荣丙　撰）

杜诗范记高千古

山色湖光共一楼

（清·黄道让　撰）

呼来风雨，招来神仙，诗酒重逢应识我

流尽兴亡，淘尽豪杰，江湖放荡此登楼

（清·黄家骥　撰）

岳阳楼景区诗词楹联集萃

放不开眼底乾坤，何必登斯楼把酒

吞得尽心中云梦，方许对古人言诗

（清·王葆生　撰）

杜老乾坤今日眼

范公忧乐昔人心

（清·胡林翼　撰）

湖上朗吟，是几时浪静波恬，入眼湖山兴旧感

楼头凭眺，幸此日民安岁稔，关心忧乐仰斯人

（清·王葆生　撰）

湖景依然，谁为长醉吕仙，理乱不闻惟把酒

昔人往矣，安得忧时范相，疮痍满目一登楼

（清末民国·郑家溉　撰）

乾坤吴楚双开眼，廊庙江湖一倚楼

（清·吴敏树　撰）

春暮偶登楼，上下鱼龙，应惜满湖春水

酒醺休说梦，关山戎马，未知一枕黄粱

（李澄宇　撰）

湘灵瑟，吕仙杯，坐览云涛人宛在

子美诗，希文笔，笑题雪壁我重来

（清·毕沅　撰）

风物正凄凉，望渺渺潇湘，万水千山皆赴我

江湖常独立，念悠悠天地，先忧后乐更何人

（清末民国·杨度 撰）

先忧后乐，范希文庶几知道

昔闻今上，杜少陵始可言诗

（清·周元鼎 撰）

铁笛横秋，九曲江河淘万古

羽殇醉我，一楼风月管重楼

（清·周芍衫 撰）

雪浪破重湖，尽管淘三楚风流人物

尘关休半日，谁能彀百年诗酒生涯

（清·周芍衫 撰）

舟系洞庭，世上疮痍空有泪

魂归洛水，人间改换已无诗

（吴丈蜀 撰）

三醉岂无聊，湖光山色宜酣醉

独吟应有寓，舜日尧天合朗吟

（王自成 撰）

把酒临风，何为社稷其昌？只缘禹甸生辉，尧天戴德

登楼命笔，倘得江山之助，应步少陵绝唱，范相奇文

（王自成　撰）

奇观壮洞庭，看西接长江，东连大海，近邻岳麓，远达苍梧，望眼前玉鉴琼田，赞美河山，屏藩祖国

名阁闻华夏，有飞檐展凤，卧脊盘龙，宝顶刺空，丹楹挂地，更壁上杜诗范记，重新台榭，装点平湖

（方授楚　撰）

湖面镜磨，遥望君山凝碧色
城头波撼，快登杰阁听涛声

（方授楚　撰）

诗惭杜叟，文愧范公，我来敢挥毫，空怀千古无双士
地坼吴楚，气吞云梦，此去难为景，曾上九州第一楼

（羊春秋　撰）

望洞庭八百里飞波，哭贾谊上书，吊杜甫凋零，悲滕公谪守，千秋忠愤洒湖山，莽莽炎黄多世胄

凭潇湘亿斯年作证，化长鲸吸海，效鲲鹏抟守，助大浪淘空，不世功名归华国，飘飘天地一沙鸥

（徐式文　撰）

胜地醉多少英雄，几主沉浮，不以物喜己悲为聚散
名楼系天下命运，迭经兴废，每以先忧后乐定安危

（缪英　撰）

吞一万里长江，吐八百里洞庭，要令天下波涛，尽为我用

复几千年大观，展卅余年画卷，试问巴陵胜概，当有谁忧

（缪英　撰）

　　画栋飞云，回廊近水，平台待月，曲槛迎风。望滚滚浪中，君山一点；层层繁市，灯火充间；朝日映橘子洲红，新雨洗芙蓉山翠。逸兴方遒，又见快艇分波，惹莺追燕惊。登此日高楼，珠玑耀眼，具剪柳之并刀，钦纱笼之梦笔，使滕子京复活，范文正再生，亦当叹为观止

　　岳阳揽胜，洞庭观涛，白沙寻酒，潇湘访竹。嗟悠悠往事，妃泪千行；惓惓离辞，骚章满城；省府传贾谊宅址，旧迹遗屈子祠墓。缅怀如醉，猛醒游人笑语，知时过境非。看而今盛世，虹电辉霓，移屋城于南浦，布广市于寰区，纵吕纯阳衔杯，杜少陵索句，能不惊此变乎

（题岳阳楼联　撰者佚名）

君山楹联诗词集萃

题君山柳毅祠传书亭

清·左宗棠 撰

海国旧传书，是英雄自怜儿女

湖山今入画，有忠信可涉风波

君山洞庭庙大殿联

清·吕恩湛 撰

客来便拟登瀛殿，庭前环万顷波涛，福佑大王，安稳送樯帆上下

事往犹传张乐栏，槛外备六时烟景，诗吟老杜，苍茫辩吴楚东南

题君山

风丹、白露 撰

君山泼墨半湖苍，点染云梦烟霞，江岳登楼书胜迹

玉女针挑三峡翠，编织潇湘珠彩，巴陵依月绣神州

陪侍郎叔游洞庭醉后（三首）

唐·李白

今日竹林宴，

我家贤侍郎。

三杯容小阮，

醉后发清狂。

船上齐桡乐，

湖心泛月归。

白鸥闲不去，

争拂酒筵飞。

划却君山好，

平铺湘水流。

无限巴陵酒，

醉杀洞庭秋。

题君山

唐·雍陶

风波不动影沉沉，

翠色全微碧色深。

应是水仙梳洗处，

一螺青黛镜中心。

题君山

唐·方干

曾于方外见麻姑，

闻说君山自古无。

元是昆仑山顶石，

海风吹落洞庭湖。

洞庭湖君山颂

唐·吕岩

午夜君山玩月回，

西邻小圃碧莲开。

天香风露苍华冷，

云在青霄鹤未来。

寄题君山亭送吕天衢秀才

宋·蔡肇

百川赴下流，江海互吞吐。

回澜薄空日，老岸不立土。

坡陀出巨石，鳌背启窗户。

我来俯凝碧，万顷过微雨。

南沙八十里，草林尽可数。

风声玄冥开，松影翠蛟舞。

昏昏鱼龙气，暝色失洲渚。

林间古兰若，梵放杂鸣橹。

不能挂长帆，破浪极幽睹。

至今清夜梦，窈窕越修阻。

喜君自兹来，浩浩见眉宇。

置馆古城东，淡饭忘羁旅。

连城虽自珍，历块谁为许。

束书问东舟，了不挂一语。

脱身少年场，清座参佛祖。

冰颜未生髭，老气欲冠古。

所得岂虚名，自是慰诸吕。

南天正炎溽，归思亟飞羽。

江鱼已钓肥，江酒尚酷煮。

访子昔游地，耿耿月沉浦。

席龙望东南，浮云渺吴楚。

湖龙姑曲

元·杨维桢

湖风起，浪如山，

银城雪屋相飞翻。

白鼍竖尾月中泣，

倒卷君山轻一粒。

浪中拍碎岳阳楼，

万斛龙骧半空立。

雨工骑羊鞭迅雷，

红旗白盖蚩尤开，

青娥鬓发红蓝腮。

紫丝络头双黄能，

神弦歌急龙姑来。

汲柳毅井水试茶于岳阳楼

明·谭元春

临湖不饮湖，

爱汲柳家井。

茶照楼上人，

君山破湖影。

梦洞庭

清·释敬安

昨夜汲洞庭，

君山青入瓶。

倒之煮团月，

还以浴繁星。

一鹤从受戒，

群龙来听经。

何人忽吹笛，

使我松间醒。

尝君山新茶

清·彭昌运

君山佳茗冠吾乡，

风味多惭晚始尝。

嫩绿饱含螺髻色，

清芬全是莒兰香。

争看芽叶开缄急①，

戏斗旗枪趁火忙。

老病生涯甘淡泊，

一既先喜润枯肠②。

【简注】

①"缄"，封闭，此指炒制后的君山银针新茶牙尖紧紧聚合
在一起。

②"一"，全的意思。"既"，会意字，甲骨文右边是一
个高脚的食器，其中尖尖的部分表示装满了食品，左边是一个背
向食品跪坐的人，张着大嘴巴，会"吃饱了"的意思。金文、小
篆而隶变后楷书写作"既"，为左形右声的形声字。"既，小食
也。从皀，旡声。"（《说文解字》）"既"的本义是吃完了，
引申为尽、完，再引申为已经。"一既"，全饮尽（一碗或一杯
新沏的茶汤）的意思。

潇湘神·斑竹枝①

唐·刘禹锡

斑竹枝，斑竹枝，点点泪痕寄相思。

楚客欲听瑶瑟②怨，潇湘③深夜月明时。

【简注】

①潇湘神，词牌名，为作者贬官朗州（今湖南常德）间，
为祭祀潇湘女神而依当地迎神曲之声创制，又作"潇湘曲"。斑
竹枝，又名湘妃竹。传说舜帝二妃闻丈夫死讯后，追至潇湘间。
湘妃寻夫无果，临风洒泪，泪尽而飞沉洞庭，化为女神。湘妃去
矣，泪痕犹在，点点斑斑，永存竹枝。

②楚客，流放至楚地的他乡之客。瑶瑟，用瑶瑟弹奏出的凄

婉乐曲。

③潇湘,潇水流至湖南零陵县境内而与湘水合流,世称潇湘,也泛指湘妃寻夫,以洞庭山为中心的广袤水域。

临江仙

五代·牛希济

洞庭波浪飐晴天,君山一点凝烟。此中真境属神仙。玉楼珠殿,相映月轮边。

万里平湖秋色冷,星辰垂影参然。橘林霜重更红鲜。罗浮山下,有路暗相连。

渔 父

五代·欧阳炯

摆脱尘机上钓船,免教荣辱有流年。无系绊,没愁煎,须信船中有散仙。

风浩寒溪照胆明,小君山上玉蟾生。荷露坠,翠烟轻,拨剌游鱼几处惊。

柳梢青·岳阳楼

宋·戴复古

袖剑飞吟。洞庭青草,秋水深深。万顷波光,岳阳楼上,一快披襟。

不须携酒登临。问有酒,何人共斟。变尽人间,君山一点,自古如今。

沁园春·赞吕公

宋·葛长庚

渭水秋深，溢江春老，洞庭一湖。问城南古树，如今在否，洛中狂客，还更来无。独上君山，渺观岩石，八百里鲸波泛巨区。何曾错，有茶中上灶，酒里仙姑。

终须。度了肩吾。稽首终南钟大夫。日太平寺里，题诗去后，东林沈宅，大醉归欤。天上筵多，人间到少，更不向庐山索鳜鱼。如何好，好借君黄鹤，上我清都。